—— 阅读之前 没有真相

午夜文库

乌盆记

呼延云 著

NEWSTAR PRESS
新星出版社

目 录

1　楔　子

17　第一章　奇袭

35　第二章　鬼戏

54　第三章　伏击

72　第四章　动机

87　第五章　臼齿

104　第六章　黑疠

121　第七章　弩矢

137　第八章　谋杀

155　第九章　碎片

173　第十章　审讯

190　第十一章　刀鞘

206　第十二章　勘查

224　第十三章　抓捕

244　第十四章　缉凶

276　第十五章　推理

295　后　记

楔 子

  《乌盆记》堪称中国历史上最恐怖的罪案之一，如果按照事件发生的时间推算，迄今已经过去了约一千年，然而至今说起，依然令闻者毛骨悚然。

  历史上对这一恐怖事件进行最初记载的，是元代一位不具名的戏剧家撰写的剧本《叮叮当当盆儿鬼》，单从名字上看，就让人感到一种邪恶入骨的童趣。经过后来历代戏剧家的改造和加工，这出戏的名字变成了《乌盆记》，也叫《奇冤报》或《定远县》。故事的情节虽无大改动，但是个别人物的名字和以往大不相同。

  故事恐怖到何等地步？

  清朝光绪年间，慈禧太后曾请英国使团听谭鑫培演唱京剧《乌盆记》。席间，慈禧问英国公使是否听得懂，公使回答说："戏词没听明白，但从演员悲惋的唱腔中，感觉到一个幽灵在哭泣。"

  民国时期，戏园子里上演《乌盆记》，曾经不止一次地吓死过人，有些戏园子门前贴出的海报干脆就警告"胆小者莫入"。邵飘萍主编的《京报》上曾经有评论说"此等阴森恐怖戏剧，实为旧文化之糟粕"，然而却挡不住戏迷们的趋之若鹜。时人评议，各大戏园子都以叫卖声、喝彩声攀比，高者胜之，"倘有一隅，人满为患，却鸦雀无声，只闻一凄凄惨惨之幽咽，必为《乌盆记》无疑……"

一九五〇年七月，以新中国文化部副部长周扬为主任的"戏曲改进委员会"，首次以中央政府的名义颁布对十二个传统戏曲剧目的禁演决定，其中就包括《乌盆记》。

而《乌盆记》遭禁的原因是——

"舞台形象过于恐怖，宣传了迷信思想"。

直到"文化大革命"结束后的一九八〇年六月，在文化部下发《关于制止上演"禁戏"的通知》中，依然重申禁演《乌盆记》这出"鬼戏"。

由于本书所记述的奇案与《乌盆记》关系甚大，所以要把《乌盆记》的故事先进行一番讲述，其中夹杂有对相关史料的考据，因事件过于奇特之故，必不致读者眼倦。

事件发生的时间，应当是在公元一〇二六年，这是因为包拯审理此案是在任定远县令期间。据《定远县志》记载，宋仁宗天圣七年（一〇二九年），包拯受龙图阁直学士刘筠的举荐担任定远县令，任期一年。而据《乌盆记》涉案人的陈述，受害人刘世昌的遇害是在"前三年"，由此不难推理出案发的确切时间。

时为夏季。

南阳人士刘世昌长年以贩卖绸缎为生，这一天他结清了账目，带着银子和仆人刘升一起往家赶，不知不觉中，天色渐晚。

那时的中国，与现在大不相同。

读者可以想象一下，那时人口稀少，城镇的数量比现在少得多，规模也要小得多，其间并没有任何公路，也没有一辆汽车，连电线杆子都不见半根。所谓旅途，多半就是在无垠的荒野中或独身、或结伴沿着车辙慢慢前行,整个世界的色彩十分单调,野草是已经荒芜的黄色,树林是正在荒芜的绿色,以及周遭正在一点点黯淡的黑色。四野一片沉寂,除了自己和旅伴的脚步声,别无他响,偶尔传来一声昏鸦的哀啼,也如肢解了天空一般,听得人肝胆俱裂。

客栈是极罕见的,偶有几个房屋的造型,走近了一看,不是废弃的茅舍,就是破败的小庙,甚或露出白骨的孤坟……

刘世昌主仆正在踌躇今晚该到哪里落脚,突然下起了雨。

雨极大,转瞬之间,势成瓢泼,将天地之间连成苍茫茫的一片。刘世昌主仆虽然都带了油伞,却毫无作用,浑身上下被淋了个透。

"前面是什么地方?"刘世昌扯着嗓子问。

刘升擦了一把脸上的雨水,睁大眼睛看了看,认得此处是从前经过的地方,答道:"大东洼。"

"归哪里所管呢?"

"定远县。"

定远县地处安徽省东部,北宋年间为淮南路濠州所辖,而"大东洼"三个字,一听便知是有雨则涝、无雨则旱的一片人迹罕至的地方。刘世昌主仆正在发愁该到哪里避雨,忽然看见前面的山坡上有一片窑场,窑场前有几间简陋的草房,影影绰绰的似乎有灯火的光芒。

他们深一脚浅一脚地走过去,拍了拍门板,半天无人回应。刘升脾气急躁,一边拍一边喊"有人吗"。片刻的工夫,门打开了,钻出一个獐头鼠目的瘦子来,问他们什么事情。刘世昌说明主仆二人"行至此间天降大雨,前不着村后不着店,在此借宿一宿,感恩匪浅",瘦子上下打量了二人一番,点点头将他们让进了屋子。

屋子矮小而阴暗，分成里外两间。外间靠墙顶着破烂不堪的桌椅，桌上点着一盏油灯，灯火摇曳不定，地上摆着一只细木条编成的瓦桶，墙角放着一摞青色的瓦盆；里间与外间以一道布帘相隔，从布帘下摆的缝隙望去，似乎有一女人的影子，想来是主人的内眷，自是不便打扰。

刘世昌向瘦子道谢，问他的名讳，瘦子自称赵大，在这里开了个小小的盆儿窑。

刘升把肩上的包袱卸下，揉着酸痛的肩膀，赵大上去帮他接过包袱。京剧《乌盆记》中的一段简短对话，令人不寒而栗。

赵大："这挺沉的。"
刘升："这里头都是银子。"
赵大："哦，这是银子。"
刘升："小包袱交给你，这里面也是银子。"
赵大："哦，顶沉顶沉交给我。"

把顶沉顶沉的两包银子放在桌上，赵大问刘世昌主仆可曾用过晚饭，然后主动提出"我给你们预备点儿酒赶赶寒气"，说完一撩布帘就进了里间。

里间的床上坐着一个肥胖的女人，眉眼粗鄙，满脸横肉，劈头便问赵大："我说，你又把什么不三不四的人招进家里来了？"

"嘘……"赵大竖起了食指，用低得不能再低的声音说，"我告诉你说，来了两个投宿的，包袱挺大，里面尽是银子，你想个什么主意将他们害死，咱们可就发财了。"

"哦？"女人的眼睛一亮，奸笑道，"把耗子药下在酒里，喝下去不就死了吗？"

赵大点点头道："好，你去办！"

刘世昌主仆在外间候了片刻，见赵大笑吟吟地走出了里间，掌中托着一个盘子，盘子上有一壶酒、两个酒盅，说道："客官你请上，我来给你满个盅儿。"

刘世昌哪里想到其他，千恩万谢地接过，一饮而尽，刘升也不客气地自己斟了酒喝下。主仆二人都有些头昏，想是酒劲所致，便在外间的土炕上卧下睡觉。

赵大吹熄了油灯。

窗外是铺天盖地的大雨，打在草房上"刺啦刺啦"的，像用刀一层层剔肉似的……突然，一道闪电透过窗纸，在刘世昌惨白的脸上划过一道蓝色的伤痕，仿佛把他的头骨从中间劈开！接着霹雳一声响，刘世昌睁开眼睛，只觉得腹痛如刀绞一般，他强撑着爬起身，推一推身边的刘升，刘升却动也不动，哼也不哼。刘世昌正在惊诧间，又是一道闪电，照亮了黑暗的屋子，只见刘升睁着一双毫无生气的眼睛，嘴角和鼻孔淌出鲜血，显然是死亡多时了。

荒郊，野外，电闪，雷鸣。刘世昌知道赵大在酒里下了剧毒，也知道自己逃不掉了，但是求生的欲望还是驱使着他滚下土炕，一点一点地向门口爬去。然而爬到一半，他就爬不动了，因为他看到眼前出现了两双脚，还听见了赵大和一个女人的狞笑。

刘世昌伸出手，痉挛的手指抠住赵大的脚腕抓了两抓，喉咙里发出一声悲怨的呜咽，便倒在地上再也不动弹了。

"两个人死了一双。"女人走到桌边，点亮油灯，把大小包袱一起打开，看着白花花的银两，笑得嘴角抽搐，"发财了！咱们发财了！"

赵大把刘升的尸身从土炕上拉到地上,与刘世昌的尸体并排放在一起,气喘吁吁地道:"这两具死尸怎么办呢,抬出去埋了吧?"

"不好,不好,倘若被野狗扒出来,给人看见,那不是白做了活儿吗?"女人沉思了一下,把手一拍道,"有啦,有啦,咱们把他二人的尸首剁成肉酱,烧成灰,再和在泥里,烧制成盆子,就是神仙也不能找寻着!"

赵大笑了道:"妙,妙啊!这正是我的老本行嘛。"说着便进里间拿了把柴刀,在油石上磨了磨,便待分尸。女人一声冷笑道:"你一个人,要想把这两具尸体剁成肉酱,怕是要从初一忙到十五了,赶紧再找一把刀去,咱们一起来。"

赵大点点头,又取了一把柴刀递到女人手中,女人正要蹲下"做活儿",却冷不丁打了个寒战,一双眼睛呆呆地望着赵大的身后。

她这样把赵大唬得一个激灵,转头一看,未见一人,问女人道:"你看什么呢?"

女人伸出右手,指着墙壁道:"那年画上的钟馗,瞅着我们呢……"

赵大望着年画,把牙"咯吱咯吱"咬了两咬,走上前去,用刀尖把钟馗的眼睛剜了下来道:"我让你瞅!我让你瞅!"

女人一阵怪笑,蹲下身,高高地挥舞起柴刀,朝刘世昌的脖颈砍下。

"扑哧!"

一股鲜血喷到了她的脸上。

她擦也不擦,咧开红红的嘴巴,疯魔一般不断挥舞着柴刀劈下,顷刻间,一股浓浓的血腥气充溢了黑暗的天与地……

倘若把三皇五帝以来中国默默死灭的人数加在一起，一定是个令人震惊的天文数字。

所谓默默死灭，并不是指史书上不绝于纸的"遍地饿殍""白骨露于野"或者"人相食"，这些固然是人间惨剧，但至少还落个死因；比之更惨的，是那些活着时籍籍无名，而又不知什么时间什么地点突然就消失了，也没有人为此深究的死者，他们就像从没来过世间一样。

本来，老汉张别古也应该是一个默默死灭的人。

"别古"二字，有讲究。宋元之际，与众不同谓之"别"，不合时宜谓之"古"，结合在一起用作名字，可想此人的怪异倔强。京剧《乌盆记》中，张别古上场要念四句数板，把他凄苦的身世道了个明白："苦难挨，膝下无儿怨谁来，妻丧早命何该，只落得奔忙劳碌卖草鞋。"

张别古长年以打草鞋贩卖为生，三年前生了一场大病，一直在家苦挨，靠着邻居的接济才没饿死。这一天总算是病好了，把屋里的每道墙缝都摸索了个遍，没有找到半文钱，掀开米缸盖子，又见了底。老头子一辈子犟脾气，有病时可以接受别人的施舍，没有病就偏要靠自己，可是肚子饿得"咕咕"叫，现在打草鞋叫卖又怕来不及，猛地想起，三年前，在东大洼开盆儿窑的赵大穿了他两双草鞋，说是赊账，一直没给钱，"不免想前去要了来，也好度日"。

老头子拄着根竹杖，三步一喘地走到大东洼，却一阵发蒙：窑场依旧在，草屋却是荡然无存了，取而代之的是气派的大瓦房。张别古想：赵大这卖瓦盆的未必比我这卖草鞋的能多赚几个钱，如何发了大财？上去拍了拍门，门开了，出现在眼前的依旧是那个獐头鼠目的赵大，但一身光鲜的绫罗绸缎，又让张别古半天不敢相认。

"老小子,你有什么事?"赵大倚着门,不耐烦地说。

从前朝自己讨草鞋穿时一口一个"张大爷"的赵大,如今阔气了,脸却变得悭快。张别古气不打一处来,径直道:"赵大,我来找你讨草鞋钱!"

赵大把眼一瞪道:"什么话!你看大爷我头上戴的、身上穿的、脚底下蹬的,我会欠你草鞋钱?真是岂有此理!"

张别古掰着指头给他算,三年前的几月几日,赵大讨穿草鞋两双,当时说的赊账——

赵大断然截住他的话头道:"有欠条吗?拿来欠条,我就把钱还与你。"

两双草鞋,哪里用开什么欠条。面对这种无赖,张别古一时间哑口无言。

赵大冷笑道:"没有欠条是吧,空口无凭是吧,那您就别跟我这儿堵着门了,该干吗干吗去!"

张别古万般无奈,苦笑道:"老汉我大病初愈,做不了什么活计,干脆你给我个瓦盆,我到街上讨饭去吧!"

"瓦盆嘛,我倒有的是。"赵大轻蔑地说,"你跟我到库里拿一个吧!"

以前烧了瓦盆都摆在墙角,如今居然有了"库",这令张别古哭笑不得。不过也说明,赵大这些年的营生依旧是开他那万年不赚钱的盆儿窑——那他这家究竟是怎么发的?

推开仓库的门,黑咕隆咚的也没个窗户,张别古一脚踏进去,顿时感到脚腕一凉。

宛如一条水蛇滑过皮肤。

水蛇并没有游走,而是顺着脊梁骨往上滑,激得张别古打了个寒战!

"你咋了?"赵大感觉到了异样。

"你这盆儿库里咋这么冷啊……"张别古嘟囔道,"别是有什么不干净的东西吧,阴风惨惨的。"

赵大往后倒退了半步,脸色瞬间变得极其难看。

张别古正待挑一个好点的瓦盆,赵大抢上一步,捡了个瓦盆塞在他手里就把他往外推:"就这个就这个,快走快走!"

一直被推出了盆儿库,张别古才看清手中的瓦盆,别的瓦盆多是铅灰色的,这个却黑得出奇。

"好黑个家伙!"张别古不禁说道。

"一窑就烧这么一个,我还给取了一个名儿呢——叫作乌盆。"赵大边说边将他往门外推搡,"行了行了,拿着这个盆儿讨饭去吧,今后没事别来串门,免得坏了我的财气。"

大门"哐当"一声关上了。张别古苦笑了一下,本来是讨账,却只讨来了个讨饭用的乌盆。天色已晚,老头子拄着竹杖一步步向家走去,他完全不知道,身后拖曳起了一道长长的黑影。

京剧舞台上,演到这一幕时,景象可怖:张别古一路前行,身后是刘世昌的冤魂:长长的甩发,披散在被毒杀时惨白的脸孔上,额头裹着黑色的水纱,黑色长袍随着尸身在地上拖曳,双鬓的白色鬼发犹如两条吐出的舌头,三绺黑色长髯仿佛是唇齿间吐不尽的血丝……就这么摇摇晃晃地一直跟着张别古。

走到一片茂密的树林中,张别古又累又饿,不由得坐在地上,背靠着一棵古槐歇脚。四周已经黑得像沉在水里,老汉想,这么坐下去,很快就彻底看不清道路了,但是想起身继续走,身上又全无力气。

正在这时,耳畔飘过一阵飕飕的冷风,风中还夹杂着一个凄凄惨惨的叫声——"张别古……"

老汉吓得一激灵，"噌"地站将起来，以为是遇到劫道的强人了，但瞪圆了眼四下看去，黑黢黢的树林里根本就空无一人。

张别古抓紧了竹杖，竖直了耳朵。

又是一阵飕飕的冷风……

"张——别——古。"凄凄惨惨的叫声再一次响起。

那声音就在近旁，却不在眼前，眼角的余光一瞥，也不在左右，那么……张别古战战兢兢地扭过头，向身后望去——

还好，身后只有一棵树。

然而，接下来的一幕，却令他魂飞魄散——

那棵古槐斑驳的树干上，竟然浮现出一张枯槁的脸孔来，披散的甩发，冤苦的眼神，挂着血丝的嘴唇一张一合，发出愈加凄惨的哀声："张别古，帮我申冤啊……"

"啊！"张别古大叫一声，拔腿就跑。树林里顿时狂风大作，飞沙扬面，老汉也不管那许多，只闭着眼狂奔，也不知道跑了多久和多远，睁眼时竟已经跑回了自家门前，冲进去上了门闩，又搬过桌椅把门顶住，然后坐在地上一边喘气，一边喃喃自语道："俗话说'少年见鬼，还有三年'，我这老来见鬼，怕是没几天活头了！"

坐在黑咕隆咚的屋子里，张别古越想越怕，便从地上慢慢爬起，摸索着点上了油灯，突然觉得尿急，想到屋外去小解又不敢，这才想起怀里还揣着一个乌盆呢，正好当夜壶了，于是把乌盆掏出放在地上，正准备解裤腰带，突然，那个凄凄惨惨的声音再次响起——

"张——别——古……"

张别古吓得一屁股坐倒在地，手撑着倒滑了几下，后背

"哐"地撞在墙上。

油灯的灯火犹如被狂风撕扯一般乱颤，昏暗的屋子摇摇欲坠，一道黑色的影子从墙根慢慢往上攀升，一直升到天花板，是个飘飘忽忽的无脚人形。

张别古一泡尿就尿在裤裆里了，纵横的泪涕一直流淌到花白的胡子上："你……你要干吗？咱们往日无冤近日无仇的，你可不能害我啊！"

"唉……"一声幽幽的叹息。

从这一声叹息中，张别古似乎感觉到了鬼魂的无奈，也觉察到它未必是要与自己为敌，于是定了定心神，试探道："你要小老儿帮你申什么冤啊？"

接下来，直接引用京剧《乌盆记》中刘世昌的一段反二黄慢板唱词：

未曾开言泪满腮，
尊一声老丈细听开怀：
家住在南阳城关外，
离城数里太平街。
刘世昌祖居有数代，
商农为本颇有家财。
奉母命京城做买卖，
贩卖绸缎倒也生财。
前三年也曾把货卖，
归清账目转回家来。
行至在定远县地界，
忽然间老天爷降下雨来。

路过赵大的窑门以外，
借宿一宵惹祸灾。
赵大夫妻将我谋害，
他把我尸骨未曾葬埋。
烧作了乌盆窑中埋，
幸遇老丈讨债来。
可怜我冤仇有三载，有三载，
因此上随老丈转回家来。
望求老丈将我带，
你带我去见包县台。
倘若是把我的冤仇解，
但愿你福寿康宁永无灾。

听完刘世昌冤魂的哭诉，张别古枯坐在地上，很久很久，才低声说："这么说，你三年来一直被困在这个乌盆中啊……我说赵大怎么突然发的家，原来是劫了你的财物，把你送给我，想必也是想送鬼出门，却不知道你居然能脱了乌盆的胎胚，来找我帮你申冤啊。"

"实在是我死得太惨，冤情太深，魂灵怨苦异常，一直不得投胎。近闻包县台到任，此人清正廉明，足能断我的案子，又逢那赵大将我送与你，所以才挣脱了乌盆的约束，求老人家帮帮我啊！"

也许是经不住刘世昌冤魂的苦苦哀求，也许是怕被它缠上从此不得安生，张别古答应了下来。

第二天，张别古抱着乌盆来到了定远县衙。

包拯时年三十岁。

三年前考上进士之后,他先被朝廷任命为大理评事,又被任命为建昌知县,因不愿远离年事已高的父母,遂辞官归家。很快朝廷让他出任和州的税官,接下来受龙图阁直学士刘筠的举荐担任定远县令,虽然职务屡迁,然而所到之处,政声彪炳。明朝嘉靖年间知县高鹤《重修定远县志》中这样评价包拯道:"(包拯)尝为定远令,公廉正直,明信威严,事除积弊,宿吏胆破,听断烛隐,豪右敛迹。以忠信义教民,政绩彰闻。"

当张别古上得堂来鸣冤告状时,包拯看他怀抱着个乌黑乌黑的瓦盆,本来以为是邻里之间因为做生意闹的小矛盾,谁知听得老汉一番讲述,大为震惊:"你说赵大杀人劫财,可有证据?"

张别古说:"我让这乌盆自己说便是。"

言罢,他将乌盆放在地上,对着它说:"乌盆啊乌盆,我把你带到包县台跟前了,你有天大的冤屈,自己跟他说吧。"

县衙之上,无论包拯还是一班衙役,都瞪着乌盆,看它能说什么,谁知等了很久,却是鸦雀无声。

包拯大怒,一拍惊堂木道:"你这老儿,居然妖惑官府!念你年长岁高,本县不做计较,快快退下堂去!"

张别古抱着乌盆回了家,一肚子的气对着乌盆撒道:"你这厮让我带你申冤,到了堂上却又一言不发,敢情是消遣小老儿吗?害我被包县台寄一顿打!"

刘世昌的冤魂又从乌盆中飘忽而出道:"老人家不要生气,实在是包县台刚直不阿,一身正气,神鬼都要避让,我又赤身露体,到了堂上只有战栗,哪能说得出话来啊……烦请老人家明天拿件衣物包裹住我,再上县衙申诉一次。"

张别古有心不去,又念及"好人做到底",于是第二天一早,用衣服包裹着乌盆又上县衙去了。

衙役们觉得这老头儿犯了失心疯,要把他乱棍打出,倒是包拯耐得住性子,请张别古上堂来再审一遍。

这一回,张别古刚刚把乌盆放在包拯面前,乌盆里就传来"嘤嘤"的悲啼声。

包拯大骇,让乌盆将冤情从头道来。于是,刘世昌的冤魂把自己和仆人如何归途中遇雨,如何投宿在赵大家,如何被毒杀,如何被剁成肉泥之后混入陶土中烧成乌盆,又如何冤魂不散,借张别古之手来上堂告状……讲到那恐怖血腥之处,直听得堂上众人寒毛倒竖,目瞪口呆!

听完刘世昌冤魂的讲述,包拯立即让衙役到东大洼捉赵大夫妇来受审。

很快,衙役们便将赵大夫妇用铁链锁拿了来。一见堂上的乌盆,他们二人同时瘫坐在地、面如死灰,三年来无一日不恐惧东窗事发,无一夜不梦见鲜血淋漓的鬼魂,如今终于迎来了他们恶贯满盈的死期。

没等包拯细审,他们就招供了。

包拯一纸判书,将二人当街问斩!

为表彰张别古的义举,包拯赏了他二十两银子养老。

刘世昌终于沉冤昭雪,那个杂糅着他的血骨和不安冤魂的乌盆,也被送回了南阳下葬。

京剧《乌盆记》的故事,到此结束。

然而有几个需要深究的细节,千年来却一直没有搞清楚。

比如故事主人公的名字和籍贯。元杂剧《叮叮当当盆儿鬼》中,受害者名叫杨国用;在明代文学家安遥时编撰的《包公案》中,这一事件的受害者名叫李浩,籍贯并非南阳而是扬州;清末著名说书艺人石玉昆整理的《三侠五义》中，受害者名字叫刘世昌，籍贯却是"苏州阊门外八宝乡"。如果联系到刘世昌是"奉母命京城做买卖"，那么他从北宋京城汴梁回的"家"倘若是南阳，无论如何也不应该从河南境内绕道安徽定远，等于是兜了个天大的圈子——无疑，扬州或苏州的可信度都更高一些。

另外，是故事发生的地点。大部分史料中记载，这一奇案的发生地都是在定远，但是也有不同的意见，有一说就指此案发生在山西省朔州市怀仁县石庄。

还有一些情节。比如包拯审理此案的方法，在一些剧本或书籍的记载中，赵大夫妇被锁拿到县衙之后，宁死不肯招供，因为他们认为包拯无凭无据——毕竟一个乌盆说的话，既不是人证也不是物证，没法用来定罪。包拯却有办法，吩咐把两个人分开审，主要的突破口选择在赵大的女人身上，告诉她："你丈夫供称陷害刘世昌，全是你的主意。"女人恼恨丈夫，便说出害死刘世昌的经过，并说还有部分赃银藏在墙中……衙役们去起了赃银出来，人证物证俱在，赵大只能俯首认罪。

还有更神奇的传说，是关于赵大之死的。据说包拯派出衙役去拘捕这对夫妻凶手，不知怎的走漏了风声，女人知道走不脱，径直服了毒，赵大却不甘心束手就擒，躲进了自己那座盆儿窑的一个极隐秘的窑洞，料想躲上十天半个月，等风声过去了再潜逃至外地。谁知当初他用刀挖掉钟馗眼睛的事情，钟馗可没有忘记。钟馗封住窑洞的洞口，将刘世昌的鬼魂引进窑洞内现身，把赵大吓得魂飞魄散，用一把尖刀插进自己的心口毙命。这时，县衙大堂上那只乌盆突然飞将起来，包拯带着衙役们跟着乌盆，一直追进盆儿窑，只见乌盆撞开一个被封堵的窑洞，在半空中化为无数碎片，撒落在赵大的尸身旁边……

上面这个传说，出自《渔阳县志》，上面明确记载该事件发生在本县内，而不是定远县。
　　整整一千年以后，也正是在渔阳县，发生了一起密室杀人奇案，而警方直到刑侦工作陷入绝境时，才猛然发现，这起奇案，几乎就是把阴森可怖的"乌盆记"事件，重新上演了一遍。

第一章　奇袭

夜已经很深了,芊芊躺在床上翻来覆去,就是睡不着。

她一会儿从枕头边拿起手机看看几点了,一会儿竖起耳朵听楼道里有没有脚步声,一会儿又坐起来瞪着黑黢黢的房间发呆……本来就简陋的上下铺被搞得咯吱咯吱作响,睡在下铺的胖丫实在受不了了,低声骂道:"都几点了,你还烙什么大饼呢,想男人了?"

睡在对面上下铺的两个女孩笑出了声。

芊芊心里有些烦乱,下了床,穿上拖鞋走到窗边,望着外面的夜色。她们几个女孩子租住的这个两居室,位于渔阳县郊一栋非常老旧的职工宿舍楼的二层,无论楼面的贴砖、屋里的墙皮,还是楼道的台阶,都像患了皮肤病一样脱落与坑洼。这里的住户不多,除了那些无力搬迁的老住户外,大都租给像她们这样在城里打工的人了。白天这里犹如被废弃的传染病医院,由于太贫瘠,连贼都懒得光顾;到了晚上,锅碗瓢盆的响声和劣质食用油的味道消散之后,整个楼群就跟幽灵岛似的,孤独地漂浮在一片荒野之中。楼下连一盏路灯都没有,黑暗中那些丛丛莽莽的,不知是野草还是野兽,唯一的照明就是月光照在臭烘烘的积水上的反光——可是今晚又没有月亮。

也许是嫌屋子里太过闷热的缘故,芊芊把窗户打开了,"吱呀"一声，好不容易睡着的胖丫又被吵醒了，气得喊道："芊芊你有毛病吧？大半夜的，你瞎折腾什么啊！"

对面上下铺的两个女孩也嘀咕了起来：

"芊芊你还是把窗户关上吧，不安全呢。"

"就是就是，我上周看《大众故事》上登的一个案子，真事儿啊，有个超级变态男，为了偷钱，从自己家的外窗台跃到邻居家的阳台上，一看阳台的门窗都没有关，就溜了进去。里面正好睡着八个女孩，都像咱们这么大，在一家商贸公司做销售，公司把那房子租下来当集体宿舍。那变态男不知中了什么邪，用随身带着的刀把八个女孩都给杀了——"

"哎呀！大半夜的你咋说这个啊，还让不让人睡了？"

"我这不是提醒芊芊不要开窗户吗……说起来，咱们对门那个怪叔叔会不会是个变态恶魔啊？"

"那人？变态也许有，恶魔真没有。每次在楼道里撞见了，就知道看着我色眯眯地傻乐，一看就是个有贼心没贼胆的男人。"

"芊芊，你快点儿把窗户关上睡觉吧！"

芊芊刚刚关上窗户，就听见楼道里传来一阵脚步声，她竖起耳朵，脸上闪过一丝喜悦道："是东哥，东哥回来啦！"

"东哥，东哥，一天到晚的就知道惦记你的东哥。"胖丫嘀咕道。

芊芊飞快地跑到门边，打开木门，在楼道那盏昏暗得不能再昏暗的灯泡的照明下，她看见防盗门外面站着一个穿黑色夹克衫的人。

"开门。"东哥声音低沉地说。

芊芊赶紧把防盗门打开，东哥闪身进了屋子，立刻把两道门都关上锁好，长长地出了一口气。

"你……还好吧?"芊芊小心翼翼地问。

"还好。"东哥说。

这时,另外几个女孩都起来了,胖丫摸索着拉开灯,照亮了东哥那张韩版的惨白瓜子脸和棕色长头发。东哥被光线刺得举手一遮眼睛,芊芊赶紧拉灭了灯。

"你们,都睡觉去!"东哥命令道。

女孩子们回屋里去了,唯独芊芊摸着黑到厨房里倒了杯水端给他。东哥既没有拒绝也没有赶她,接了水坐在大厅里默默地喝着。

突然,有人敲门。

声音不大,但十分清晰,而且有着特殊的节奏,正是这节奏,让东哥把水杯往小圆桌上一放,猛地站了起来。

芊芊赶紧躲进了里屋。

东哥开了门,迎进一个很敦实的中年人,相貌看不清,手腕上的金链子和腰间的玉坠倒是熠熠生辉。

东哥往楼道里看了看,重新关上两道门,锁好,然后带着中年人走进了另外一间屋子。

"货带来了吗?"中年人低声问。

东哥点点头道:"钱呢,你带了吗?"

中年人拍拍手上的一只皮箱,然后抽出一支香烟,点燃,猛吸了两口道:"那咱们就赶紧的吧!"

正在这时,楼道里突然传来一阵歪七扭八跑了调儿的歌声,是一个男人唱——准确地说是号出来的:

有没有人曾告诉你,呃,我很爱你,
有没有人曾在你日记里,呃,哭泣。

有没有人曾告诉你，呃，我很在意，
在意呃，呃，这座城市的距离……

由于每一句都带了"呃"字，因此很容易听出歌唱者是一位喝高了的酒鬼。

中年人立刻紧张起来："谁？"

东哥竖起耳朵仔细听了听："对门一个姓马的，做小买卖的。"

中年人松了口气，正要继续下一步的行动，谁知这口气松得早了，就听见门口响起"咔嚓咔嚓"的用钥匙开防盗门的声音。他一脸错愕，不是说姓马的住在对门吗，怎么竟开起这扇门了？

可以听得出，姓马的用钥匙钻了半天锁眼，就是打不开防盗门，接着，响起一阵"噼里啪啦"的猛烈拍门声，以及很粗横的喊声："开门！快开门！咋还不让俺回家了？呃！开门啊！"

中年人把烟扔在地上，鞋底狠狠一搓，站起身就要走。

东哥拦住他说："这只是个意外，只是个意外，我赶走这醉鬼咱们就交易。"说完他快步冲到门口，"呼啦"一下拉开门，隔着防盗门的铁窗说："姓马的，大半夜的，你他妈抽什么疯？你看清楚再敲门，你们家在对面！"

姓马的醉鬼歪着脑袋，使劲张了张快要黏在一起的眼皮，短粗的眉毛拧成两个结："呃！你放屁！呃！你是谁？"他一边抓着门框摇晃着，一边喊了起来："快来人啊！快来人啊！我们家进贼了！"

声音震得楼道嗡嗡作响。

"把他拉进来，别让他喊了！"中年人压低了嗓门吼道。

东哥犹豫了一下，见这姓马的不把山喊崩了不罢休的劲头，知道再拖下去真不定会把什么人招来,只好开了防盗门,一边把姓马的往屋里拉,一边咬牙切齿地说:"你他妈的给我闭嘴!"

姓马的却还含混地骂着什么,东哥急了,从腰里抽出一把刀,狠狠地向他的咽喉要冲插了过去!

说时迟那时快,姓马的把头一歪,刀尖擦着他的耳朵"咔"的一声扎在了墙上,用力之大,竟然把墙生生地戳了一个洞,爆起的烟尘仿佛打上去了一颗子弹!

刹那间,东哥悟出了什么:一个醉鬼怎么躲闪得这么灵敏?

可惜他悟得太晚了。

姓马的将膝盖狠狠地撞向他的裤裆,只听"嗷"的一声惨叫,东哥倒在地上弯成了一只虾米。那中年人一愣,手刚刚往后腰上一摸,只见从门口涌进一群人来,径直将他冲倒在地,七八只手反拧着他的胳膊,疼得他"哎哟哎哟"直叫唤,黑暗中响起此起彼伏的声音:

"放老实点儿!"

"再动,再动打死你!"

"手铐呢,手铐拿来,给他铐上!"

"快点儿开灯,控制住其他人!"

"快去洗手间!"

于是响起一阵"噼里啪啦"的脚步声,无数支手电筒的光芒在黑暗中交织穿梭。不知什么时候灯开了,女孩子们一边尖叫一边闪躲,雪白的大腿晃得人眼花缭乱,然而很快就被控制住,在墙角抱着头蹲成一排。

东哥和那个与他交易的中年人都被戴上了手铐,趴在地上"呼哧呼哧"地往外喷血沫子。

一个留着小胡须,眉宇开阔的人站了起来,右手握着一支手枪，对姓马的说："老马，干得漂亮！"

"哎呀，这都得说是林处长部署得力、指挥有方不是？"老马嘿嘿乐了起来，圆圆的脸盘上一对小眯缝眼儿充满喜感，蒜头鼻下面的嘴巴笑意盈盈地翘着，活像是个刚刚获得提拔的乡干部，只是不知什么缘故，短发有些稀疏，稍微给形象打了点儿折扣。

"少来，你小子！"林凤冲笑道，一边把手枪别回枪套，一边说，"要不是你的配合，今天这事儿还真不一定能顺利拿下。"

"你瞧你说的啥话。"老马说，"给娘家人干活儿，那还不是理所应当的。"

林凤冲狠狠拍了拍他的肩膀，没有再多说什么，一切尽在不言中了。

老马的大名叫马海伟，河南省驻马店市人，早年间当过警察，后来辞职到北京转行干媒体，在报社、杂志社、广播电台、网站都工作过，因为性子直脾气倔，既结交了不少朋友，也得罪了不少人。如今历练了几年，性子也磨平了，变得圆滑了些，尤其开得起玩笑，怎么闹都不生气。他为人极厚道，也特别讲义气，看上去憨憨的，其实心里很有数，每到一个新单位，自我介绍时总用铜锤花脸的大嗓门说"我叫马海伟"！但因为口音重，听起来总像是"我叫马海味"，于是得了个"马海味"的外号。

马海伟参与到今天这个事件中，纯属偶然。

他在一家商报找了份记者的工作，得到消费者举报，说渔阳县县郊有个工厂在生产一种伪劣的滴眼液，但在做这个选题的过程中，发现严重的地方保护主义使渔阳县的工商局处处给采访作梗，索性换了个假的名字和身份来到这里，利用朋友的关系，承包了那工厂旁边的一个药械营销站，表面是做生意，其实是暗访搜集证据，并在这栋楼里租了套房子，一住就是一个多月。这天正觉得资料收集齐备，可以撤了，突然有人找上门来——就是多年前曾经一起办过案的北京市刑侦二处副处长林凤冲。

"老马，有个事情想请你帮帮忙。"林凤冲指了指对门低声说，"这是个'面站'，最近可能有大生意要来。"

"面站"是黑话，意思是贩毒集团的窝点和毒品中转站。

马海伟一听，径直说："咋弄你说。"

"我们的侦查员在外围已经观察好久了，发现这里伪装成一个女职工宿舍，而且，我们发现你和那几个女孩有见面点头的交情。接下来，我们希望你看她们的目光能够稍微色一点儿。"林凤冲说。

"这个嘛……我可是个正派人。"马海伟说。

"扯吧你就，当初也不知道谁跟我骑着自行车下班，半道看见漂亮姑娘差点儿撞电线杆子上。"

马海伟嘿嘿直乐。

林凤冲告诉他，实施这个计划的目的，是要在贩毒集团进行交易的时候，突然冲进去人赃并获："这里的头目叫东哥，毒品交易主要由他来实施，另外住的四个女孩，为了避免打草惊蛇，我们没有展开详细调查，所以不知道她们涉水有多深。也许她们只是东哥用来掩人耳目的幌子，受雇于他，却并不知道他做的到底是什么买卖；但也有可能受利益的驱使，已经成为贩毒集团的成员。如果在交易的时候，我们的破门器在十五秒内撞不开防盗门，那个东哥留在门口牵制我们，她们完全有可能把海洛因'掀了'，这样一来，物证不足，大案变成了小案，犯罪分子也得不到应有的惩处。"

在贩毒集团的交易模式中，有一条重要的原则是"人货分离"，毒贩的行动线路与毒品的运输线路分开走。由于对毒品贩子的量刑主要是根据毒品的数量和重量，因此，只要货不在身上，被警察抓了也不能怎么样。但问题在于，不管人与货分离得多远、多久，在实施交易时必然要"人货合一"，而这个时间就是警方实施抓捕的最佳时机。为防万一，毒贩们准备了各种各样"掀了"的方法——这个词的意思就是在交易的时间和地点，如果遇到突发情况，用最短的时间把带在身上的毒品消匿干净。比如选择在火车上交易，见势不妙就往车窗外面撒；还有租住一间临河的酒店客房，把毒品放在包裹里，用一根细绳吊在窗外，打一种叫"即时解"的绳结，警方冲进来的一刻切断绳索，锡纸包在下落时会自动散开，把毒品倾撒干净；还有更极端的，把毒品放进可以速燃的特制混纺腰带里，外面涂上一层白磷，在皮带扣的位置放置一个砂纸扣儿，只要发现情况不对，在砂纸扣儿上一摩擦，瞬间就会点燃"缠腰火"，把毒品烧个精光——就算严重烧伤也比挨枪子儿强。

如果交易的地点选择在民宅里，那么这个"掀了"的地方一般设置在洗手间，把装有毒品的包裹装在马桶的水箱里面，安排一个人专门坐进洗手间，吃喝拉撒都不能离开，只要听到外面的动静不对，一拉冲水把手，连接包裹上的"即时解"立刻就松开包裹，将毒品一起稀里哗啦冲个干净——当然这里要有几个先决条件：一是马桶可以用来大小解，但冲水必须单独接水；二是守在洗手间里的人要十分精明，不能稀里糊涂，外面来个嗓门大点儿的快递小哥，就直接冲水，那么金三角早晚得转行生产洁厕灵——林凤冲他们担心的，正是东哥在洗手间里安排了个女孩蹲守,一旦她把水一冲,连续数月的侦查就算白忙活了。

"你在他们面前装出一副猥琐的样子,让他们对你放松警惕,交易那天,你装成喝醉了,上去拍门,大吵大嚷的,他们那是个见光死的生意,以为你是单纯的撒酒疯,肯定得想办法堵你的嘴。门一开,我们就冲进去,打他们一个措手不及,人赃并获。"林凤冲把计划交代清楚,问道,"老马,一句话,这个事儿你干不干?"

"干!"马海伟一拍大腿。

"老马,有个话,我不能不提醒你,跟贩毒集团打交道,可比不得打击小偷流氓、车匪路霸,那都是一帮把脑袋别在裤腰带上的亡命徒,一不留神就有生命危险,你最好想清楚再做决定。"

"不用多想——"马海伟正要扬手,忽然手又停在了半空,"等一下,我有个要求。"

"说。"

"这个事儿,不能让渔阳县公安局掺和,我信不过他们。"

林凤冲笑着说:"老马,这是个暗差,整个部署过程,渔阳县公安局毫不知情。"

马海伟放了心。

在所有的犯罪活动中,属贩毒的"无间道"最多,无论是贩毒集团一方,还是警方,都特别喜欢在对方的内部安插眼线,因此一旦案子上了线,尤其是案情重大时,负责侦查的警队往往会一跟到底,即便是犯罪分子的落脚点在其他辖区,不到非常必要时,也不会轻易请该辖区的警队配合行动,以防走漏风声——这已经成了一条不成文的规矩。

于是,一切按计划行事。马海伟跟那几个小姑娘"本色"示人了几天,终于让她们彻底相信他是一个有贼心没贼胆的猥琐男了。接着，林凤冲率领的专案组得到确切消息，东哥准备在今夜和毒贩交易，地点就在住宅内，也就是说，"货"应该也在今夜或早些时候运到这里——可以收网了。

为便于指挥，这天傍晚，林凤冲带领专案组的便衣们来到小区附近，找了个最容易监视东哥住所的地方：住宅楼对面土坡上的一座花房，把卖花的老头转移到其他地点，然后在花房的窗口架上高倍红外线望远镜，一秒不歇地监控着东哥所在住宅内的一举一动。但除了看到几个女孩回到家中洗衣服做饭，什么异样都没有，东哥更是不见踪影。

"该不会是他们得到风声跑了吧？"一个警员有点儿沉不住气。

"盯着。"林凤冲深沉地说，"盯紧了。"

终于，他们看到东哥进了门，蹲守在小区内的警员也很快报告：一个疑似交易毒贩的中年男人走进了东哥所在的单元楼。

"老马，该你上了。"林凤冲拍了拍马海伟的肩膀。

马海伟拿起早就准备好的衡水老白干，先猛灌了一大口，又顺着脖领子往衣服上洒了几洒，道："成了！"说完就出了花房，快步向目的地走去。

黑暗中，大批的便衣警察犹如随风流动的云影，无声地跟在他的身后——

"林处，情况不对。"一个警员走过来，低声对林凤冲说。

林凤冲一愣，跟着他走进了狭小而肮脏的洗手间，只看了一眼，便明白这警员说的"不对"是什么意思了。这卫生间里完全没有人守过的痕迹，冲水把手上没有牵线，打开的水箱盖里面，也没有发现毒品包裹。

林凤冲脸色一变，转身出了洗手间，从地上一把薅起东哥，将他"哐"的一声撞在墙上问:"货呢,藏哪儿了?"

东哥咧开嘴笑了一笑。

林凤冲一松手,他又重新垮瘫在地。

"搜!给我仔仔细细地搜!一定要把毒品找出来!"林凤冲厉声命令道。

于是警员们自动分工,一组人看押和突审东哥、中年人和那几个女孩,一组人开始搜索室内,边边角角都不放过。这样一来警力有些不够,林凤冲用步话机呼叫在楼下蹲守的两个便衣赶紧上来帮忙。

马海伟说:"我也帮着一块儿找吧。"

林凤冲一指女生宿舍那屋:"你去检查那个房间。"

马海伟来到屋子里,见有两个刑警正在翻箱倒柜:简易衣橱给拆了,上下铺的床板给卸了,所有的抽屉都拉了出来,泄了一地的廉价化妆品和首饰……马海伟见这里几乎没有什么自己搜索的空间了,就推开阳台的门,来到阳台上深深地呼吸了一口新鲜空气,然后蹲下身,打开手电筒,在边边角角摸索了一遍,除了一手的尘土,什么都没有找到——

突然,传来了"吱吱"的叫声。

他吓了一跳,扒拉开一个臭气烘烘的鞋盒,竟看到了一只毛茸茸的灰色小耗子。

亮晶晶的小眼睛,因为恐惧而不停颤抖的胡须,这小东西。

趁着马海伟发愣的一瞬,小耗子突然顺着阳台一道很大的裂缝钻了出去,马海伟不由得站起身,把手电筒向下面一斜——

"喂!"

他不禁喊了一声。

因为他看到了第二只"小耗子"。

这是一个瘦小的女孩，看上去十六七岁的模样，惨白的脸上有一双闪烁着惊惧之光的大眼睛，她扒在雨漏管上，正想顺着管子往下滑，却被马海伟发现了。

"哥，你放了我吧，我啥也不知道……"她低声苦苦哀求着。

屋里什么都没有搜出来……这几个女孩可能真的是毫不知情，小小年纪，如果被关进拘留所，几天的时间就会吃尽一辈子都不会忘记的苦头。

一只小耗子我尚且能放过，何况一个无辜的小女孩。

"吱呀"一声，阳台的门开了，身后传来一个警员的声音："老马，听你叫唤了一声，出什么事了？"

马海伟一转身，手电筒的光芒直直地照射到那警员的脸上，刺得他一遮眼睛，老马赶紧闭上手电筒道："没啥，一只小耗子，吓了我一跳。"

那警员"哦"了一声回屋去了。

马海伟回头看去：雨漏管上已经空空如也。

正在这时，忽然听见屋子里面一阵喧哗，有个挺大的嗓门在喊："你们是干什么的？你们是干什么的？"

马海伟赶紧走进屋子，只见一个穿制服的警察站在门厅跟林凤冲叫嚷着，跟他一起来的两个警察都把手放在腰间，做出要拔枪的动作——但仅仅是动作而已，俩人一动不敢动，因为他们的脑门都已经被顶上了不止一个枪口！

林凤冲走上前去，抽了抽鼻子，冷冷地问那领头的警察："你喝酒了？"

"你……你管我干啥呢！"那警察瞪圆了眼睛，正要去摸枪，林凤冲伸手只在他腰间一撩，就下了他的枪，然后把枪朝身后一扔，正好扔在马海伟手里。

那警察登时愣住了,他没想到林凤冲这么好的身手。

"你们是干什么的?"林凤冲厉声喝道。

"我们是巡警队的,你们这楼有人报警,说好像有人入户抢劫,就赶过来了。"一个巡警解释道。

林凤冲不屑地"哼"了一声道:"喝得醉醺醺的,赶过来正好当靶子是吧?去,把你们头头脑脑的叫来见我!"

那巡警战战兢兢地问:"敢问您是——"

林凤冲不说话,满屋子持枪便衣的神色都冰冷如铁,吓得那巡警忙不迭地打电话找人去了。

没过多久,由远及近的警笛声像开水壶的哨子一样越来越大,屋子里每个人脸上都被红蓝两种光晕晃来晃去,然后听到一片丁零哐啷的警械声,显然是大军压境了……林凤冲端了把椅子在客厅中间坐下,几个便衣铁塔一般在他身边侍立。

"噔噔噔噔!"

急促而沉重的脚步声拾级而上,一个门板一样宽厚的身影出现在了门口,这是一个眉眼都有些狭长的汉子,由于面色黧黑的缘故,显得有些阴郁,他看了一眼林凤冲,问道:"你究竟是什么人?"

林凤冲坐在椅子上,把警官证递给他。那汉子上前一步,接过来一看,不禁一愣,双手呈回:"我是渔阳县刑警队队长晋武,林处长到我们这里办案,怎么也不知会兄弟一声?搞得几个手下糊里糊涂的,以为来了贼呢。"

"缉毒案件,你应该知道规矩。"林凤冲嘲讽道,"你那几个手下要是工作时间不喝酒,兴许就不那么糊涂了。"

晋武深知北京市公安局刑侦二处在警界是何等地位,惹恼了这姓林的,怕是县局局长都罩不住,只好咽下一口恶气,低声说:"林处长,你看需要我们配合你们做什么吗?"冷不丁看见了马海伟,眉毛一扬:"怎么你也在?"

马海伟扶了扶眼镜,翘起一边嘴角,冷笑了一下。

"怎么,你们认识?"林凤冲这才明白,当初马海伟领任务时说的那句"不能让渔阳县公安局掺和,我信不过他们"是有来由的。

马海伟的冷笑依然凝结在嘴角,而晋武却转过脸去不再看他。

林凤冲顾不上他们之间有过什么恩怨,因为负责搜查的几个手下接连报告,屋子里的每道缝隙都恨不得扒开看过了,然而一无所获。

"那个东哥嚣张得很,一个劲儿地问我们凭什么抓他。"一个干警愤愤地说。

林凤冲倒是很冷静:"仔细审审那几个女孩,一定要把毒品的藏匿地点挖出来!"

晋武上来说:"我带了好多刑警来,让他们再把这套房子里里外外搜索一遍如何?如果他们今晚确实是在这里交易,那么货一定藏在这里。"

林凤冲看了他一眼,点了点头。

于是,林凤冲的手下继续审讯东哥、中年人和那几个女孩,而晋武带着一班刑警对整个屋子做二次搜查。

时间一分一秒地过去,林凤冲表面不动声色,心里却越来越焦躁不安。难道毒品真的不在这个屋子里,不是确定今天交易吗,哪有交易的时候不带货的道理?难道东哥想黑吃黑?问题是看屋子里的情形,并没有做掉那个中年人、吞掉毒资的准备啊。

"你他妈老站在我后面干吗?"突然传来很大的一声喊叫,打断了他的思绪。

林凤冲看去，见是晋武正横眉怒目地吼着马海伟，马海伟却笑眯眯地扶着眼镜说："我信不过你，谁知道你是不是和毒贩子一伙儿的，趁我们不留神把他藏的毒品转移出去？"

还有什么比指猫为鼠更能激怒猫的？这句话一出口，晋武带来的刑警们"呼啦啦"围了上来，撸胳膊挽袖子的就要揍他。

林凤冲赶忙打圆场，谁知陷入重围的马海伟脸不变色心不跳，依旧笑着对晋武说了一句："何必虚张声势？以前你又不是没干过这种事儿。"

本来目眦欲裂的晋武，听了这话，犹如泄了气的皮球一样，默默地转过身接着搜索去了。

这俩人以前到底有什么样的过节，以至于到现在还纠缠不清？林凤冲来不及多想，就听见旁边一个手下自言自语道："难道他们有'第二窝点'？"

一般来说，毒品交易的时间和地点商定后，买方带钱，卖方带货，碰面，迅速交易后马上撤离，这就算大"罪"告成。但也有一些特别谨慎和狡猾的毒贩，在交易时间之前，于交易地点附近单独租下或寻找一个地方，将毒品藏匿在里面，并指定一个可靠的手下"守仓"，这就是所谓的"第二窝点"。然后，毒贩本人按时到达交易地点，确认没有任何危险后发出暗号，再让那个手下把货带过来——这个过程中，那个手下一定在用望远镜或其他手段密切监视着毒贩的行踪，一旦发现情况有变，马上带货走人，这样一来，毒贩就算被警方抓住，最终也能无罪脱身。

林凤冲他们盯这个案子有好几个月了，虽然实施抓捕行动前，侦查工作做得细之又细，但是这交易地点实在太偏僻，而几天的盯守，又没有发现东哥在附近其他地方逗留，所以压根儿就没想到他可能设置了"第二窝点"——也就是说，如果东哥真的设置了"第二窝点",那么设置的时间一定远在警方盯住他以前。

"这个年轻人真有如此的深谋远虑吗?"林凤冲暗想。

虽然不能肯定"第二窝点"的存在,但既然在这里找不到毒品,就必须立即转移侦办思路——林凤冲很清楚,此时此刻,如果有"第二窝点",那么藏身其间的犯罪分子肯定已经觉察到了警方的行动,甚至早已带着毒品溜之大吉……一想到这个,他难免寒彻肺腑。当然他心中还存有一丝侥幸:实施抓捕前,他安排手下以东哥住所为核心做了较大范围的布控,因此"第二窝点"的犯罪分子有可能还没来得及溜出包围圈,从这个意义上讲,警方和毒贩正在进行一场时间上的赛跑,看是警方能先发现"第二窝点",还是毒贩能先从警方的纰漏中脱逃!

问题只有一个:"第二窝点"究竟在哪儿?

这个问题旋即也在刑警中间讨论了起来:

"'第二窝点'必然设置在这栋楼的内部。"

"不见得吧,无论设置在楼上还是楼下,都看不清这间屋子里的动静啊。"

"那就是对门喽。"

"对门不是老马租住的房间吗?"

"如果说便于窥测这间屋子的动静的话,那么最合适的地点,恐怕就是对面楼房的同等楼层、同等位置的窗户了。"

"对面哪里有什么楼房,只有一个土坡啊!"

"也许根本就不存在'第二窝点'。"

是啊,也许根本就不存在"第二窝点"……林凤冲苦思冥想着,看了看腕上的手表,秒针每一下的跳动,都犹如无限延长而希望渺茫的省略号。

突然,他想起了什么,用步话机和监控点通话:"从我们冲进这间屋子到现在,你们有没有发现有人携带东西走出这个小区?"

在对面土坡花房中负责监视的两个警察回答道:"只有一个女孩离开了小区,但她空着手,没有携带任何东西。"

没有携带东西,那就不是。

那么,"第二窝点"到底在哪儿?林凤冲的额头沁出一层细密的汗珠……

"你们到底是什么人?警察还是强盗?凭啥抓我们?我们到底犯哪条王法了?"东哥在里屋叫喊了起来。尽管有几个干警训斥他"放老实一点儿",但感觉到警察的沮丧情绪,料想到他们一定是一无所获,所以他的气焰越发嚣张。那几个女孩在他的带动下,也不依不饶地嚷着:"快放了我们!""没凭没据为啥抓人?""救命啊,这里有强盗啊!"

"这么下去可不是办法。"马海伟在林凤冲耳边低声说。

"我知道……"林凤冲像是生生吞下了一个热炭球般痛苦和无奈。

这时,门口突然传来一个清脆的声音道:"'第二窝点'有什么难找的?这不是一个推理就能解决的问题吗?"

推理?

林凤冲吃了一惊,朝门口看去,他以为是《法制时报》的著名记者郭小芬来了,或者是"名茗馆"馆主爱新觉罗·凝驾到——这俩人都是赫赫有名的推理者,特别喜欢用这种"一个推理可以解决一切问题"的口吻说话。但视线所到之处,看见的却是一个穿着警服的年轻女子。

那女警看上去二十出头的年纪,个子不高,身材略瘦,蜡黄蜡黄的脸孔跟大病初愈似的,但如果仔细看去,她生得倒颇为俊俏，柳叶眉、丹凤眼，犹如工笔勾勒出来的一般标致，微微翘起的嘴角散发出一股玩世不恭的气韵，说不清是嘲人还是自嘲。

"胡说些什么！"晋武训斥那女警，"这里轮得到你说话吗？"

女警马上陷入了沉默，看来她仅仅是渔阳县公安局刑警队的一名普通干警。

林凤冲走到她的面前说："你是说，你能推理出'第二窝点'在哪儿？"

女警点了点头。

"说出来。"林凤冲鼓励她道，"说对了，我给你请功！"

女警看了晋武一眼。

旁边的马海伟撺掇她道："难得的立功机会，你还犹豫个啥，这位是北京市公安局刑侦二处林凤冲副处长，他的官比你们局长都大，他让你说你就说。"

女警慢慢地说："所谓'第二窝点'，是不是就是毒贩设立的一个监控点，从那里盯着这间房屋，只要发现警方闯入，就马上带着毒品撤离？"

"没错。"林凤冲说。

"那么，毒贩寻找的这个监控点，一定是监视这所房屋的最佳位置喽。"

"对啊。"

"刘若英有首歌怎么唱的来着，'该隐瞒的事总清晰……原来你也在这里'。"

"你到底想说什么？"林凤冲越听越糊涂。

"您还不明白吗——"那女警把手向黑黢黢的窗外一指，"监控这所房屋的最佳位置，正是土坡上的那间花房啊。"

第二章　鬼戏

一屋子的人，个个都惊得目瞪口呆！

斜躺在里屋地板上的东哥，发出了一声绝望的嘶吼……

林凤冲狠狠拍了两下脑门，抓起步话机给蹲守花房的那两个警察下命令："你们马上把手枪的保险打开，除了我亲自带队过去之外，任何试图接近花房的人，立即拘捕，如遇反抗，可以当场击毙！"

那两个警察不知道出了什么事，都吓了一大跳，没想到监视点突然变成了主战场，赶忙拔出手枪准备战斗。

林凤冲马上又给另外一处的警员打电话，查问那个原来在花房卖花的老头现在的情况，得到的却是一个坏消息，因为一开始安排这老头离开花房换个临时住所，只是请他"配合警方工作"，压根儿就没有想到他可能是埋伏在"第二窝点"的毒贩，因此没对他采取任何监控措施，所以不知什么时候，他已经溜之大吉了。

暂时管不了那老头了，林凤冲让晋武等人留下来继续审讯东哥，自己带着一班干警还有马海伟，风风火火地冲进了土坡上的花房，然后马上对这里展开细致的搜索。

花房分成里外两间，外间很大，沿着墙根摆着许多花盆，一袋袋的花肥、花药、种子什么的，分散成一堆一堆码放着，还有一些多肉之类的盆栽搁在简陋的花架上,空气中散发着一股奇怪的味道,像是早春刚刚走过耕牛的田埂。

警员们走进里屋,这里很简陋,家具除了一张老式的木头床,一个关不严门的衣柜,就是一张破旧的桌子,桌子上摆着一台脏兮兮的收音机,还有一辆漆掉得差不多可以当文物的永久牌自行车,也很不般配地停靠在这间卧室里。

在林凤冲的指挥下,大家把柜子拆了,床板掀了,自行车卸了……然而毒品依然踪迹全无。

"别是那个女的推理错了吧?这里压根儿就不是什么'第二窝点'。"

"不是'第二窝点',那老头儿为什么要逃跑?"

"小商贩嘛,看见城管都要逃,更别说碰上警察了。"

林凤冲也疑惑起来:如果花房真的是"第二窝点",为什么当警方将花房"征用"为监控点之后,老头没有向东哥发出警报,让他和同伙赶紧逃跑呢?

屋子里的窃窃私语声越来越大。跟着一起搜查的马海伟又开始搔他那毛发稀疏的脑袋,眼角一斜,看见那个女警正斜靠着门框看着外间,就走上去笑嘻嘻地跟她打招呼:"你好啊!"

女警看了他一眼,没搭理他。

"我跟你说,你又发现什么了吗?"马海伟厚着脸皮继续跟她搭讪。

"我跟你说"是马海伟的口头禅,用河南口音说出来像刚出锅的烩面一样热乎又筋道。

女警还是沉默不语,只把眉头皱得更紧了。

林凤冲走了过来问她:"怎么,哪里不对吗?"

"这个花房,应该只是毒贩用来掩饰的窝点吧?"女警察说。

"对啊,所以,不管是种子、花肥、花药,数量都很少,盆栽那么几盆,与其说是卖的,还不如说是装饰房间用的。"马海伟插话道。

"可是——"女警把手指往墙根一指,"你们不觉得这里的花盆多了一些吗?"

林凤冲和马海伟一看,不约而同地"哦"了一声。

的确,跟为数不多的种子、花肥和花药相比,堆在外间的花盆确实太多了一些。林凤冲走过去拿起叠成一摞的最上面一个花盆,端详了半天,看不出这粗糙而灰不溜秋的东西有什么异样,于是手一松,"啪"的一声将它摔碎在地!

屋子里外的警察听到动静,都涌了过来,见林凤冲好端端地摔花盆,不知道闹的哪一出,一时间面面相觑。

打碎的花盆,只是一地的碎片和黏土,什么都没有。

林凤冲看了那女警一眼,又从刚才那一摞里拿起了第二个花盆——

"啪!"

依然是一地的瓦片和渣土,这一回,林凤冲还特地用脚底板去搓了搓,但除了把黏土搓成了齑粉,没有任何新的发现。

林凤冲又看了那女警一眼,她目光中漂浮着一种对与错都无所谓的淡然,这令他有点儿不知所措。

马海伟走了过来,拿起一个花盆塞在林凤冲手里说:"坚持就是胜利……你接着摔!"

"你咋不摔?"林凤冲有些不解。

"我们老家规矩,爹妈死了,长子才摔花盆呢!"马海伟理直气壮地说。

林凤冲大怒,他有一个老娘卧病在床多年,就他这么一个儿子……正要开骂，只觉得掌中一空，接着听到巨大的一声——

"砰！"

转头一看，才发现是那个女警夺了他掌中的花盆狠狠砸在地上，接着听到一片欣喜若狂的喊声："林处！发现毒品啦！"

一个压缩饼干似的扁平真空塑料袋，从一地黏土和碎片中裸露出来，里面装满了白色的粉末。

原来毒贩将毒品封藏在了厚厚的花盆盆壁之中。

随着花盆一个个被打碎，更多的毒品呈现在了眼前，标志着这起贩毒大案成功告破！

林凤冲兴奋不已，对那个女警说："我要给你请功，我要给你请功……"他突然不好意思起来。"我还不知道你叫什么名字呢。"

有个渔阳县公安局的警察说："她叫田颖，是警校毕业后在我们这里见习的。"

"见习"两个字说得很重，是一种刻意的强调。

田颖看了那警察一眼，默默地走出了花房。

在一些地方的警局里，老手瞧不起新人是很平常的事情，林凤冲也不好多说什么，不由自主地跟了几步，仿佛是送田颖一般跨出了门槛，看她那瘦削的背影消失在茫茫的夜色之中。良久，他忽然感到周身仿佛浸在河水中一般湿漉漉的，伸手一接，掌心顷刻间便被雨水积成了一个小洼……不知什么时候开始，淅淅沥沥的夜雨已如涨潮一般，漫漶了目力所及的一切，于是有形的化作无形，清晰的变得叵测，明亮的没入黑暗，黑暗的更加黑暗。

搜检结束，林凤冲让一个警员拿一袋粘着黏土的毒品给东哥送去："什么也不用说，把这个甩在他跟前，让他自己讲。"那警员撑着一把雨伞离去后,林凤冲开始统计缴获毒品的数量,没多大工夫,突然见那警员伞也没打地冲了进来,气急败坏地说:"林处,坏了菜了!"

"怎么了?喘口气,你慢慢说。"

那警员道:"毒品往东哥面前一甩,他就瘫了,什么都撂了——关键是,他们贩毒集团的主犯跑了!"

林凤冲瞪圆了眼睛:"怎么可能?东哥怎么会跑掉了呢?"

"主犯不是东哥!"那警员擦了一把脸上的雨水。

"那是谁?"

"一个叫芊芊的女孩,听说她只有十七岁,但毒品的运输、贩售、人员调配、隐藏方式,甚至'第二窝点'的布置,都是她直接指挥的!"那警员用一种不可思议的口吻说,"除了东哥,谁也不知道她的真实身份。一直跟她住在同一间宿舍的那几个女孩偶尔还欺负她,哪知道她竟是整个贩毒网络的龙头!"

花房里的所有人都惊得目瞪口呆,马海伟更是从头凉到脚!他万万没有想到,自己一时的心慈手软,竟然放掉了罪大恶极的贩毒集团主犯!

可是那个名叫芊芊的女孩,明明有着那么一双楚楚可怜的眼睛……

妈的,老子被骗了!

"操!"他气得骂出脏话来。

警员们只当他是为功亏一篑而生气,哪里知道他是一肚子怒火,却又哑巴吃黄连,有苦说不出。

"老马别沮丧,她跑得了一时,跑不了一世,咱们早晚会抓住她。今天查获了这么多毒品,贩毒集团分子大部分落网,已经是了不起的胜利了!"林凤冲拍着马海伟的肩膀安慰道,然后对着一屋子的警员说:"大伙儿都辛苦了,咱们留下一个留守人员,其余同志就先撤吧,到县局去稍事休息,接下来还有很多收尾的工作要做呢。"

大家绷得紧紧的面孔,这才松弛了下来,唯独马海伟还是快快不乐。

"走,一起回县局去。晋武刚才打电话过来,说那边的酒菜都准备好啦,庆功宴还是要吃他一顿的!"林凤冲对马海伟说。

马海伟扶了扶眼镜,低声说:"我不去了,我在这里留守吧。"

"芊芊的同伙大都已经落网,她应该清楚,这个'第二窝点'肯定已经被警方抄了,所以不可能再回来了,留一个警员留守只是走程序,随便找个人就行,你跟我喝酒去!"

"我还是留下来吧,瞧你带的这帮子警察,就我脸上挂相最少。"

一般来说,留守警员主要是在刑侦工作结束后,防止漏网的犯罪分子"杀他个回马枪"而设置的。为了迷惑犯罪分子,所以越不像警察越好,从这个意义上讲,早就改行做记者的马海伟倒确实是第一人选。

"好吧,那你留下吧,给你一根警棍防身,有什么情况随时招呼我。"林凤冲说,然后加重语气叮嘱了一句,"注意安全!"

林凤冲等一众警员把装有缴获毒品的证物箱抬上车,然后驶离花房。马海伟站在门口,目送着车子消失在土坡的转弯处,长长地叹了一口气,再呼吸时,口鼻中溢满了雨水的腥气,他很不喜欢这种气味,转过身关上了门,觉得肚子有点饿,身上有点冷,就打开橱柜找有没有吃喝的东西,终于发现了一瓶衡水老白干和半袋五香花生米,先灌了几大口酒,身子暖了一暖,然后拈了几颗花生米，剥了皮放进嘴里，嚼了一口就立刻吐了出来——满舌头的哈喇味儿。

他百无聊赖地在外屋慢慢地踱着步子，想到一时糊涂放走了芊芊，想到暗访制造伪劣滴眼液药企的稿子还没有写，想到身怀六甲的老婆和京城越来越昂贵的房租，不由得心情烦躁。外面的雨点"噼里啪啦"打在房顶和外墙上，犹如在他的心上敲鼓，而脚下不时传来踩到瓦片的"嚓嚓"声，更像是把烦人的雨搬进了屋子里。"见鬼！见鬼！"他不停地咒骂着，掀开门帘走进了里屋，一屁股坐在那张老式的木头床上，也许是用力过大的缘故，床发出"吱"的一声尖叫。

马海伟把警棍塞进枕头下面，拉灭了灯，躺在床上，闭着眼睛，想眯瞪一会儿，谁知那雨声越来越大，像把他的五脏六腑放在竹筛子上筛似的……他从床上爬起，坐在黑暗中瞪着两只眼睛发呆。很久很久，他觉得雨水声已经嘈杂到让他发疯的程度了，必须得赶紧找个什么东西遮蔽一下，于是拿起旁边桌子上的一卷卫生纸，撕了两截，捻成纸团，一边耳朵里塞一团，还是没用。

正焦躁不安的时候，忽然看见了那台脏兮兮的收音机。

"早就坏了吧？"他一边自言自语，一边拿起来拨弄了两下。

"噼啪噼啪……沙沙沙……嚓嚓嚓！"

收音机居然响了。

拨转调节频道的旋钮，又一阵沙沙声之后，传来一阵萎靡不振的歌声，听了没半分钟就产生了尿意，却又懒得动，于是继续拨转旋钮，这回是一男一女两个主持人一边说着挑逗的话，一边介绍一款提高性能力的保健品，马海伟赶紧又换频道，午夜新闻正在播报，他骂了一句"扯淡"继续调频——

"呀……"

一声肝肠寸断的哀鸣,让马海伟不禁一哆嗦。

哪里来的如此凄恻的叫声?

逼仄的小屋里,仿佛还有另外一个人,弓着背坐在床的另一头,沉默不语,一直没有为他所发现,刚刚才发出了一声叹息。

马海伟瞪圆了眼睛看着黑暗,但是什么也看不到。

可他清楚地感觉到:那个人就在那里。

全身的寒毛都倒竖了起来。

他想把手伸到枕头下面摸警棍,但僵硬的胳膊怎么也不会向后拐了,只能平直地抬起,指尖尽力向前触碰着,也许,能碰到那个人的手臂、衣服、肌肤……或者头发?

就在他的指尖感到触碰到了什么的一瞬间,黑黢黢的房间里乍然响起了一阵犹如幽咽般的京胡。

宛宛转转之后,是从地底或墙缝中飘出的惨惨悲悲的唱腔:

> 未曾开言泪满腮,
> 尊一声老丈细听开怀:
> 家住在南阳城关外,
> 离城数里太平街。
> 刘世昌祖居有数代,
> 商农为本颇有家财。
> 奉母命京城做买卖,
> 贩卖绸缎倒也生财。
> 前三年也曾把货卖,
> 归清账目转回家来。
> 行至在渔阳县地界,
> 忽然间老天爷降下雨来。

路过赵大的窑门以外，
借宿一宵惹祸灾。
赵大夫妻将我谋害，
他把我尸骨未曾葬埋。
烧作了乌盆窑中埋，
可怜我冤仇有三载，有三载……

唱腔若有若无，只把一腔冤苦从马海伟的耳际灌入，直渗到骨头缝里。马海伟被这唱腔彻底摄住了魂魄，任凭他悲声阵阵，竟动不得分毫，两只胳膊就这么抬在空中一动不动，口水顺着嘴角淌了半尺来长。

祸灾，谋害，尸骨，乌盆，窑中埋，有三载……

一样的夜，一样的雨，一样的黑暗，有三载……

三载之前——

毫无征兆地，猝不及防地，我被杀害了。

我的头被砍下，骨碌骨碌滚落在床下，脖颈已经断了，眼珠子却依旧圆睁。

我看着，看着，看着自己的身体在刀砍斧剁中化为一团血肉模糊的肉泥，稀烂的肉酱、稀碎的骨殖，漂浮在厚厚的鲜血之上。

我听着，听着，听着凶手狞笑着商量毁尸灭迹的最好办法，他们用脸盆盛去了我的肉骨，烧成了灰，再和着泥土在窑中烧制成乌盆，他们用水冲洗地上的血迹，然后用抹布擦净，就像在清洗一块宰过鱼的砧板。

我嗅着，嗅着，嗅着一个被塞进床下的黑漆漆的乌盆，鼻腔中充溢着自己被杀戮那一刻的血腥气，这血腥气从乌盆中散发而出，任凭窑中烈火怎样烧灼也不能祛除——

一如我不瞑的双眸，一如我不安的冤魂。

可怜我冤仇有三载，有三载……

猛地，一阵刺耳的"嚓嚓"声，惊醒了梦魇中的马海伟，他"哧溜"一声吸了吸从嘴角垂落的口水，举得酸痛的胳膊"哐"地撂下。

"嚓嚓"声依然在耳畔回响，慢慢低下僵硬的脖子，看到了床板边缘有个一闪一闪的物什，分辨了很久的形状，才想起是那台破旧的收音机……

原来，是广播电台播放的京剧选段。

这是什么剧目，缘何唱得如此凄惨不堪？

不堪到竟让我在恍惚中看到了可怖至极的一幕：三年前，一个人就在这间低矮阴森的花房里被残忍地杀害，凶手将他剁成肉酱，烧成了灰，掺在黏土中烧制成了一个乌盆。

受害人的面貌看不清晰了，凶手似乎是两个人，模模糊糊的也看不清面貌。

唯一清晰的，就是那刀砍斧剁，那腹破肠流，那断肢残臂，那遍地血污——

还有，就是那黑漆漆的乌盆，就放在这张床下。

就放在这张床下……

"嚓嚓嚓嚓"，收音机还在嘈杂着，马海伟伸手要去关掉它，但指尖一碰，那收音机扑落到床下去了！

"啪啦"！

摔成了一地碎片。

终于喑哑无声。

真的……真的仅仅是听京剧选段听魔怔了吗?

有一个办法可以证明,有一个办法——

马海伟想下床,但稍一动弹就发现,浑身上下一点力气都没有,极酸软,也极疲惫,贴身的衣裳已被冷汗浸得湿透了……童年时,晚上听多了鬼故事,夜里便会如此,妈妈说这是鬼上身。"鬼要找替代,先钻进你的脑壳弄昏了你,然后钻进你的身子里开始试,跟试新衣服一样,胳膊腿儿的大小合不合适啊,它就撑啊撑的,最后一看不合适,就走了。等你醒过来了,莫名其妙地一身大汗,不知道这是鬼折腾的,这还算好的,要是它试合适了,那你才要遭殃呢……"

动不得,就不动了。

马海伟喘着粗气躺在床上,瞪圆了眼睛望着虚空,他感到天花板上似乎浮动着什么,一个比所有的黑暗都更加黑暗一些的条状物,就在不可名状的深处蠕动着,渐渐滋生出比躯干更长更细的四肢。

他想这不是真的,不是,和刚才看到的杀戮和血腥的场景一样,都是梦境,尽管我睁着眼睛,但我依然是在梦境中……

"嚓嚓嚓嚓……"

"沙沙沙沙……"

收音机不是坏了吗?怎么还在响?难道,难道是那个不安的鬼魂在反复调试着已经破碎的收音机旋钮,想重新找回让他哭诉的频道?"沙沙沙沙"……哦,是了,这回是雨声,连绵不绝而且越来越大的雨声,雨声,雨声,"哗哗哗哗"……"行至在渔阳县地界,忽然间老天爷降下雨来。路过赵大的窑门以外,借宿一宵惹祸灾。赵大夫妻将我谋害,他把我尸骨未曾葬埋。烧作了乌盆窑中埋，可怜我冤仇有三载，有三载……"

　　一只手，推开了花房外屋的门。
　　瓢泼大雨。
　　一个人站在门口，浑身上下都已经被浇透，湿漉漉的黑暗彻底淹没了容貌，只能看到雨水顺着发梢和衣角往下流淌，暗红色的，流血一般。
　　久久地，这个人一直伫立在门口，任雨水不断地浇打。
　　终于，迈出一只脚，跨过了门槛。
　　雨水在抬起脚后的脚印中，积成一个血泊似的小洼。

　　睁开惺忪的眼皮，窗户外面的白杨树上，一粒雨滴正顺着碧绿的叶脉滑落。
　　林凤冲喘着粗气从床上爬起，感觉浑身上下没有一个地方不是酸痛的。
　　昨天夜里为了案子的收尾工作，他一直忙到今天凌晨三点半，才疲惫不堪地在县公安局招待所睡下。他摸出枕头下面的手机看了看，已经是上午十点了，得赶紧准备一下，把犯人押解回京了。
　　他稍微洗漱了一番，就走出门去，同来的几个刑警早已经把东哥等几个罪犯囚锁在押运车里，相关证据、材料亦已装车完毕，就等他一声令下出发了。
　　县公安局局长来给他们送行，连说招待不周，并竭力挽留他们吃过午饭再走，林凤冲说北京还有好多紧急的公务等他去处理，一刻都不能耽搁，见谅见谅……彼此客气了几个来回，于是局长委托晋武开车送林凤冲一程，大家这才作别。

林凤冲他们有两辆车：一辆是专用押送车，还有一辆是丰田十九座公务车。既然局长下令要晋武送，林凤冲就坐在了晋武那辆帕萨特的副驾位置。

三辆车排成一列，向县城外面驶去。

和所有的县城一样，渔阳县的街景也是逐级递减的。县局附近庄严整洁的机关街区，过了一个十字路口就是由银行、邮局、药店、电影院和百货商场共同组成的喧闹而混乱的场面，五颜六色而又神情晦暗的人们如蚁群般蠕动着，其间夹杂着几个婚纱摄影的店面，搭起的白色帐篷和粉色花环活像是超短裙上不伦不类的褶儿。再过几个路口，就变成了一排排单调的灰色居民楼，越往外走，越低矮破旧，直到变成平房时，地面就坑洼得犹如长满痤疮的脸，由于刚刚下过雨，到处都是积水，拖拉机、手推车、摩托车和电动车横七竖八地胡乱行驶着，让前行的每一步都困难重重，气得晋武直摁喇叭，嘀嘀了半天也没有用，反倒惹急了一头骡子，回过头鄙夷地瞪了他一眼。

晋武拿起红蓝双闪吸顶灯就要往车顶上搁。

"拉倒吧，骡子听不懂，赶骡子的听懂了也没用。"林凤冲在旁边淡淡地说了一句。

晋武这才怒气冲冲地把吸顶灯收回。

好不容易闯过了这道关，一路上顺畅了许多，晋武也就把车开得飞快，两旁倏忽而过的一棵棵笔直的白杨树，就像道路与田野之间的隔栏，田野上，玉米、麦子和其他农作物都在随风起伏，隐隐露出几个或新或旧的坟包，不时闪现的防风林都歪向一边，像一个个只有一边而无法把大地收拢的绿色括号。

忽然，田野像被橡皮抹过一样消失了，眼前是一片光秃秃的黄土地，接着就看到了昨天对东哥实施抓捕的小区，几座破楼孤零零地矗立着,白天比晚上更显颓败,远远地还能看到土坡上兀立的那座花房,昨晚的大雨没把它浇塌了可真是个奇迹……

林凤冲突然想起,今早问了一个手下,花房那边没有什么动静吧?手下说没有,而且县局已经派人接班了,继续蹲守。那么,昨天夜里守在那里的马海伟咋样了,他要不要搭车一起回北京啊,刚才出发时好像没有看到他……要知道他可是在这次案件侦破中帮了大忙、立了大功的啊,临走前晕头胀脑的竟把他忘了个一干二净,说出去可太不地道了。

他拿出手机,正想给马海伟打个电话,发现车子缓缓地停下了。

透过车窗望去,车子停在一座大桥上,桥下是很宽阔的一个大湖,远处是一座莽莽的大山,湖面不知倒映的是天还是山,一俱沉沉的铅灰色,深不可测。

"我就送你们到这儿吧,再往前就出了渔阳县的县界了。"晋武说。

林凤冲看了他一眼,觉得他无论是声音还是神情都有些逐客的意味,笑了一笑,说了句"好",就拉开车门下了车。

本以为晋武会直接开车掉头回返,谁知晋武也下了车。

晋武走到他的身边,从怀里掏出一盒烟,抽出一支递给林凤冲。林凤冲很诧异,接过来夹在指间,晋武给他点燃,然后自己也点了一支,指指桥栏那边说:"林处,聊聊?"林凤冲点了点头。

两个人并肩靠在桥栏上,望着桥下宽阔、深沉而又水波不兴的湖面,沉默了许久,直到一阵潮乎乎的湖风刮过,像是揭开了帷幕一般,晋武抽了一下鼻子开了腔:"林处,您可别听马海伟那小子胡说八道。"

这话从何说起？林凤冲听得一愣，但做久了刑侦工作的他，别有一番"套话"的本事，回了一句道："都是些陈年往事，误不了你的前程。"

轻描淡写的一句话，却让晋武的面孔刹那间涨得通红："林处，您是上面下来的领导，可不能偏听偏信啊，当年我们县里的那桩案子，盘根错节，一言难尽，您要想全面了解，我可以给您做一个详细的汇报——他马海伟一个外乡人，乱放什么狗屁！"

林凤冲有点想笑，可是偏偏又板住脸，真的摆出一副"朝廷命官"的样子道："老晋，工作上的事情，犯不着这么剑拔弩张的，有矛盾、有不同意见，可以沟通解决嘛。"

"他马海伟和我沟通了吗？就知道满世界造我的谣！"晋武愤愤地说，"不就是塌方埋了几个人吗？中国十四亿人口，埋几个又有什么了不起，还能给政府减负呢！"

林凤冲脸色一变，一个县公安局刑警队队长，居然把埋了几个人当成"没什么了不起、可以给政府减负"的事情，这里面暴露出的可就不是小问题了！他严肃地说："老晋，你刚才的话，不是一个多年在公安战线上工作的同志应该说出来的！你对马海伟的指责也是没有道理的，作为一位媒体记者，他有权利也有责任把一切真相公之于众！"

晋武眯起眼睛看看林凤冲，眼珠子里放射出异样的光芒。

不妙，似乎刚才情急之下说的某一句话不合适，让晋武发现自己其实一直在钓他的话——林凤冲想。

果不其然，晋武把吸了一半的烟在桥栏上摁灭，看了看腕上的那块手表说："好吧，林处，不早了，我就不耽误您的时间了，您赶紧启程上路吧！"

不可能再交谈下去了，尽管明明知道晋武刚才的话语中一定"埋伏"着什么，但这里毕竟不是自己的辖区，公安系统内部做异地调查必须得到上级的批准，否则就是严重的违纪行为。林凤冲突然有些担心起来，马海伟如果没有上车，而是留在了县城里，会不会面临着不可预知的危险？

"喂！"

身后突然传来一声呼喊，又粗又闷，像是从炮筒子里发出来的。

林凤冲和晋武一回头，只见一个身穿黑色T恤，脚踩休闲鞋的男青年走了过来，高高的个头，略瘦，但胸膛和手臂的肌肉隔着衣服都可见轮廓。他留着一头短发，脸膛犹如拿着尺子画出来一般方方正正，鼻高嘴阔，两只大眼珠子瞪得溜圆，显得愣愣呵呵的。

小伙子没有看林凤冲，径直走到晋武面前问："大池塘在什么地方，你知道不？"

身穿黑色警服的晋武有点儿发蒙，在这座县城里，大部分老百姓见到警察都是绕着走的，更不要提用"喂"来打招呼问路了。他本来想把这个小伙子剋一顿，后来想到林凤冲就在身边，闹不好又惹来他关于警民关系的教训，忍住火气说："不知道！"

"不知道？"小伙子嘀咕了一句，"你当警察的，怎么什么都不知道啊？"

晋武大怒，正要开口骂人，小伙子"呼啦"一下把肩上的背包扯到了胸前，连翻带拽的，弄出一张皱巴巴的地图来，指着上面一片蓝色说："那这个渔阳水库，你总该知道在哪儿了吧？"

晋武的脸皮涨成了紫色，林凤冲赶紧拉了一把小伙子说："看见桥头旁边那块石碑没有？上面是不是写着'渔阳水库'四个大字——桥下面这个大湖，就是你要找的渔阳水库吧！"

小伙子张着嘴巴看了那石碑半晌，突然"呵呵"傻乐起来："还真的是啊，总算找到啦！"然后把地图往背包里一塞，甩开膀子就要走，却被林凤冲一把拉住了。

"干啥？"小伙子一瞪眼。

林凤冲说："你挺大个人，讲点儿礼貌好不好，我帮你指了条路，你连声'谢谢'也不说？"

"哦，对了！"小伙子羞赧地一笑，说了声"谢谢"，拔腿又要走，却又被林凤冲拉住了。

"又怎么了？"小伙子有点儿生气了。

"地上那张照片，是从你的背包里掉出来的吧？"林凤冲说。

小伙子一看，赶紧把照片捡了起来，吹了吹上面的灰土，放回背包，对林凤冲拱了拱手，大步流星地往县城的方向去了。

"这人不像好人，我得追上去查问查问！"晋武刚要追过去，被林凤冲拦住了："一个随便来玩玩儿的穷学生，你难为他做什么？"

"穷学生，你怎么知道的？"

"他包里露出的学生证你没看到吗？"林凤冲说，"况且，现在九〇后外出旅游哪儿有带地图的，直接用手机的GPS导航不好吗？所以，我估计他的手机没有GPS功能，是最廉价的那种，当然如果他是登山族，带地图是考虑GPS没有信号，问题在于他穿的衣服和鞋都是休闲款，如果爬没有信号的野山，没几步衣裳和鞋就得被荆棘划拉烂了，因此只是随便来玩玩儿。我唯一没想明白的是，他带一张发黄的旧照片做什么，照片上好像是一个男人……"

"林处，你咋能一下子看出那么多东西呢？"晋武说，口吻里第一次流露出钦佩之意。

"这有啥，不是一个推理就能解决的问题吗？"

晋武皱紧了眉头道："林处，你咋也相信福尔摩斯那一套？刑侦重在找物证、取口供，推理算个什么——顶多一脑筋急转弯。"

"一个刑侦人员，如果只会找物证、取口供，而不具备逻辑推理的能力，那他就永远是'低配'而不是'顶配'。"林凤冲说，"比如昨天夜里咱们寻找'第二窝点'以及藏毒位置，如果不是那个名叫田颖的女警及时运用推理能力，恐怕咱们现在还头顶一堆问号在东哥的屋子里打转呢。"

提起田颖，晋武一脸不屑："那只是她凑巧蒙出来的罢了……"

话不投机半句多，林凤冲道："我真得赶紧走了，谢谢你送我一程。"

晋武点点头，上了车，一个掉头，向县城回返去了。

林凤冲望着他的帕萨特渐渐远去，忽然想起什么，快步走上丰田公务车，往里面仔细望了望。

没有马海伟的身影。

老马，你到底去哪儿了？

透过宽阔的车窗看着遗留在身后的那座县城，什么也看不清楚，只看到一大团灰蒙蒙的东西浮动在阴郁的半空，好像酝酿着暴雨的乌云，又像是焚尸炉烟囱里冒出的黑烟……

心，狠狠一坠。

他拿出手机，拨打了马海伟的电话。

《江南 style》的音乐瞬间在车厢内响起，惊得所有正在打盹儿的警察瞬间都绷直了身子。

林凤冲循着声音寻去，竟是在最后一排。他往前走了两步，只见马海伟从座位上爬了起来，揉着惺忪的眼睛，困惑地看着唱个不停的手机。

"老马你在啊!"林凤冲十分欢喜。

欢喜了不到半秒,林凤冲就发现,马海伟有点不大对劲。这个总是很开朗的家伙,此时此刻却目光呆滞,鼻子、眼睛、口唇、下巴都松懈了一般耷拉着,像个刚刚吃过安定药的傻子。

"你怎么了?"林凤冲问。

马海伟没有说话,仍旧呆呆的,像是没听见一般。

"他最后一个上车,上来之后倒在最后一排就睡,丢了魂儿似的。"坐在前排的一个警员说。

"老马,老马!"林凤冲上前扒拉了他的手两下,才发现他的手背和手指都凉得像刚从冰柜里拿出来似的。

马海伟还是没有说话。

余光一瞥,发现马海伟的座位里侧放着一个蓝色的粗布包裹,圆圆的,包裹下面,一片不知黑色还是暗红色的污渍,似乎还在从里往外渗透。

这是什么?

林凤冲好奇地伸出手要摸一摸——

"咔!"

手腕被狼咬住一般!

是马海伟,他一把攥住了林凤冲的手腕,疼得习武多年的林凤冲也不由得"啊"地一叫。

马海伟一双浑浊的眼珠子放射出异常凶恶的光芒!

林凤冲使了好大力气才把手腕挣脱出来,腕上那股阴寒刺骨的痛感,令他不由得倒退了几步。

马海伟依然逼视着他。

那个蓝色的粗布包裹里,该不会是一颗刚刚砍下的人头吧——林凤冲想。

第三章 伏击

林凤冲在靠窗的一个座位上坐好，从怀里拿出包不知什么牌子的洋烟，抽出一根叼在嘴里，用打火机点着吸了起来，袅袅的烟雾让一车的刑警都馋得流口水。"一帮没出息的！"他骂了一句，把那包烟扔给此次行动的副队长雷磊说，"给大家分了吧！"

顿时，车厢里一片欢呼。

林凤冲看了一眼最后一排座位，马海伟似乎又躺下了。

雷磊从来不抽烟，因此把烟给大家分光后，坐在林凤冲身边和他闲聊起来。这小伙子是市局的"新锐"，年纪轻轻，无论业务技能、人际关系，还是思想政治都十分出色，在局里举办的各项竞赛中常拿冠军，长得也很俊俏，俊俏到便衣行动时总喜欢戴上一条白里透粉的围巾……林凤冲却不大喜欢他，觉得他有点华而不实，但是眼见他官运亨通，用不了多久恐怕就会爬到自己的头上，所以也绝不得罪他。

"林处，我觉得这次抓捕行动十分成功，只可惜放跑了那个名叫芊芊的贩毒团伙头子……"

"不是我们放跑的，是她自己趁我们不备溜掉的。"

"唉，当时我要是在楼房里和您一起搜索就好了，只可惜我在那个花房里蹲守啊。"

芊芊的逃跑是此次行动唯一的败笔，本来能立个集体二等功的，恐怕因此要大打折扣，雷磊刚才那几句话，其实就是想划清界限，说明自己与芊芊的逃跑毫无关系。林凤冲平静地说："小雷你放心，回去之后我会和上级打报告，承担毒贩逃跑的全部责任。"

"林处您误会我的意思了。"雷磊一笑，"我是想说，一旦发现芊芊的行踪，我愿带上几个兄弟，亲自去把她抓捕归案，给咱们这个行动画上一个完美的句号——"

"啪！"

一声清脆的巨响！

玻璃的碎屑像无数把透明的尖刀一般在林凤冲的眼前飞过，他震惊地望着车窗上那个圆圆的小洞，透过小洞可以看到被野草覆盖的广袤原野。

雷磊"哎哟"一声就把头钻到了座位下面。

车子狠狠地顿挫了两下，然后像在跳甩葱舞一样在公路上扭起屁股来。

司机用尽力气才刹住了车！

"啪啪啪啪！"

刹那间，车窗宛如竖起的湖面，接二连三的子弹射出了一个个涟漪！突来的袭击使刑警们狠狠地弯着腰、低着头在狭窄的车厢里滚来滚去，好像一个个被保龄球击中的木瓶。有人拔出了手枪，准备对着外面还击，但是稍一抬头就险些被子弹击中，只能畏缩着一动不动，任凭被打碎的玻璃在他们的脑袋、脖子和背脊上落雨一般跳跃！

"谁在开枪？谁在向我们开枪？"林凤冲大叫着，然而没有人能够回答他。

"啪啪啪啪啪！"

在子弹的一次次重击下，车身像电击除颤一样震动不已。

"把车开起来！把车开起来！"林凤冲对着司机喊。

"不行啊！"司机带着哭腔回答，"车胎被打爆了！"

"快把车门打开！"有个刑警喊道。

林凤冲马上制止了，在袭击者的人数、武器、埋伏地点都不明的情况下，打开车门不仅失去了一道屏障，而且很可能招致更猛烈的攻击。

又一阵密集的子弹，在车身上撕开一个又一个弹洞！车厢里不断传来"哎呀、哎哟"的惨叫，混乱中看不出谁被打中或者谁受了伤，林凤冲望着趴在车厢里的下属们，又气又恨，一群刑警居然在这里被人乱枪扫射而毫无办法，这算怎么一回事？

余光一扫，马海伟还躺在后座上一动不动。

妈的这个家伙是不是已经被流弹打死了？

"望远镜！"林凤冲喊道，"快把望远镜拿来！"

"望远镜在背包里。"一个下属竖起一根指头指了指上面的货架，胆怯的表情仿佛在说"谁爱拿谁就去拿，我可不去找死"。

林凤冲一个纵身把背包拉了下来，在里面"稀里哗啦"一阵狂翻，终于找到了黑色双筒望远镜。接着他猫着腰蹿到车头，准备从犄角的位置寻找袭击者，谁知刚把望远镜举过窗棂，只听"啪"的一声，一个镜筒就被子弹穿过，打得粉碎！

如果刚才他把眼睛贴着镜筒向外瞭望，那么此时此刻，他的脑袋必定变成一个血葫芦了。

紧接着，仿佛警告一般，一串子弹射穿了林凤冲头顶的玻璃窗，打得他连滚带爬，手上被散落一地的玻璃碴扎得全是血。

"该死，该死，他妈的该死透顶！"林凤冲缩在角落里一边咒骂，一边"呼哧呼哧"喘着粗气。

枪声突然停了。林凤冲不敢抬头，抬起手，用手枪枪柄捣碎了一块玻璃，对着外面就是一通乱射，其他的刑警也像他一样，"噼里啪啦"地朝外胡乱开枪。

不知是谁喊了一嗓子，让所有人都感到绝望："他用的可能是85式狙击步枪，射程比我们的远得多了，我们这么打枪纯属浪费子弹！"

85式狙击步枪的有效杀伤射程是一千米，而92式手枪的有效射程只有五十米，这么打完全是"不对等战争"。

不过，这句话倒是提醒了林凤冲，这次缉毒行动由于事前得到情报，贩毒集团没有重武器，所以他们出来时每人只佩戴了一把手枪，没有携带微型冲锋枪，但按照惯例还是准备了一支88式警用狙击步枪，就放在脚下的内置储物箱里。

"雷磊！雷磊！"林凤冲大喊道，"拉开你躺的那个位置的地毯，用钥匙打开储物箱，里面有一支88式，赶紧组装！"

雷磊在市局举办的枪械组装比赛中，曾经以蒙眼十九秒的速度组装88式狙击步枪夺过冠军。

但是此时此刻，任凭林凤冲怎么喊，雷磊就是畏缩在座位下面，一动也不敢动，其他刑警也抱着脑袋龟缩着，一排子弹再一次打来，车窗玻璃已经碎得不成样子了，野外的风"呼呼"地往车里面灌着，布满弹洞的窗帘随风飘扬，好像招展开一面面白旗。

林凤冲鼻子一酸，从警十几年来，涉险履危，出生入死，面对过多少凶残得不能再凶残的匪徒，纵使被火力和人力数倍于己的犯罪分子包围，他也敢和他们勇猛对射，甚至仅凭一对肉掌徒手搏斗，从来没有说过一个怕字！可现在呢，他带着一干号称精锐的下属，被人堵在车里一顿狠揍，迄今却连袭击者长什么样子都没看到。

"处长，咱们撤吧，从驾驶位的边门撤，还来得及……"一个刑警在他身边苦苦哀求着。

撤，说白了就是逃跑……

"我要逃跑吗？"一股热血涌上了林凤冲的面颊，他感到无比羞赧。更何况，袭击者射击的是车门这一侧，从驾驶位的边门撤退理论上是可行的。但是，那一面的原野是否也埋伏了袭击者？不知道。而且即便是撤下了车又能怎样，在原野上四散奔逃就失去了车子这个屏障，等于一个个活靶子，在袭击者埋伏地点不明的情况下，所有人都能逃出他血腥的射程吗？

还有押解毒贩的兄弟们……

糟糕！

林凤冲赶紧用对讲机和押解车通话，得到的消息是他们的车胎也中弹了，就停在后面二十米左右。由于车身坚固，虽然被打了数枪，但里面包括司机在内的四个刑警丞安全无虞，但那几个毒贩已经躁动不安起来，特别是东哥，他突然对刑警发起袭击，又蹬又踹的，已经被制伏并上了背铐。"请你们马上增援，否则毒贩可能会脱逃！"

增援？林凤冲不禁苦笑了一下，我现在也需要增援啊！

等一下。

直到这个时候，林凤冲才突然开始思考一个本该从一开始就思考的问题——我们为什么会遭到伏击？

袭警已经属于非常稀罕的事情，何况是袭击一车荷枪实弹的刑警。除非有非常严重的必要，否则哪个犯罪分子也不敢妄作此想！那么袭击者的目的究竟是什么？稍稍一想就能明白，要么是要救走押解车里的毒贩，要么是要抢走存放在押解车保险箱里此次行动缴获的海洛因。而押解车里只坐着四个刑警，一旦下达了撤退的命令，他们也必须撤，否则以他们的火力根本无法对抗那个狙击手。但撤了之后呢？罪犯跑了，毒品丢了，那可是掉脑袋也不能做的事情啊！

唯一的办法，就是坚决抵抗，并向附近的公安武警单位求援了。

而能否真正遏制住袭击者的火力，固守待援，关键就是内置储物箱里的那支88式狙击步枪。

林凤冲厉声下令："雷磊，你马上把那支88式组装起来，不然老子毙了你！"

惊恐万状的雷磊知道，林凤冲没有开玩笑，他艰难地挪动了一下蜷缩的身子，拉开下面的地毯，用钥匙打开了储物箱，将里面一个黑色合金防水枪盒抱了出来，打开盒盖，露出装在EVA内衬里的枪械元件：枪管、弹匣、上护盖、瞄准镜……雷磊刚刚伸出手准备组装，头顶传来"啪"的一声，一颗子弹打碎了一大块玻璃，正好砸到他头上，吓得他"妈呀"一声惨叫。袭击者仿佛听到了他的叫声，将子弹接二连三地射过他的头顶。他闭着眼伏在枪盒上等死，哆哆嗦嗦的手指别说组装了，连元件都摸不准一个！

"真他妈废物！"林凤冲急得破口大骂。

说时迟，那时快，只见一个身影风一般掠到雷磊面前，林凤冲还没看清是谁，就听见一阵清脆的"喊里咔嚓"的机械响声，只顷刻间，已经将88式组装成功。

然后，组装者抱着枪，"哐"地将身体靠在一个椅座下方，剑眉下一对朗目熠熠生辉。

林凤冲心头一热。

车外，枪声还在继续，时而车厢一震，很明显是子弹打在了车身上，时而传来玻璃破碎的声音，那是押运车在受到射击——因为这辆丰田车已经被打得找不出一块完整的玻璃了。

所有的刑警都趴在地上瑟瑟发抖，唯独那个组装者抱着枪，气定神闲地默念着什么。

他在等什么？

林凤冲困惑地看着他。

嘴唇还在嚅动，似乎……似乎是在数数，林凤冲不敢确定。

很快就有了答案。

枪声停了。

在连续的射击中，枪声出现过几次非常短暂的停顿，也就几秒钟的时间——但持枪者捕捉到了。

通过计算枪声，就可以知道容弹量只有十发的85式狙击步枪，到了该换弹匣的时候。

机不可失！

组装者飞身一跃，跃出了车窗！

如果用慢镜头回放，一定可以看到他的衣襟在残留于窗框的玻璃碴上擦过的瞬间。

前滚翻，落地的同时，单膝跪地，背脊像捕食的老猫一样微弓，扣在扳机上的手指轻轻一抠——

"砰！"

子弹在半空划过一道依稀可见的气线，纵直射向埋伏在百米之外的袭击者，途中，无数挡路的草尖被打断，飞扬起一片杀气腾腾的清香。

根本不可能射中的。

袭击者想。

88式狙击步枪，瞄准镜标尺射程八百米，有效射程六百米，采用5.8mm机枪弹，如此的小口径子弹，重量很轻，在这样刮着三四级风的荒野，就算根据纠偏数据进行了仔细校准，都难免会出现极大的偏差，更何况是在刚刚落地的瞬间进行动态射击，简直是胡闹，这人警匪片看多了吗？

根本——不可能射中的。

"啪！"

三米，顶多三米外，一株沙棘应声而断！

什么？

袭击者打了个冷战！

仅仅凭枪声就能精确判断我的埋伏位置，一支没有校准的狙击步枪竟射中我三米远的位置，这是哪里来的高手？

枪战就是心理战，稍微的顿挫就暴露出了袭击者的胆怯。林凤冲露出半个头，冲着车窗外面大喊："天瑛，你小心点！"

"啪！"

一块玻璃在他脸颊边被子弹打碎，炸飞的玻璃碴划了他一脸血。

吓得林凤冲赶紧缩回了车里。

别得意太早，袭击者眯缝在瞄准镜后面的眼睛放射出一道寒光。

那个名叫楚天瑛的警察端稳了枪，一面向前疾行，一面不断射击，而袭击者也在冷静地还击。野草起伏的苍茫原野上，对射的子弹穿梭出一片刀光剑影！

这个对手不简单！楚天瑛一面跑动，一面由衷地钦佩起来。每个狙击手都像钢琴师一般拥有自己独特的节奏，这节奏就是这一发子弹与下一发子弹发射的时间间距，犹如人的心律，是沉静的有规则跳动，还是惊慌失措的不规则跳动，仅仅从枪声就可以判断出来……此时此刻，对手在自己一步步逼近的时候，枪声分毫不乱，足以说明他的沉着冷静，作为一个狙击手，这样的心理素质值得一赞。但正因为如此，作为一个警察，我才更要将你捕杀，否则不知道你会给社会带来怎样的危害！

楚天瑛采取的是移动射击时的逐渐加速步法，先稳，后快，更快，最后是奔跑，通过速度的变化破坏对方的射击节奏和射击精度，并造成极强的心理压力。

"唰唰唰唰唰"，越来越快，越来越近，脚下扬起的风像镰刀一般劈开了前面的草莽和荆棘。

"咝！"

一颗子弹在他的右颊下面划破了一道口子，他清晰地听到了鲜血溢出的声音。

来不及伤痛，甚至连擦拭血水的时间都没有，楚天瑛抱稳了枪，继续边射击边前进，直到一匣子弹打光，就势一滚扑倒在草丛里，"咔嗒"一声换了弹匣，然后像山猫一样从草丛中探出半个脑袋，炯炯有神的目光扫视着射域。

鸦雀无声。

只有风在草尖上掠过时发出的呼哨。

楚天瑛慢慢地端起枪，把右眼贴在瞄准镜上寻找着猎物。

终于他看到了猎物的面孔——

啊？

一愣神的工夫，猎物已经转身，迅速消失在了视野之外，他的手指扣向扳机，却没有扣下去。

太晚了。

楚天瑛狠狠地咬了一下嘴唇，懊悔而遗憾。

算了，现在要尽快收集杀手遗留在犯罪现场的证物，刚才看那个人逃走时，没有携带武器，那么，根据那支狙击步枪上的指纹或枪号，应该能够按图索骥将其捕获。

楚天瑛站起身，弓着腰，小心翼翼地搜索着前行，手指始终扣在扳机上。

终于，他看到了那支扔在草地上的狙击步枪。

他轻轻地吁了口气，正要上前看个仔细，忽然听见身后一阵窸窸窣窣的脚步声，蛇一般快速袭来！

危急关头，楚天瑛猛地向前栽倒，但就在栽倒的半程，脚尖一点，整个身体"呼啦啦"翻转过来，枪口稳稳地对准了从背后袭来的人，手指准备扣下扳机——

"天瑛，是我！"

拿着手枪赶来支援的林凤冲大叫一声。

"林处，你吓死我了！"躺倒在地的楚天瑛喊道。

林凤冲将手枪插进枪套，把楚天瑛从地上拉了起来，擦了一把额头上的汗水说："你小子，好身手！"

楚天瑛苦笑了一下道："好什么啊，还是让那家伙溜掉了。"

由远及近传来一阵警笛声，在空旷的原野上空显得格外尖锐刺耳。

"跑不了！"林凤冲恶狠狠地说，"我已经召集周围区县的警力赶来支援了，把这里围个水泄不通，我看他能逃到天上去！"

楚天瑛看了他一眼说："那咱们可要抓紧了。"

林凤冲不大懂他什么意思。

楚天瑛原本是邻省公安厅刑侦处处长，虽然年轻，却以卓越的办案能力而享有盛名。在来京协查一起特大密室杀人案时，被市公安局局长许瑞龙一眼看中，一纸调令把他调来北京工作。本来，所有人都认为他将就此平步青云，谁知没过多久，就被一撤到底，做了一名普通的刑警，就连原来所在的省厅想把他调回去也不允许。许瑞龙也无能为力，只能尽量安排他一些有机会立功并获得升职机会的工作，这次来渔阳县缉毒，就是许瑞龙亲自指示把楚天瑛加入缉毒队名单的，还让林凤冲多加照顾。

楚天瑛慢慢走近刚才杀手埋伏的地点，这里是一个微微隆起的土坡，草稍微稀疏一些，从地上残存的痕迹可以看出杀手卧倒伏击的准确位置。

针对室外犯罪现场，最好的搜索方式是直线搜索法，即由若干勘查人员在犯罪现场排成一列，呈平行线向前推进着搜索证物，往返至少一个来回。有的刻薄些的警察管这种方法叫"猪八戒推耙子"，很形象。但是现在，只有楚天瑛和林凤冲两个人，又要"抓紧"，所以只能采取区域搜索法，即对实施犯罪行为的主要区域进行搜索。

楚天瑛先用手机拍下自己的脚印以做区分，接着把犯罪分子遗留的几个模糊不清的脚印拍摄了下来。他戴上乳胶手套，从两头端起那支被遗弃的85式狙击步枪，细细地查验一番，摇了摇头说："没有指纹，枪号也被磨锉得十分干净。"

林凤冲有些失望。

"最有价值的证据往往隐藏于犯罪现场最不容易发现的地方，而寻找这样的地方，刑侦人员必须设身处地地从犯罪者的角度考虑问题。"楚天瑛喃喃自语。

"什么？"林凤冲没听清楚。

"思缈在《犯罪现场勘察》一书中的话。"楚天瑛说。

林凤冲心底不由得一声叹息，他知道楚天瑛对刘思缈曾经的一往情深……

设身处地地从犯罪者的角度考虑问题。

楚天瑛蹲在了那个杀手设伏的位置,想象着他的一举一动。

设身处地……

他索性卧倒在了刺客曾经卧倒的地方,端着那支85式狙击步枪,枪口瞄准丰田车停驻的方向。

从无数草芒的缝隙间可以看到:千疮百孔的丰田车上,被林凤冲勒令不要轻举妄动的刑警们,正夯着胆子从破碎的玻璃窗口探头探脑。

瞄准之后,应该是手指扣住扳机,把眼睛贴近瞄准镜,观察目标——

对了!

"林处,有纸没有?普通的卫生纸就行。"楚天瑛急促地问。

林凤冲摸了两摸,从裤兜里掏出一小卷卫生纸来,递给楚天瑛,却不知道他要做什么用。

楚天瑛撕下一小块,包住食指,在瞄准镜的眼罩边沿轻轻地蘸了一圈。

果然,有一圈淡淡的痕迹。

"这是什么?"林凤冲大感不解。

"粉底。"楚天瑛说。

"粉底?"林凤冲更加糊涂了,"那不是女人用的吗?"

"对。"楚天瑛说,"我刚才看到了那个杀手一眼,虽然她用纱巾包着脸,但是我可以百分之百地肯定她是个女人。"

林凤冲惊诧得半天说不出话来。

风呼啸着,没过膝盖的黄绿色波浪不断起伏。

楚天瑛站起身,在周边的草丛里仔细地搜索着,除了大量的弹壳以外，还发现了两根长度相仿的头发。

"你看，这两根头发的长度差不多，而且都染过色，染色的层次也都一致，说明是同一个人留下来的。"楚天瑛一边说，一边将两根头发放进用卫生纸叠成的纸包里，并请林凤冲用手机全程摄像，作为现场提取的证据。

也许是被楚天瑛专业而敬业的工作精神感染了，林凤冲也伏在草丛中搜寻着证物，却一无所获。

"看来这个杀手非常谨慎和专业，没有留下更多有价值的物证。"林凤冲嘟囔了一句。

偏头一瞧，楚天瑛正在沉思着什么，林凤冲捅了他一把说："想什么呢你？"

楚天瑛抬起手臂，直挺挺的，像那把狙击步枪，指尖指向那辆丰田车："这个伏击地点，选得很不错。"

"你还有闲心钦佩罪犯？"林凤冲又好气又好笑。

"不是的。"楚天瑛眯起一只眼睛说，"这么好的伏击地点，难道是一下子就选中的吗？"

林凤冲的目光一沉。

"她一定事先勘察过好几个伏击地点，才选中这里的，所以，这里找不到的证据，在附近其他地方也许能够找到。"楚天瑛站起来，连身上的土也不拍一下，"走吧，咱们再去找找看。"突然，他意识到了什么，放低声调对林凤冲说道，"林处，你看行吗？"

一瞬间，林凤冲竟想起风雪山神庙的林冲和插着草标卖刀的杨志来。

"走着，走着，跟我瞎客气什么！"林凤冲搂着他的胳膊，轻轻一握。

这时，只见远处的草丛上扑簌簌飞起一堆麻雀，楚天瑛脸色一变，口里刚说了一句"坏了"，就见到一大群刑警和武警举着长枪短炮密密麻麻地涌了过来，像箍木桶一样把他们俩围在中间，有无数个声音吆喝着："放下武器！举手投降！缴枪不杀！"

直到这时，林凤冲才明白了楚天瑛说的那句"那咱们可要抓紧了"是什么意思：个别地方的公安干警，办案时还是习惯采用大包抄、大搜捕的人海战术，根本不知道保护犯罪现场有多么重要，现在这么四面八方一窝蜂地扑过来，任凭附近其他地方有什么重要的物证，也给破坏了——在地方工作多年且经验丰富的楚天瑛，远比他这个长期在京城的警察更了解下情。

再不亮明身份，这帮人保不齐就敢把他俩"当场击毙"了，林凤冲赶紧把证件拿了出来，效果立竿见影，立刻有大大小小的领导上来嘘寒问暖，其中也有渔阳县的警察。晋武不知道什么时候过来的，夹杂在其中，他的神情还算平静——毕竟是出了县界发生的事情，渔阳县公安的责任要小得多。

但是楚天瑛第一个找到的却是他："晋队，这个纸包里面有两根头发，请你拿回去，请刑技人员把东哥宿舍里提取的芊芊的头发，与之做一个DNA比对。"

晋武从昨天到现在，与他打过几个照面，知道他是个普通警员，不晓得他凭什么给自己下命令。

然而林凤冲一句话就让他没了脾气："老晋，你配合一下。"

这时，出事地段所属县的县委书记、县长和公安局长都赶了过来，一个劲儿地给林凤冲赔不是，并反复阐述该县的治安自改革开放以来是多么好，构建和谐社会取得了多么可喜的成就。林凤冲望着好像被城管扫荡过一般的犯罪现场，很不耐烦地说："这么说倒像是我们这些煞星来了，招灾引祸，破坏了你们繁荣稳定的大好局面喽？"

那仨官一听话茬不对，吓得不言声儿了。

林凤冲懒得再理他们，把楚天瑛揪到一边说："你怀疑那个杀手是芊芊？"

"基本上可以肯定。"楚天瑛说，"她的目的很明显，是为了劫走毒犯和毒品。"

"她一个人，怎么会有这么大的胆量？"

楚天瑛说："以她的枪法，还有什么不敢干的？"

林凤冲有点尴尬，事实证明，今天如果不是楚天瑛，他带的这十几号人非得交待在国道上不可。

"不过，还是等头发DNA比对的结果再下结论吧。"楚天瑛忽然放低了声音，"我真正担心的是——芊芊怎么会知道，我们的车队在这个时间经过这条路？"

林凤冲带着手下换乘了一辆县里提供的公务车，押送毒贩的车子也由县公安局新提供了一辆，然后找来一辆平板运输车，把那两辆被打坏的车放在上面，蒙了一层蓝色的防水车罩，一起浩浩荡荡地往京城开去。

坐在公务车里的林凤冲想起刚才受到的袭击，不由得心有余悸，回头看看这一车警员，无论是犹在瑟瑟发抖的雷磊，还是抱着蓝色粗布包裹目光呆滞的马海伟，以及脸颊下面贴着医用胶布的楚天瑛，他们居然没有一个死亡或受到重伤，也真的是奇迹。

正在这时，手机响了，拿起一接，里面传来了市局局长秘书周瑾晨的声音："林处，你们受到袭击了？伤亡情况咋样？局长十分关切！"

"代我谢谢局长，告诉他只有几个轻伤的，都不严重。"

"被袭击的车辆在哪里?"

"跟我们一起开回来了。"

"局长正在分局视察工作,你们直接到分局来吧,他要亲自验看情况。"

北京市公安干警受到如此严重的伏击,史上闻所未闻,许瑞龙的重视是必然的,然而林凤冲也惴惴不安起来,恐怕要挨上一顿狠狠的训斥,甚至遭受严厉的处分了。

事已至此,逃避无用。几个小时后,车队开进了分局的大门时,许瑞龙等领导都在办公楼大门口等候,从武警总医院调来的医护人员也早就守候在这里了。

车子停下,林凤冲第一个跳下车,对着许瑞龙敬礼道:"许局,我们……"

"人没事就好!"警帽下的鬓角满是白发的许瑞龙一挥手,"天瑛怎么样?"

开口就问楚天瑛,这让林凤冲心里有点不是滋味,但还是老老实实地说:"这次多亏了他,犯罪分子才被逼退。他受了点轻伤。"

许瑞龙看见楚天瑛走下了车,没有大碍,放心地点了点头,一指平板运输车:"这上面就是受袭的车辆?"

一群人赶紧上去摘下车罩,一看那两辆车,许瑞龙不由得大吃一惊:"怎么被打成这个样子?"

林凤冲把受袭的经过大致讲了一遍,许瑞龙越听眉头皱得越紧,听完立即指示道:"马上把弹头和弹壳给刑侦总队枪弹痕迹实验室送过去,让他们提取枪弹痕迹,以枪查人——犯罪分子居然如此嚣张,必须尽快绳之以法!"

枪械在击发子弹的过程中,会在弹头与弹壳上留下摩擦痕迹,而这些痕迹就像指纹一样,是独一无二的,警方进行弹道分析,如果在资料库中通过比对找到枪源,那么无疑就可以顺藤摸瓜找到枪主。

"局长,这恐怕不大容易。"楚天瑛说,"杀手敢于把枪留在现场,恐怕那支枪是'脏的'。"

也就是说,枪支在通过非法途径流入社会之前,可能在警方资料库中没有留下过痕迹档案,那么就算提取了枪弹痕迹,也无从比对。

许瑞龙一怔的空当,雷磊插话道:"局长,我这一路都在想,这么好的枪法,战术水平这么高的伏击,这个杀手肯定受过严格的军事训练。所以我建议,应该把全国退伍的军警狙击手都排查一遍——"

"你这不扯吗!"旁边的一位主管刑侦工作的副局长说,"你咋不说把市局改市人口普查办公室呢!"

雷磊"嘿嘿"地讪笑了两声,退到一边去了。

"如果统计受过特训的女性狙击手呢?会不会容易一些?"楚天瑛突然说。

"嗯?"许瑞龙瞪圆了眼睛。

林凤冲解释道:"我们怀疑袭击者是一个女人,现在只知道她叫芊芊,十七岁,是贩毒集团的主犯,她的真实姓名和具体身份,连她的同伙东哥都不十分清楚。"

"有照片吗?马上把通缉令发下去。"许瑞龙说。

林凤冲摇摇头说:"她跟同伙一起旅游时,连手机拍照都不肯……不过我们在她的床铺上提取到她的头发,在伏击现场,我们也找到几根头发,只要做了DNA比对,就可以确认狙击手的身份了。"

"在不知道她的真实姓名和具体身份,也没有照片的情况下,即便确认狙击手就是她,意义也不大,所以寻枪源的工作,还是要做——抓紧做!"许瑞龙说。

"是!"一众警察立正。

这时,周瑾晨拿在手中的黑色步话机响了,里面传出的声音十分急促:"我们是门岗,我们是门岗,刚刚有一个女人开车冲进去了,我们没拦住!"

女人?冲击分局岗哨?

所有人第一时间想到的都是那个胆大包天、枪法如神的芊芊杀过来了!情急之下,很多警察去腰间拔枪。

眨眼间,一辆红色的MINI Cooper已经开到了面前,车子"嘎"的一声刹住,车门"哐当"打开,跳下一个穿着韩款千鸟格裙子的单眼皮女孩。

雷磊一见她手里没有武器,顿时来了精神,挺身挡在许瑞龙面前,举起手枪对准那女孩,厉声喝道:"你是谁?"

那个女孩连正眼都不屑于看他,随口吐出了自己的名字:"爱新觉罗·凝。"

第四章　动机

　　这是一个风云叱咤、群雄并起的推理时代！

　　在中国大大小小的无数推理社团中，毫无疑问以"四大"最为声威赫赫。所谓"四大"，就是指国内顶级的、最权威的四家推理咨询机构：排名第一的是课一组，从组织结构、人员身份直至破案手法，都神秘莫测，唯一可以肯定的是非国际性大案绝不出手，出手则必破；排名第二的是溪香舍，由江南推理精英创办，以"灵动如蝉翼、细腻如烟雨"的"会诊式推理"而闻名天下；位居第三的九十九是由 N 个魔术大师组成的、专攻不可能犯罪的组织，其行事诡秘、深藏不露。

　　推理爱好者曾经这样评价"四大"：课一组像是福尔摩斯，天下至尊无可争锋；溪香舍像是波洛和埃勒里·奎因，破案的精细程度不亚于做一道道最难解的逻辑题；九十九则酷似基甸·菲尔博士，仿佛是专门应对密室凶案和不可能犯罪而生。

　　而名茗馆则是货真价实的名侦探柯南，她只属于还没有步入社会的年轻人，稚气未消，热血犹存，一个个色彩斑斓的青春梦幻，注定要和黑铁般的现实进行你死我活的碰撞，所以先用严密的逻辑推理练就一双火眼金睛，让前进路上的一切鬼打墙、恶之花、虚无之物和庞然大物统统无处遁形。

　　名茗馆，"四大"之中唯一一个纯粹由学生构成的组织，其成员都是中国警官大学的学生。最初的名字叫"名探馆",仅仅是一个由侦探小说爱好者组成的读书会,定期聚在一起聊聊最新阅读的作品,在中国警官大学的诸多社团之中毫不起眼。直到第五任馆主林香茗上任,他认为如果社团总是研讨侦探小说中的罪案,势必与现实中的犯罪脱节,随即进行了大刀阔斧的改革,组织大家研究公安部《每周重大刑事案件案情汇总报告》,通过犯罪现场勘察报告、证物鉴定、法医报告等,推理出真凶——竟接二连三地先于警方侦破了几起大案,使名茗馆一跃成为国内最有影响力的推理咨询机构之一。

出于感念林香茗的再造之恩,在他毕业离开之后,"名探馆"改名为"名茗馆"。

名茗馆虽然不限名额,但是想成为馆员难于上青天,不仅要在学校必修专业课程上成绩全优,还要通过馆内自设的逻辑学、犯罪心理学、刑事鉴识学和法医学的考试,即便是闯关成功,也仅仅是"实习生",必须在一个月内独自侦破一起案件,方才能够转正。因此,每年为了进名茗馆而报考中国警官大学的学生们,九成以上都要以失望告终。据说有一个对名茗馆向往不已的学生,大学四年参加了四次馆内考试,每次都在第一轮即被淘汰,毕业时请求名茗馆收他为名誉馆员,也被婉言拒绝,因而抱憾不已。

而成为名茗馆的馆员之后,还有一项绝大的好处,那就是由于名茗馆集结的是中国警官大学精英中的精英,所以一毕业就像刚刚上市的苹果手机,遭到各省市区分局的"哄抢",就业自不必说了,而且一定会备受重用,在仕途上平步青云,互相引为奥援。时间一久,不知不觉中竟在公安队伍中建立起了一个不存在于纸面上,却尽人皆知的"名茗系"。

而名茗馆现任馆主,正是爱新觉罗·凝。

十八岁就拿下犯罪心理学博士学位,率领名茗馆将破案率大幅提高到66%,亦正亦邪的行事风格,早已经将这个女孩笼罩上了五颜六色的各种光环。也正因此,在场的刑警们听到她的名字,都心生敬畏。

凝却当他们统统不存在,径直走到楚天瑛面前,用温柔的声音说:"楚老师,听说你的车遇到伏击,我赶紧过来了……哎呀,你的脸怎么受伤了?"

所有的人都目瞪口呆!

连傻瓜都能看出这俩人关系不一般了。

他们是什么时候,亲密到这个地步的?

楚天瑛不是一撒到底了吗,怎么还有这种艳福?

于是,各种猜疑、欣羡、妒忌或惊异的目光,像聚光灯一样围射在了楚天瑛的身上。

楚天瑛十分狼狈地说:"没事,我没事……"

事情要从几个月前说起。

凝虽然早就拿到博士学位,但她就是舍不得毕业,一直在中国警官大学里"扫系",就是每个系的重要课程都去修习。家里长辈找她谈话,希望她尽快脱离学生身份,步入社会,她才快快不乐地找实习单位。消息传出,好多单位纷纷登门邀请她去实习,那场景简直羡煞一班在招聘会上挤破头的莘莘学子。但凝明确表示非北京市公安局不去,许瑞龙自然求之不得,不仅同意了她的实习申请,而且还派了当时正炙手可热的楚天瑛做她的实习老师。

恰好赶上一位著名企业家的神秘死亡案件,楚天瑛带着凝在办案过程中，突然遭遇有人投递碎尸，因为现场过于恐怖血腥，一时间他震骇不已，手足无措①。

而凝则挺身而出，沉着镇定地安排名茗馆的多位成员介入此案的调查之中，并在最短的时间内成功地组建起一个包括法医、现场勘查人员、外围搜索人员、审讯员等在内的刑侦战术小组。

过了好久，楚天瑛才想起自己是她的实习老师，于是提示她不该贸然介入碎尸案。

然而凝冷冷一笑——

"楚老师，当血淋淋的案子就在眼前发生的时候，一个刑侦人员不应该有丝毫的惊恐和慌张，而要像猎犬看到猎物一样猛扑上去，死死咬住不放，哪怕猎物是一只老虎——刚才你那个肝胆俱裂、手足无措的样子，怎么教我？拿什么教我？你要么就老老实实配合我办案，要么就收拾行囊连夜回省厅去，或者随便找个靶场放几枪练练心理素质吧！"

楚天瑛浑身发抖，每个毛孔都从里往外冒寒气。

怎么会这样？

难道，我是被那血淋淋的碎尸吓到了？不会，不可能！曾经多次涉身犯罪现场的我，不是见过比这血腥恐怖得多的场景吗？为什么这一次的惊吓竟是如此的严重而且绵绵不绝？到底是什么吓到了我？是爱新觉罗·凝，还是我对自己命运的一种不祥的预感？

他只想逃，逃得越远越好。

不久，他被撤职了。

虽然撤职是他从警以来最不幸的挫败，然而在不幸中，他竟

---

① 详见《黄帝的咒语》（新星出版社，2024）。

然也体会到了一丝幸运的感觉——终于能彻底摆脱凝了。

只有远离她，才能远离冥冥中预感到的不幸，那种不幸令他恐惧，令他浑身发抖，令他每每想到就不堪忍受……

楚天瑛被发配到望月园派出所当一名基层民警，直接上司是所长马笑中。早在侦办一起特大密室杀人案的时候，俩人就相识并在一起办过差，所以他去报到的当天，马笑中亲自在派出所门口迎他，并一路引到办公室，指着自己的座位说："哥们儿，今后你就坐这儿。"

"使不得使不得！"楚天瑛说，"我这可是戴罪之身……"

"拉倒吧！"马笑中一挥手，"我听说是课一组让你整刘思缈，你没执行命令，是不是？好样的！兄弟佩服。课一组我不知道有多大，反正自古永定河里王八多，咬了你你只能认倒霉，但既然到了我这一亩三分地儿，什么他妈课一组课二组的，都不好使。从今天起，你就是咱们望月园派出所的总扛把子！"

楚天瑛望着这个嘴巴有点歪的矮胖子，眼眶发热："老马，谢谢你！但是警队有警队的规矩，我还是从一个普通警员做起吧！"

正说着，一位警员进来笑嘻嘻地报告："有个女孩来找楚天瑛，长得挺漂亮的。"

话音未落，凝已经袅袅婷婷地出现在了门口。

楚天瑛惊讶得连话都说不出来。

马笑中认识凝，赶紧走过来说："这是怎么话说的，什么风儿把您老给吹过来了？"

凝一双眸子只是望着楚天瑛，楚天瑛像看着狂风吹过的水面，无论是自己的倒影还是自己的心，都一片纷乱。

"得，我不当电灯泡。"马笑中一脸憨厚地指着靠墙的沙发说,"这儿有个沙发床,你们慢慢聊……"说完走了出去,还把门带上了。

"楚老师您好!"凝笑吟吟地说,"我来报到啦!"

"这,这……"楚天瑛张口结舌,"我已经被撤职了。"

"我知道。"凝满不在乎地说,"降的是您的职位,又没有取消您做我实习老师的资格。"

因为撤职而异常苦闷和失落的心,就在凝的笑容中,醉酒一般麻酥酥的……以至于楚天瑛把那对自己命运的不祥预感,统统抛在了脑后。

从这一天起,楚天瑛真的开始做一名普普通通的基层民警,而凝也无时无刻地跟在他的身边,每天陪他一起走社区、查户口、调解邻里纠纷、缉拿小偷小摸……这些琐碎的警务对他俩而言简直就是小儿科,不过是些点缀烧饼的芝麻,而真正喷香的是他俩朝夕相伴的日子,无论是在洒满晨光的胡同里肩并肩巡逻,还是在午后的路边摊面对面吃牛肉面,抑或是晚霞满天时偷偷看凝那被霞光映得红彤彤的脸蛋,都让楚天瑛意乱神迷……这是一段分不清上班还是约会的时光,就像分不清拌嘴与默契哪个更加甜蜜一样。

有一天,他们一起走过五棵松体育馆,恰是月上树梢的时分,晚风清扬,道边的白杨树"哗啦啦"地翻响着树叶,然后又突然沉寂下来。不远处跳广场舞的人们顿时显得异常喧闹,仿佛是扰攘了一天的红尘舍不得就此落潮。

楚天瑛忽然长叹了一口气。

"怎么了?"凝不解地问。

"这样当小民警的日子,什么时候才是个头儿啊!"楚天瑛惆怅地说。

手指勾一勾。

青葱似的食指和中指，并拢在他眼皮下面，勾了几勾，像小猫的软爪在挠门一样。

"痒不痒？"凝笑了起来，"你有没有想笑啊？小时候，我一哭鼻子，爸爸就这样在我眼皮下面挠啊挠的，我就会破涕为笑，咯咯咯地笑个不停呢。"

楚天瑛痴痴地望着凝。

突然，他伸出双手，火热的掌心，紧紧地抓住了凝的手。

凝先是一愣，然后羞赧地一笑。

久久地，两个人就这么手抱着手伫立在晚风中，他们谁也没有说话，只是让彼此的身影溢满了双眸。

直到——

直到凝的双眉痛苦地一颤。

多年以后，楚天瑛还清楚地记得凝的那两道柳眉的颤抖，他甚至感觉到她的手、她的肩，乃至她的身体都颤抖了一下，一颤之下，凝像从梦中苏醒一般，挣脱了他的掌心。

然后，她转过身，向夜的深处大步走去。

为什么会这样？

楚天瑛怔怔地站在原地，一动不动。

那种曾经令他不寒而栗的不祥预感，再一次袭上了心头。

两个凝。

在很久很久以前，他就有这种感觉，凝其实是两个人，截然不同甚至完全相反的两个人：一个乖巧聪灵，笑语吟吟，像只永远长不大的、会在你的膝弯弯里撒娇的小猫；一个刚毅果决，骄横狠毒，犹如一把寒气逼人、随时准备刺杀或割断一切的匕首。前者和后者都在他面前呈现过，呈现得比超清视频还清晰，从警十几年来，他确实见过许多平时嘻嘻哈哈一到犯罪现场就分外认真的警察，但是他们的性格分裂得从来没有像凝这样巨大过。这一秒还是圣诞晚会上插着翅膀的小天使，下一秒就变成地狱归来准备灭绝一切的天煞孤星——就在这两个自我之间，凝一刻不停地荡着秋千，终有一天会随着绳索的断裂，无可遏阻地飞向某个极端……

到那时，她会甩掉我，连眼睛都不眨一下的。

那一夜，楚天瑛失眠了。他躺在宿舍的帆布床上，望着没有星光的天花板，想了很多很多，他从来没有这样清醒和透彻地意识到：他和凝是不可能有结果的。拖延下去只是把短痛拖成长痛，爱情是人生随机的风景，有的是令人舒爽的秋水长天，有的是令人神往的幽谷森林，有的是令人幸福的奶与蜜糖，有的是令人惆怅的将芜田园，然而他和凝，注定是一口深邃而黑暗的枯井，继续沉浸下去，只会坠入得更深更绝望，直到再也无法攀援自救的那一天为止。

我该怎么办？

辗转反侧了一夜，依旧束手无策。第二天一早，楚天瑛忽然接到了林凤冲的电话，说是奉许局长的命令，让他一起去渔阳县参与一次抓捕毒贩的活动。

楚天瑛比赶上大赦还要高兴，跟马笑中打了个招呼就到市局刑警队报到去了。

谁知刚一回到北京，又被凝堵在分局了。

众目睽睽之下，凝对他亲昵的问候，令他完全不知所措，一时间竟像被老师发现作弊的小学生一样抠起衣角来。

"咳咳！"许瑞龙清了清嗓子，走了过来，"凝姑娘，来得很及时嘛！"

"许局长您好。"凝向他礼节性地点了点头,目光流转间,注意到了那辆被打得千疮百孔的丰田车,神情顿时变得十分专注。

两个凝。

楚天瑛再一次产生了这样的感觉。

"呼啦!"

凝轻盈地跳上了那辆平板运输车,瞬时间,整个世界仿佛被抽空一般,无论是头顶尚未散去阴霾的天空,还是远处浅白色的分局办公楼,抑或下面黑压压一堆警服警帽,以及深情凝视着她的楚天瑛,都完全消失在她的视线之外,她的眼里,只有那两辆作为犯罪物证的车子。

先是围着车子绕了一圈,看了看丰田车被子弹打爆的轮胎,然后绕到驾驶座面对的车窗前,沉思了片刻,戴上乳胶手套,推开车门走了进去。尽管满地都是玻璃碴子、烟头、弹头、弹壳、矿泉水瓶及瓶盖,但她还是小心翼翼地踮着脚尖尽量不踩到它们,一直来到驾驶座,对着仪表盘看了半天,转过身,回到车厢中间,蹲下身,捡了一颗弹头看了看,又捡起一颗弹头比对了一下,抬起头的时候,眯起一只眼,从车窗的一个弹孔向外窥探,直看得眼睛都发酸了,才站起身,走出车厢,把后面那辆押解车也里里外外查看了一遍,这才跳下平板运输车。

她倒退着走了几步,像鉴赏壁画一般,把丰田车的全貌又仔细端详了片刻,然后问:"开这辆车的司机呢?"

丰田车的司机忙不迭地跑了上来。

"你怎么发现车子遭到袭击的。"

"我开着车,感到车身一震,车轮就开始打滑,一看胎压报警亮了,想是爆胎了。又听见玻璃窗被接连打碎的声音……反正费了好大劲儿才把车刹住,后来才知道是有人开枪。"

"当时车速是多少？"

"不快，七八十公里吧。"

凝看了一眼林凤冲，林凤冲赶紧上前。

"把整个经过详细给我讲述一遍。"

林凤冲一五一十地把受袭的经过说了一遍，尤其是楚天瑛智勇双全的反击和勘查伏击现场，讲述得特别详细，许瑞龙等人不禁对楚天瑛报以赞赏的目光。

"又不是评书连播，说这么热闹做什么。"凝有点不耐烦，"你们离开渔阳县的时间和路线，出发前有多少人知道？"

林凤冲心里一颤，他和楚天瑛是受袭很久才意识到这个问题的——芊芊怎么会知道车队在那个时间经过那条路？没想到凝一下子就抓住了重点。

"我们昨天夜里行动结束之后，就决定今天上午返京，这一点，行动组和渔阳县公安局的同志都是知道的。至于路线，从渔阳县回北京一般都走那条路。"

"一定是渔阳县公安局里有内鬼，把消息走漏给毒贩了。"雷磊突然说，"应该把渔阳县公安局彻查一遍！"

听了这杀气凛凛的话，所有的人都不敢言语，毕竟，哪个警察也不愿意把怀疑的目光对准同袍。但是现实生活中，警队内部的违纪甚至违法行为实在是无法杜绝的，尤其是在缉毒工作中，被巨大的利益诱饵引向犯罪歧途的同袍屡见不鲜。

"谈何容易。"楚天瑛冷冷地说。

雷磊今天见楚天瑛占尽风头，本来就一肚子不爽，这下更不高兴了："怎么，你认为渔阳县公安局不该怀疑吗？"

"我认为应该一视同仁，既然渔阳县公安局要彻查，那么行动组内部也要彻查，不然说出去会让人觉得咱们一碗水端不平。"

楚天瑛说，"雷副队长，你没有在基层工作过，不知道一个县的公安局管辖区域有多大，涉及的各种社会关系多么复杂，一条消息只要没有严格要求保密，传播起来比插上翅膀还要快。比如'明天行动组要回京'这句话吧，谁也不会觉得需要保密，连传达室的老头儿都能往外传，犯罪分子从门口修鞋的人那里都能打探出来，你怎么能保证这里面一定是有'内鬼'在作祟呢？"

看着雷磊瞠目结舌的样子，林凤冲连忙打圆场："小雷还年轻嘛，有些事情还要多向天瑛学习。不过话说回来，这次要不是天瑛在，那个伏击者非把我们杀个精光，再夺走毒品不可。"

竖起两根手指。

"两个都是错的。"凝摇摆着两根手指说。

林凤冲不大明白："什么两个都是错的啊？"

"我是说，你提到伏击者的两个目的，都是错的。"凝说，"第一，她压根儿就不想杀死任何人；第二，她并没有想夺走毒品。"

"啊？"在场的所有警察都吃了一惊。

楚天瑛不信："我们被打得……那个样子，你还说她不想杀人？"

凝把手一抬问："你们仔细看一下，这两辆车的落弹位置主要集中在哪里？"

仔细看过之后，有人答道："好像集中在车窗，其他位置落弹很少。"

"准确地说，是车窗下面的车身没中几弹，为什么呢？因为一旦发生袭击，车里的所有乘员都会伏地卧倒，如果射击车身，子弹会打穿，伤到里面的人。"

不知道哪个文职人员嘟囔道："子弹能打透车身吗？"

"你电影看多了？"林凤冲回了一句，"一般步枪的子弹都可以轻易击穿钢板，更别说85式狙击步枪打日本车了。"

"仔细观察车窗玻璃的破裂形态，甚至可以发现，伏击者开始射出的几发子弹都远远高出乘员坐着时的头顶位置，借此对乘员进行警告，这更加证明了伏击者并不想杀人。"凝的话音未落，又有人发出质疑的声音："玻璃破裂不都差不多的样子，还能分辨出射击的先后顺序吗？"

凝皱了皱眉头问道："林副处长，你带的这班手下怎么连最基本的刑技知识都不具备？"

林凤冲往身后偷偷瞄了一眼，发现那个质疑的人是分局一位副局长，根本不是他的下属——公安工作纷繁复杂，如果日常不主抓刑侦，不了解相关知识也很正常——他又不能出言辩解，只能哑巴吃黄连有苦说不出了。

楚天瑛解释道："汽车的车窗采用的是安全玻璃，安全玻璃基本上都是由两块单独的平板玻璃黏附在一起，中间加上一层透明涂层构成的，一旦被外物撞击，在力的作用下会形成相互独立的放射状和同心圆状裂纹。当多枚子弹穿透安全玻璃，并且弹孔之间的距离非常近，以至于它们彼此独立的放射性破裂纹线相交的话，通过仔细观察就能确定子弹穿透玻璃的顺序——因为后发射的子弹所形成的放射状纹线，在遇到先发射的子弹所形成的放射状纹线时会终止。"

凝继续说："也许有人会说，伏击者之所以不打车身，是因为不知道她的同伙被押解在哪一辆车里，怕误伤，毕竟她的目的是想解救他们并劫走毒品。但是刚才林副处长讲了，伏击者自始至终只有一个人，而要在不杀死任何警员的情况下，单纯靠远距离射击，能达到这个目的吗？显然不可能。从战术常识来讲，达到这个目的至少需要三个人：第一个人远距离射击以吸引警方火力，第二个人从侧面迂回袭击警方，第三个人要开着事先准备好的车辆接应被解救的同伙和毒品，否则在国道上袭警，用不了多久，警方的援军就会赶到，那岂不是要偷鸡不成蚀把米——可事实证明：不存在第二和第三个劫匪，更不存在那辆用来接应的汽车，因此，伏击者的目的，并不是想解救同伙和劫走毒品——"

"那我就奇怪了，伏击者冒着生命危险袭警，到底为了什么？"林凤冲的眉头拧成了一个结。

"从那两辆车的情况看，我看不出伏击者有什么生命危险，只看到你和你的手下被打得毫无还手之力！"凝一点儿面子都不给，"林副处长，您能否坦白地告诉我，假如今天没有楚老师在，最后的结果可能是什么？"

林凤冲脸上发烧："等不到支援的同志们来，我们就会提前撤走。"

"撤退时会带走毒贩吗？"

"会的。"

"毒品呢，也一起带走？"

"太多了，带不走，可能会采取紧急销毁的办法来处理。"

所谓紧急销毁办法，就是警方在运输缴获毒品的过程中，采用了特制的运输箱，这种箱子外部设有一个密码机关，可以启动销毁按钮，从内部流出具有高腐蚀性的化学液体，将毒品迅速销毁。这个办法是二十世纪八十年代，美国警方在缉毒工作中，缴获的毒品在运输时经常遭到毒贩打劫，而那时警方的火力往往还不如毒贩，所以为了防止毒品重新落入敌手，就设计了这种运输箱，后来成为各国缉毒警在运输大量毒品时的标配。

"我相信那个伏击者也清楚地知道这一点，所以，她袭击你们的真正目的，恐怕和毒品毒贩毫无关系。"

一直沉默不语的许瑞龙突然发话了："我可真是越来越听不懂了，那么，伏击者的目的究竟是什么呢？"

所有的目光都集中在了凝的身上。

"许局长，您是不是在考我啊？这么简单的事情，您一定早就看出来了，对不对？"凝微微一笑，"那个伏击者的目的，是逼迫车上的所有警察撤退之后，进入车厢，拿走一件他们无论如何也带不走，或者由于没有意识到重要性而放弃带走的东西。"

林凤冲一头雾水："除了毒品和那几个毒贩，我想不出我们那两辆车上有什么值得大动干戈的东西啊……"

"什么没有？再仔细想想！"

"你看车上所有的人都在这里了，他们也都想不出来啊——"

"所有的人都在这里了？"凝一声冷笑，"跟你们同车回来的，应该还有一位记者吧，他在哪里？"

"怎么回事？"许瑞龙问。

林凤冲赶紧把马海伟配合警方侦破了此次贩毒大案，并同车返京的事情简要汇报了一遍，然后问凝："你怎么知道车上还有一位记者的？"

"你先回答我，那个记者哪儿去了？他随身有没有携带什么古怪的东西？"

蓝色的粗布包裹。

包裹下面那片不知黑色还是暗红色的污渍，此时此刻，骤然在林凤冲的脑海中浮现。

还有，当他试图要触摸包裹的刹那，马海伟铁钳般攥住他腕子的手，一双混浊的眼珠子中异常凶恶的光芒……

林凤冲擦拭了一下额头上的汗珠："他在半路提前下车了。"

"去了哪里?"凝问。

"不知道……"林凤冲摇了摇头,"下车的时候,他手里拎着一个蓝色的粗布包裹——里面装的,大概就是你说的那个古怪而重要的东西。"

第五章　臼齿

马海伟走下出租车,感觉自己像是一脚踏进了河里。

四周晃动着起伏不定的铅灰色,仿佛冷冰冰的波浪,脚下软绵绵的,往前每一步都感到了阻力……

也许是昨夜那场寒可沁骨的雨,也许是迷乱中那个阴森可怖的梦,也许是回京途中被突如其来的弹雨纷飞所惊吓,总之他有点儿发烧的症状,摸摸自己的额头,说不清是冰凉还是滚烫。

就是这里吗?

没错,就是这里,米色小楼的楼门口挂着牌子呢——

蕾蓉法医研究中心。

他伸出手,推开嵌着玻璃的米黄色楼门,一眼便看到门厅正中央竖立着一座半身铜像,是个看上去很骨鲠的老头儿,走近了才看见铜像下面镌刻着一行名字——"南宋法医宋慈"。

宋慈,不就是演员何冰在电视剧《大宋提刑官》里扮演的角色吗?没想到"本人"长得这么瘦削。

他刚刚伸手要摸一摸那铜像,身后突然传来一声呼喊:"你找谁?"

回头一瞅,也是个老头儿,粗胖粗胖的,一看就是那种爱管闲事并一管到底的北京大爷,他赶紧问:"蕾主任在吗?"

"她忙着呢,你有什么事?"看样子,老头儿是管传达室的。

马海伟眨巴了两下眼睛说："我找她的事儿，跟你说了也没用，我还是直接找她说吧。"

老头儿听他一口河南坠子腔，又二二乎乎的模样，搞不清他到底要干什么，加倍了小心："甭价，主任不是谁想见就见的，先得过我这一关，把话说清楚，你到底有什么事儿？"

"你看看你看看，你说的叫个啥话，还得过你这一关，你当你是个啥，奈何桥收过桥费的？"马海伟一急，话横着就出来了。

老头儿一把年纪，最怕别人说跟入土相关的话，今天却被马海伟直接打发到"那边儿"去了，不禁大怒，上去一把薅住他的脖领子："小子，你怎么说话呢？"

本来安静之极的研究所，被这俩人的吵闹声惊醒了一般骚动起来，许多房间的门都打开了，工作人员探头探脑地往这边看，两个保安过来推搡了马海伟两下，马海伟的大嗓门叫嚷得更厉害了。乱了三四分钟，有人喊了一声"主任来了"，这锅沸水像被浇了一瓢凉水似的，瞬时又寂静下来。

马海伟抬起头向二楼望去，只见一个穿着白大褂的姑娘正款款地走下台阶，她的容貌并不出众，齐耳的短发、圆圆的脸蛋，温柔而安详的目光焕发出一股让人心定的力量。

"怎么了？"她问。

传达室老头儿抢白道："主任你看，他来找你，我问他什么事，他张口就骂人。"声音可是低了很多。

"你找我？"蕾蓉望着马海伟问道，"有什么事？"

"是，蕾主任，确实是找你，想请你帮我鉴定个东西。"马海伟把手里那个蓝色的粗布包裹往上拎了拎。

这一下，所有围观的人——连同那个传达室老头儿在内，脸色都变得异常难看。要知道这里是法医鉴定中心,请这里做鉴定的,一般来说只有三种东西:活人的伤口、死人的尸体,或者是死人尸体的一部分……看马海伟手里那个包裹的形状,就是个笨蛋也怀疑到里面裹着一颗人头了。

蕾蓉指着包裹问:"这是什么东西啊?"

"能找个单独的地方跟您细说吗?"

蕾蓉点了点头说:"你跟我来吧!"说完向二楼走去。

在二楼的会客间,俩人面对面坐下。马海伟首先介绍了一下自己的身份,然后好像欠了很久的账必须还似的,呵呵傻乐了两声道:"蕾主任,刚才我在楼下……不好意思啊!"

"我们这里要求严,规矩多,你初来乍到,不知者不罪嘛。"蕾蓉淡淡一笑,指着包裹说,"打开看看吧。"

马海伟小心翼翼地把包裹放到桌子上,解上面的扣儿,不知道是不是系得太紧的缘故,解了半天都没有解开,蕾蓉却只是静静地坐着,并不施以援手。马海伟抽了张纸巾,擦掉手上的汗水,慢慢地解,总算打开了包裹皮,露出了里面的器物——

那是一个灰黑色的瓦盆。

瓦盆再普通不过,种花种草皆可,盆口很大,盆底较小,盆身坑洼不平,而且布满了裂纹,不过整体还算干净,无论表面还是里面,都既没有积土也没有草枝,从来不曾使用过似的。

"这个,你给鉴定一下吧。"马海伟指着瓦盆说。

蕾蓉有点儿发蒙,瞪着圆圆的眼睛,好像突然被绑架到了鉴宝节目的现场,为了配合节目播出,她甚至还掀开盆底看了看,上面并没有诸如"大清雍正年制"的款识,这个向来以理性著称的姑娘沉思了片刻,问马海伟:"你确定你要找的是我吗?"

"没错啊!"马海伟说,"我就是要找你,让你给我鉴定一下这个瓦盆。"

"鉴定……什么呢？鉴定它的年份还是材料？"蕾蓉一头雾水，"我这里是法医研究所，是鉴定伤口和解剖尸体的地方，不负责文物鉴定。"

直到这时，马海伟才明白了两人一直音画不对位，用食指戳点着说："嗯……我跟你说，这个确实得找你鉴定，这瓦盆里藏着具尸体呢。"

饶是蕾蓉从事法医工作多年，也很少听见这么惊悚的话，小小的瓦盆里，藏着具尸体？

蕾蓉觉得眼前这个人的精神不大正常。

"老马，我是一个科学工作者，你说的话，从科学的角度讲，我很难理解。瓦盆里藏着具尸体，是什么意思？棘皮动物的尸体，还是节肢动物或软体动物的尸体？"

"人，是人！"马海伟说着激动起来了，用指头"梆梆"地敲起瓦盆来："这里面藏着个人的尸体呢。"

蕾蓉沉默了，当然不是想怎么正确理解马海伟的话，而是琢磨用什么方法把安定医院的医生叫来。

马海伟也感觉到，自己要再这么散装着说话，蕾蓉就快把他打发了，于是把椅子往前挪了挪，一边比画一边说："有个人被害死了，凶手把他的尸体焚化，骨灰和土掺在一起，烧成这个瓦盆啦！"

蕾蓉听懂了，也呆住了。

怎么会有这样的事情呢？

不禁再一次把目光聚集到那个瓦盆上面，这一回她看得很认真，认真得甚至有一些敬畏，就像她每次准备解剖尸体前一样。然而这个瓦盆是那么粗陋、那么普通、那么不起眼……完全看不出里面埋藏着一段骨殖或一注冤魂。

"从理论上讲，你说的这个也并不是没有可能。"蕾蓉小心翼翼地选择着语言，"但是，你有什么证据说这个瓦盆里掺着骨灰呢？"

"所以我才来找你嘛，你给鉴定一下不就知道了吗？"

蕾蓉摇摇头道："老马，你可能不大了解焚烧会让人体产生什么样的变化，火焰会彻底破坏骨骼中的有机成分，先是炭化，骨头会从原本的颜色变成黑色，然后随着有机化合物的进一步燃烧，黑色逐渐变浅为深灰、中灰、浅灰，最终变成白色，这时的骨头被称为'煅化骨'。煅化骨从基本形态上看变化并不大，只是比原来缩短了四分之一或者更多，但依然有个'骨头样'，通过这种灰烬状骨架，一个训练有素的法医人类学家还可以判断出死者的性别、种族和大致年龄，但是一旦研磨成骨灰，那就变成了人们常说的'齑粉状'。目前的法医学科技，对粉末状骨灰几乎可以说是束手无策。就说你拿来的这个瓦盆吧，首先，即便鉴定出瓦盆的构成成分，发现里面确实含有骨灰，也还需要进一步鉴识是人类的，还是其他脊椎动物的骨灰；其次，就算证实是人类的骨灰，除非死者死于重金属中毒，会在骨灰中形成残留，否则也很难从中发现什么犯罪证据。"

马海伟愣了片刻，半张着嘴巴，小眼睛眨啊眨的，然后把外套往身上裹了裹："照你这么说，这人算是白死了？"

蕾蓉很有耐心地说："老马，我刚才不是说过了，就算鉴定出是人类骨灰，也找不到犯罪证据。如果没有犯罪证据，死者很可能是正常死亡的啊，那么做这个鉴定又有什么意义呢？"

"你给鉴定一下，不就知道他是不是被杀的了？"

蕾蓉一时气馁，她算是知道，今天撞上一只专门咬着自己尾巴打圈的笨猫了。正在发愁怎么能给一个逻辑混乱的人讲清楚鸡先生蛋还是蛋先生鸡,就听见有人敲门,蕾蓉说了一声"请进",门开了,露出了林凤冲和楚天瑛两张略显紧张的面孔。

"蕾蓉,你好!"林凤冲打了个招呼,然后对马海伟说:"老马,你小子怎么跑到这儿来了?"

然后,他的目光就盯住了那个放在蓝色粗布包裹上的瓦盆。

"就是这个?"楚天瑛走过来,指着瓦盆问林凤冲。

林凤冲耸了耸肩膀,伸出手试探着去摸瓦盆,见马海伟没有异议,才拿起来看了又看,实在看不出个究竟,神色放松了许多,对楚天瑛使了个眼色,意思是谁要为这么个东西袭击警车,谁才真是有病!

楚天瑛接过来也里里外外查看了一番,问马海伟道:"老马,你咋从渔阳县带回这么个土特产来送给蕾蓉啊?"

"你们认识?"蕾蓉啼笑皆非,"什么土特产啊,老马非说里面有个尸体,让我做尸检呢!"

林凤冲介绍了一下马海伟此次协助警方侦办缉毒案的经过,也大致说了一下警车半路遇袭的事情,然后对马海伟说:"你着急忙慌地半路下车,敢情就是找蕾蓉给你这个瓦盆做尸检,荒唐不荒唐啊!"

马海伟有点儿烦躁地说:"我跟你们说不清楚,这瓦盆里真的藏着一桩天大的冤案。"

"行啦行啦!你好歹也当过警察,你自己琢磨你那话靠谱不?"林凤冲拉他的胳膊,"走吧,别打扰蕾蓉办公了,她每天应付各种奇怪的死人还忙不过来呢,哪儿有工夫再接待你这奇怪的活人啊!"

"我不去!"马海伟生气地拨开他,"你们咋就不相信我这个郑和呢!"

蕾蓉等人面面相觑,不知道马海伟缘何做这般悲壮的自比,后来琢磨出来,这家伙八成是说自己像怀抱璞玉却无人认识的卞和,说错了才说成明代航海家兼太监郑和,林凤冲又好气又好笑,捅了捅他道:"哥们儿,我们相不相信你是郑和,不重要,重要的是弟妹相不相信……"

马海伟这才反应过来,一句话没说对,自己给自己卸了个重要的零件,但他真的是无心开玩笑,抱着胳膊说:"反正,蕾蓉要不给我这个瓦盆做鉴定,我就不离开!"

"拉倒吧!跑法医鉴定中心当钉子户——你可真是想死了!"林凤冲给楚天瑛使了个眼色,俩人上来拉胳膊拽腿要把马海伟强行带走,马海伟急得抱着桌子角嚷嚷:"我不走我不走,搞不清这个瓦盆的事儿,我就是不走!"

"啪啦"一声!

几个人拉扯中一不留神,竟把蓝色粗布包裹拽到了地上,那个瓦盆也摔了个粉碎!

大家都不由自主地倒退了两步,盯住那个分裂成许多块的瓦盆,以为上面会升腾起一道象征冤魂的黑色烟雾,然而什么都没有,只有一个瓦片骨碌到蕾蓉的脚下,形状像一截为了嘲讽而特意吐出的舌头。

"胡搞!"林凤冲狠狠地瞪了马海伟一眼,"跟我回去!"

"咋会这样呢,咋会这样呢……"马海伟困惑地嘀咕着,很不甘心又很无奈地被林凤冲拖着往门口走去。

楚天瑛向蕾蓉告别说:"蕾主任,打扰你了,我们先走了。"

"等一下。"

蕾蓉的声音,有些异样。

三个走到门口的人,不约而同地回过头望着她。

只见蕾蓉蹲在地上,捡起了那个骨碌到脚下的、状如舌头的瓦片,对着窗外阴沉沉的天光看了很久,然后伸出另一只手,捏住那个"舌尖"轻轻一用力,"咔"的一下把它掰了下来,用指尖搓了几搓,放在掌心里又认真地查看了一番,站起身说:"对老马的话,看来我们有必要相信一部分了。"

马海伟、林凤冲和楚天瑛都不明就里。

蕾蓉走到他们面前,摊开掌心——

平躺在掌心的,是一颗已经被烧黑的牙齿。

"成人的,臼齿。"蕾蓉说。

马海伟一下子瘫坐在了靠墙的椅子上。

林凤冲愣了片刻,拖了把椅子坐在马海伟的对面:"老马,说说,咋回事吧!"

马海伟这才从昨晚留守小花房开始,一点点讲述起来,讲得很详细,包括他怎么喝了几大口衡水老白干,吃了几颗发霉的花生米,想躺下睡觉却被越来越大的雨声吵得烦躁不安,就打开破旧的收音机,不知怎么的就拨到了一个频道,突然听见了凄惨入骨的哀婉唱腔,由于印象太深,马海伟甚至还哼了几句唱词出来:

> 行至在渔阳县地界,
> 忽然间老天爷降下雨来。
> 路过赵大的窑门以外,
> 借宿一宵惹祸灾。
> 赵大夫妻将我谋害,
> 他把我尸骨未曾葬埋。

烧作了乌盆窑中埋,

可怜我冤仇有三载,有三载……

"我当时被那戏曲催眠了似的,半睡半醒的,就感觉花房里还有一个人,真的,那感觉特别清晰。虽然我看不见他,但我知道他就弓着个背,坐在我的床头,一声不吭,像是有好多话想说却说不出来似的……恍惚间,我看到了特别吓人的一幕:三年前的一个深夜,天下着大雨,我是一个迷了路的旅客,走进了这个花房,然后,突然,我的脑袋被凶手砍了下来,身子被他们剁成肉酱,烧成骨灰,和着黏土在瓦窑里烧,这工夫,他们用水冲洗地上的血迹,再用抹布擦啊擦的,擦得一点儿痕迹都没有留下。这时,窑中和着我骨灰的那个乌盆也烧成了,也许是因为掺了大量的血污,黑漆漆的,被凶手扔在了床底下。我痛苦极了,心里的冤苦就像窑里头的火一样,烧得我焦心烂肺的疼,我哭啊喊啊挣扎啊哀求啊,可怎么也出不去……"

马海伟粗粗地喘了几口气,接着说:"后来不知怎么,我一下子把那个收音机打落在地上了,摔坏了,没声了,我这才醒了过来,全身上下都被汗水湿透了,一点儿力气都没有。我躺在床上,想不明白,刚才那个梦到底是真的还是假的,我突然想到一个办法,只有一个办法能证明这个梦的真假——"

"什么办法?"林凤冲问。

接下来的话,马海伟是一个字一个字地吐出来的——

"到床底下,看看那里是不是真的有一个乌盆。"

"结果呢?"

马海伟抬高了手臂,手指直直地指向那一地瓦片。

房间好像突然沉到了井底,陷入死寂。原本毫不起眼的瓦片,此时此刻却成了法医眼中的尸骸、刑警眼中的血泊、记者眼中一段噩梦的残片……

"当我从床底下拿出这个乌盆的一刻,浑身的血都要凝固了,我相信我的梦是真的了!"马海伟拾起一块瓦片,拿到林凤冲眼前,"你看看这个,我刚开始还想:是不是谁在床底下放了个乌盆,和我的噩梦碰巧对上了,后来仔细研究发现,这个乌盆跟昨天晚上咱们找到的那些藏毒的瓦盆完全不一样。那些瓦盆的颜色、大小、规格都是统一的,这个乌盆色泽更深,个头更小,盆壁更薄,而且内外都十分干净,一看就是从来没用过的。"

林凤冲点了点头问:"难道这乌盆真的是用一个人的骨灰掺上黏土烧成的?"

"人的身体被焚烧后,一般来说只有牙齿以及生前置入体内的金属医疗器械,能够比较完整地保存下来……"蕾蓉说,"当然必须强调的是,即便发现瓦盆里真的含有人类骨灰,连同这个臼齿在内,也只能证明,这个瓦盆的制作材料骇人听闻,并不能证明发生了一桩凶杀案,毕竟,用正常死亡的人的骨灰制成瓦盆也是可能的——虽然这听起来有点儿变态。"

"我看,咱们还是商量一下下一步该怎么办才好。"楚天瑛说,"老马,我总觉得这个事情太诡异了,不是我们信不过你,假如咱俩换一下位置,你肯定也会认为我讲了一通胡话呢,所以,如果就这么上报市局,局里那帮兄弟们非笑掉大牙不可。"

"你的意思是——"马海伟觉得不是味儿,"这事儿不管了?"

"你做梦梦见凶杀,就派出警察去调查,下次你梦见自己上辈子是四阿哥,市局是不是还得全体出动给你找马尔泰·若曦啊?"林凤冲说。

"那你们可找不到。"蕾蓉认真地接下话茬,"她穿越回来的名字叫张晓。"

楚天瑛强忍着没笑出声来。

"那我床底下的乌盆呢?那乌盆里嵌的那颗牙齿呢?"马海伟扬起胳膊,扯开大嗓门嚷嚷起来,"你们咋跟渔阳县公安局那个晋武一路货色?当初,他就是明明知道县里的黑窑厂活埋了工人,但收了窑主赵金龙的黑钱,就封锁消息,让那么多工人成了冤死鬼!"

一句话扯出了个大案子,林凤冲和楚天瑛不约而同地问:"怎么回事?"

"三年前,我还在派出所当警察呢。我们乡里有个寡妇,守着一个十五六岁的儿子相依为命,儿子偷家里的钱打游戏,被她一顿打,离家出走了,怎么找都找不到,寡妇的眼睛差点儿没哭瞎了。后来有一天,她接到渔阳县人民医院的电话,说孩子在他们医院呢,受了重伤,快不行了,所里派我跟那个寡妇一起到渔阳县来。到医院发现孩子已经死了,身上全都是伤,被鞭子抽的,被锥子扎的,被锤子砸的……送他来的人说是在郊外发现他的,孩子临死前跟医生说他是从黑窑厂逃出来的,还有好多人在里面做奴工呢,让报警赶紧救他们,但是渔阳县公安局没有一点儿动静。我急了,跑到县局去闹,晋武那个王八蛋竟然下令把我关了一宿,等我被放出来才知道,那窑厂塌方,挖出了十几具尸体。我怀疑是窑厂厂主赵金龙见有人脱逃,又听说报警了,怕一查起来发现工人都是被绑架来的奴隶窑工,干脆制造了塌方事故,把工人都活埋了……"马海伟咽了几下,接着说,"那孩子火化之后,我想送寡妇回乡里去,后来发现寡妇在旅馆上吊死了,我心里这个堵得慌啊,我一个当警察的,国家给我发薪水,让我保护老百姓的太平,到头来就带着俩骨灰盒回去,还他妈算个屁啊!我就开始调查,却处处碰壁,窑厂关了,当地的黑打手日夜跟踪我、威胁我,渔阳县公安局的法医、刑警都证明真的是塌方压死了人,我们乡派出所也催我回去,说再不回去就给我处分甚至除名,媒体也捂得严严实实。我一打听,好嘛!敢情赵金龙这些年早就把渔阳县大大小小的衙门打点了个通透。我一气之下脱了这身警服,做起了记者。"

"你说的那个事情,是不是发生在三年前的夏天?"楚天瑛问,"我那时刚刚升任省厅的刑侦处长,还在内部简报上看到过对你的通报批评。"

"对!"马海伟用大拇指指了指自己的鼻头,"那个说的就是我!"

林凤冲过去只知道马海伟离开警队,却不知道原来是这么个原因,不由得对这个一向愣愣呵呵的家伙产生了几分敬意。

也就明白了在渔阳水库的桥上,晋武为什么识破了他的套话,原来马海伟与晋武的矛盾发生在他还是警察的时候,而不是改行当记者以后。

"黑窑厂……这个乌盆应该也是窑厂里烧制出来的,这二者之间会不会有什么联系呢?"蕾蓉道。

"还有啊,你们有没有注意到?老马刚才说,他梦见这个乌盆里的冤魂是三年前遇害的,而导致他离开警队的黑窑厂事件,也是三年前发生的,这里面说不定真的有什么关系。"林凤冲说。

"我还是不相信乌盆里有什么冤魂的事情。"蕾蓉皱着眉头说,"而且如果真的展开调查,我一时也想不出该从哪里入手……"

"找到那个花房的房东。"楚天瑛说,"从他那里查出这个乌盆的来源,再找到这个乌盆的制造者,就乌盆里掺着颗牙齿这一件事,仔仔细细地审,一定能审出点东西来。"

"等一下,等一下。"蕾蓉说,"你们不会是真的想办这个案子吧?"

"为啥不行?"马海伟问。

蕾蓉掰着指头说:"第一,办这个案子的话,先要立案吧,怎么能让上级领导相信真的发生了一起谋杀案?难道把老马做梦的故事和这个乌盆的碎片呈上去?你们刚才也谈到了,那会变成今年市局最大的笑话的。第二,办案需要渔阳县公安局配合吧,照刚才你们的说法,这次缉毒渔阳县公安局配合得并不好,老马则肯定已经被那个姓晋的列入了黑名单。第三,如果是暗中调查,而又没有得到上级的允许和备案,是严重违纪的,所以——"

"所以,这次我们几个最好都不要出面。"楚天瑛懂了。

林凤冲恍然大悟道:"我明白了,你的意思是说请个非官方的人来办这个案子。"

蕾蓉点点头:"假如真的存在一起杀人焚尸的乌盆命案的话,目前看来,可供调查的物证少之又少,况且是发生在三年前的事情,恐怕连人证都不知道哪里去了。我觉得,也许最终破获依靠的不是传统侦讯,而是逻辑推理,所以我建议,最好请个优秀的推理者出马。"

"就我知道的几个有名的推理者,好像现在手里都有案子啊……"

楚天瑛道:"要不,我跟凝说一声,让她调一个名茗馆的人来吧!"

"名茗馆那帮孩子，真的行吗？"林凤冲有些犹豫。

"我也有这个顾虑，毕竟这个案子需要亲自到渔阳县走一趟，没有点儿社会经验是不够的。"蕾蓉说，"再成熟的学生，也还是学生，平时研究《每周重大刑事案件案情汇总报告》研究得再好，一旦在实际办案中遇到紧急的情况或棘手的问题，也很难做出正确的应对和处理。"

"那可怎么办啊？"马海伟又有些急躁。

"我有个想法。"蕾蓉说，"这个案子，凤冲和老马就都不要出面了，你们那两张脸，到了渔阳县很快会被认出来的，还是天瑛去一趟吧。天瑛长年在地方上工作，又曾经是省厅的刑侦处长，经验丰富，现在的身份却是普通派出所的民警，跟马笑申请个假出趟差，很容易。另外，你再带个推理者同去，我推荐《法制时报》的记者郭小芬，最近一阵子她的情绪一直很低落，正好出去散散心，你们俩去了摸一下情况，咱们再决定下一步该怎么办。这样行吗？"

林凤冲和楚天瑛都说好。

马海伟搔了搔后脑勺说："还是带我一起去吧，大不了我化个装还不行吗？不怕你们笑话，我总有一种奇怪的感觉，那个乌盆里的冤魂把我缠住了，非要我亲手替他洗冤不可，不然，我走到哪里，他就在背后跟我到哪里……"

不知不觉已是傍晚时分，没有开灯的房间里，几个人的影子都模模糊糊地拖曳在地上。不知为什么，听了马海伟的话，楚天瑛的眼角余光发现他的影子颤抖了一下，那影子似乎比别人的宽一些，边沿更不规则一些，像是摞起来的两个影子，此时此刻因为畏惧被发现，一个更长更黑的影子迅速隐藏到另一个影子的后面去了……

"就这样吧！"林凤冲一撑膝盖站了起来，"我去请一下小郭；老马，你回家收拾一下东西；天瑛，你跟马笑中请个假，然后和老马约一下时间，一起出发。到了渔阳县，你们要处处小心，有什么消息或需要支援，随时和我联系。"

蕾蓉说："我今晚加加班，把这个乌盆做一个分析，看看其中是不是真的含有人类的骨灰，然后把结果告诉你们。"

说完，林凤冲和马海伟一起往门外走去，楚天瑛却被蕾蓉叫住了："天瑛，我找你有点事情，你先留一下。"

屋里只剩下他们两个人，蕾蓉把门关上，把灯打开，然后坐在他的对面，沉默了片刻，抬起头说："天瑛，我一直欠你一声'谢谢'。"

楚天瑛明白蕾蓉的意思，在前不久的一桩奇案中，蕾蓉陷入重重困境，多亏楚天瑛在最艰难的时候施以援手，才使她摆脱了危机。警界盛传，楚天瑛这一行为激怒了有高层背景、想置蕾蓉于死地的课一组，才导致他被一撤到底。

楚天瑛的神情却十分平静："蕾主任，你言重了，没什么的。"

"我知道，我的这一声'谢谢'来得太迟，也太微不足道，完全无法弥补你为我付出的巨大牺牲。而我也不知该怎样感谢你，报答你……"蕾蓉犹豫了一下说，"我今天把你留下，是想问你一件事情，最近有传言，说你和爱新觉罗·凝在谈恋爱，这是真的还是假的？"

楚天瑛愣了一愣，含混地说："算是吧。"

"你大概听说过，我不喜欢在背后评价任何人，这并不是因为我对别人没有看法，而是我不能确认我的看法是不是准确和客观。"蕾蓉说,"但是今天我要做出一个评价,一个我思考了很久并自以为足够准确和客观的评价:凝,她不适合你。"

楚天瑛呆呆地望着蕾蓉。

"有的女孩内心贫瘠而外表奢侈,有的女孩内心奢侈而外表贫瘠,凝是那种内心和外表都极其奢侈的女孩,这样的女孩,你和她在一起会很累很累,因为你必须做出各种努力满足她的各种愿望,她又绝不会告诉你她是否真的满足了。同时她又是极端分裂的,你不满足她,她会慢待你;你满足了她,她又会鄙视你……她是太阳,你只是她的行星,你被她的引力吸引得无法离去,却又永远无法真正贴近她的内心,而你无时无刻不在忧虑的是——太阳从来不是只有一颗行星,何况你这个拿着普通薪水的警察,只是一颗土星,而绝不是金星。"

楚天瑛低下头,沉默了半晌,才抬起头来,神情痛楚,喃喃道:"那……我该怎么办?"

"我以前有一个很好的朋友,也是个非常优秀的青年刑警,就是因为爱上了一个不该爱的女孩,铸下了铁一般的大错……"蕾蓉道,"我刚才建议你去渔阳县办案,固然是了解你的才干,还有一层意思,是希望能用空间将你和凝分开一段时间,空间和时间是考验爱情真伪的试金石,你也能冷静地思考一下你们的关系是否还要继续。"

楚天瑛低声说了句"谢谢",然后起身告辞。

蕾蓉一直将他送到法医研究中心的门口。

"蕾主任,你留步。"楚天瑛说。

蕾蓉点点头说:"对了,天瑛,到了渔阳县,你知道第一件事情做什么吗?"

"不是先去找一下花房的房东,查清楚乌盆的制造者吗?"

"不对。"蕾蓉摇摇头,"你要做的第一件事情——是查清楚老马今天所讲述的一切,究竟是真是假。"

第六章　黑疠

天空中飘起了细雨，淅淅沥沥的，山顶和树尖上缭绕着一层青灰色的烟，湿气就这样漫无边际地泼洒开来。

两个撑着伞的人慢慢地走上土坡，来到花房门口，其中一个人先敲了敲门，等了片刻，见里面没有声音，伸手将门推开，才发现屋里空荡荡的。于是他们两个人收了雨伞，走了进来。

"连四十八小时都不到啊，怎么就撤了蹲守呢？"楚天瑛皱起了眉头。

抓捕贩毒团伙是前天夜里的事情，安排接替马海伟在花房蹲守的渔阳县公安局干警已经全部撤退，这确实有点儿说不过去。

"撤了也好，否则我们来这里还会遇到很多麻烦。"郭小芬说。

楚天瑛看了看郭小芬，心中有些伤感。这位《法制时报》的女记者，曾经多次在罪案类报道中分析案情，为警方陷入困顿的刑侦工作打开新的思路，因此不仅在媒体圈子里享有盛名，在公安队伍中也颇受礼遇。去年，他在侦办一起特大密室杀人案时和她相识，那时的她，一头波浪似的披肩卷发，面色粉嫩，一双美丽的大眼睛闪烁着聪慧又俏皮的光芒。而此时此刻，她的面庞笼罩着一层铅灰色，目光里有种厌倦一切的意味，整个人显得黯然无神。

楚天瑛是今天上午和郭小芬、马海伟一起在莲花池长途汽车站碰面,坐车过来的,一路上,郭小芬一直靠着车窗,倦倦地昏睡或发呆。到渔阳县时已经是下午,为了不引人注意,他们在离市区稍远的地方找了个小旅馆,租了两间客房住下,稍事休息之后,马海伟留在旅馆里坐镇,他和郭小芬到这花房来进行勘查。

勘查犯罪现场的第一原则,是找准事态圆心。所谓事态圆心,是指一定区域内犯罪分子实施犯罪行为的主要地点,比如银行抢劫案,如果是在大堂发生的,那么事态圆心一般是在柜台附近,如果犯罪分子已经突破到了后台,那么事态圆心多半是在保险柜或金库周边。

对于这个花房而言,事态圆心应该有两个:一个是窗口,那个负责守仓的老头,肯定是在这里用望远镜一刻不停地瞭望着东哥住所的动静;另一个则是马海伟睡过的那张床的下面。

窗口的情况相当糟糕,由于当初花盆大量堆积在附近的墙根处,后来警方发现里面藏有毒品时,就地一个个打碎搜查,所以直到现在还是一堆瓦砾和渣土,就算那老头留下什么微量证据,也早就被掩埋或破坏了个精光。因此,楚天瑛只草草地翻了翻,就站起身打开橱柜,看了一下那瓶所剩无多的衡水老白干,以及发了霉的半袋五香花生米,然后掀开门帘走进了里屋。

在那张破旧木板床附近的地面上,楚天瑛戴上塑胶手套,仔仔细细地摸索了一番,找到了几块塑料片,拼在一起之后,可以看出是老式收音机的电池盒盖——马海伟说收音机摔坏之后他就给扔了,从这几个塑料片可以看出,他说的是真的。

楚天瑛又掀起低垂的床单,往床下看去。

地面蒙着厚厚的灰尘,贴墙的位置有一个圆形的凹痕,很明显是长期放过一个瓦盆留下的痕迹。不知从哪里传来腐烂的气味,也许,就在这床下的某个角落,藏着一只死去很久的老鼠的尸体。

这里，真的曾经在深夜升腾起一个长长的冤魂，蜿蜒着，攀爬着，一直纠缠到马海伟的梦里吗？

> 赵大夫妻将我谋害，
> 他把我尸骨未曾葬埋。
> 烧作了乌盆窑中埋，
> 可怜我冤仇有三载，有三载……

"你在干吗？"

忽然传来郭小芬的声音。

楚天瑛赶紧站起来，一面掸着膝盖上的土，一面对她说："蕾蓉叮嘱的，要核实马海伟的话是真是假。"

"蕾蓉心倒是挺细。"

楚天瑛本来以为郭小芬和蕾蓉关系很好，可是现在听她的口气，似乎不大对味，却又分不清褒贬，只好选择了沉默。

郭小芬拿出手机打了个电话，挂断之后说："我问了一下渔阳县人民广播电台，他们说前天深夜确实播放过根据这个县历史传说改编的传统剧目《乌盆记》。"

"《乌盆记》？"楚天瑛闻所未闻，"讲的什么故事？"

郭小芬把衣服裹了裹说："我也不知道啊，听这个名字就让人瘆得慌……算了，还是先调查花房吧。"

楚天瑛叹了口气说："把这个花房设置为监视点时，负责守仓的老头被我们安排到招待所，后来发现这里是毒贩子设置的'第二窝点'，再找他，老头早就逃之夭夭了。现在看来，那老头在这里守仓期间，十分谨慎，根本就没有留下任何关于他个人信息的物证。"

"不一定。"郭小芬说,"我不知道你听没听过这样一句话:寻找证据固然重要,但有时候,寻找那些本该存在却没有存在的证据,更加重要。"

楚天瑛点点头:"这是呼延云关于犯罪现场勘查的名言嘛。"

一听呼延云的名字,郭小芬咬了咬嘴唇:"那么你有没有觉得,在这个花房里,也有一些本该存在却没有存在的东西吗?"

楚天瑛摇了摇头。

"马海伟说他那天夜里在这儿蹲守的时候,由于外面下雨,又冷又饿,于是打开了橱柜,结果只发现了半瓶衡水老白干和发了霉的五香花生米。"郭小芬提示道,"那么,对于此前那个守仓的老头而言,什么是这里必需的却又没有的?"

"这个花房里没有任何食物!"楚天瑛醒悟过来,"也就是说——"

"也就是说存在两种可能:一个是他在守仓前就储备了大量的食物,可是在这房间的里里外外,我们并没有发现米面或其他方便食品的包装,于是就只剩下另外一种可能了:他每天必定要去买一趟食物,并在路上处理掉前一天的食品包装。"

楚天瑛眼睛一亮说道:"走,咱们去找一找离这里最近的食品店。"

雨已经停了,空气湿漉漉的。他俩沿着蜿蜒的小路下了土坡,路边有一排断裂的围墙,围墙的尽头是一个很小的门脸,有个穿着跨栏背心的男人把一个装着豆腐和豆腐丝的竹筐搬到门口,坐在马扎上,拿把蒲扇,拍打着在上面飞来飞去的苍蝇。

"我来。"楚天瑛对郭小芬说,然后走上前去,对那店主说:"来两包中华烟。"

店主看他冷鼻子冷眼的，不知什么来头，赶紧进店拿了两包烟出来。楚天瑛从外套的内兜里，把警官证和一把零钱都拿了出来，刚要把钱给店主，店主赶紧推了回去，赔着笑脸说："不敢，不敢，交个朋友，交个朋友。"

"问你点儿事，山上那花房的老头，前两天是不是经常下来买吃的？"

"对，他每天买点儿面包、榨菜什么的，跟他说话他爱答不理的。"

"他在那花房里住了多久了？"

"没多久……那房子空了好长时间了，老头是一个礼拜前才搬进去的吧。"

"花房的房主——或者说过去的老住户是谁，你知道吗？"

"不知道。"店主说，"这一带近两年都在拆迁，好多老住户都搬到不知啥地方去了。"

"这两天你有没有看见那老头呢？"

店主犹豫了一下，摇了摇头说："没有……"

这一个犹豫，楚天瑛就看出了蹊跷，却装成不在意，转身走了。拐过墙角，他对等在那里的郭小芬说了一下刚才的情况："看来老头没走远，还在这一带。"

郭小芬陷入了沉思。

"你在想什么？"楚天瑛问。

"这里面有个矛盾，既然'第二窝点'被警方端了，他侥幸逃脱，为什么不逃到外乡去，还继续留在这里？如果他是本地人，不想背井离乡，为什么不潜回自己更熟悉的地方呢？"郭小芬分析说，"我觉得，他可能只是被贩毒集团雇的、来这里打工的农民工，并不知道事情的严重性，想等风头过去了再在这边找工作——"

话音未落，楚天瑛突然伸出了一根手指——"嘘"！

郭小芬探出头一看，只见那店主把门一锁，拎了个装着面包和矿泉水的塑料袋，沿着小路向村落深处走去。

七转八扭地绕过几个巷道，眼前是一片野草丛生的瓦砾，店主回头看了看，见身后的路上连条野狗都没有，就放心地"咔嚓咔嚓"踩着瓦砾向前走去。一直来到一间门窗尽毁，只残存着屋顶的砖瓦房前，咳了两声，一个老头从窗根下面探出头来，店主把塑料袋递给了他，低声说了两句话，就沿来时的路回家去了。

老头坐在窗根下愣了半晌，从屁股下面拿出一个小腰包，系在腰间，站起身拔腿就往门外走，却见门口站着一男一女两个人。

"你……你们要干啥？"老头张口结舌地说。

楚天瑛把警官证一亮说："走一趟吧。"

"我……我啥也没干啊！"老头带着哭腔说。

"晚了！"楚天瑛冷笑道，"人家都交代完了，天大的罪过都你一人扛了——下辈子记住了，被捕也要争第一。"

天大的罪过，又是"下辈子"，老头以为楚天瑛把他拉出去就要崩了呢，吓得坐在地上，抱着门框嗷嗷大哭道："我冤枉啊，我啥也没干啊，他们雇我每天一百元，远远地看着有没有人攀窗户。我寻思要是搬砖，累个贼死一天才挣三十元，就答应了。我下次再也不敢了，再也不敢了，呜呜呜……"

楚天瑛看着老头打着补丁的粗布衣服，有点怜悯，但这不是泛滥同情心的时候，所以冷着脸说："身份证拿出来！"

老头哆哆嗦嗦拿出了身份证，楚天瑛看了一看，又用随身携带的核验仪查了一下身份证记录，没有任何案底。

"好吧，给你个机会，说说怎么回事儿，要重点交代，为什么我们给你安排在招待所住，你要逃跑。"楚天瑛说。

老头一把鼻涕一把泪地说，自己是来渔阳县打工的，挣钱给在家乡的儿子娶媳妇，可是年龄大了，好多工地不要他，只能搬砖头。有一天东哥找到他，说做生意怕有仇人找上门，就给他租了山坡上的花房，白天可以休息，一到晚上，让他拿着红外线望远镜监控所住楼房的院落和窗口，发现不对劲就用手机报信儿……花盆嘛，是早就堆在房子里的。后来警察找过来说要征用花房，监控对面楼里的疑犯，说的时候还指了一下东哥住处的窗户，老头心想自己没准儿是牵涉大案子里了，特别害怕，就从招待所逃跑了。

这倒解释清楚了林凤冲此前的疑惑：警方将花房"征用"为监控点之后，老头为什么没有向东哥发出警报。原来是老头胆小，怕东哥是犯罪分子，没敢再和他联系，这才导致他的落网。

好险！楚天瑛心想。如果老头不是"临时工"，而是贩毒团伙的成员，缉捕东哥的计划肯定会落空；倘若毒贩做困兽之斗，乔装醉鬼闯上门去的马海伟没准会把命都送掉。

楚天瑛没听出什么别的问题，郭小芬倒是十分敏锐："你说，晚上你监控，白天可以休息——那么白天谁在那花房里值班？"

"就是山坡下面开小卖部的老徐啊。"老头说。

楚天瑛叫了一声"不好"，拔腿便往来时的路追了过去，没多远便看见那个店主的背影。店主也发现了他，赶紧逃跑，借着路熟在巷道里兜圈子。但他哪里是楚天瑛的对手，很快就被摁倒在了地上，胳膊腿儿一通挣扎，闹得爆土扬烟的，半天才算老实了，嘴里还是"哎哟哎哟"叫个不停。

"给老头通风报信让他赶紧跑，然后就把所有的事儿都往他身上一推了事，对不对？"楚天瑛给他戴上手铐，"只有缺心眼的，才敢跟政府斗心眼！"

"你说的啥啊，我什么都不知道啊，我给你们提供线索，你咋还抓我啊？"店主号叫着。

"你做了什么你自己清楚，既然你不愿意在这儿讲，咱们就换个地方讲去！"

"大哥，大哥，我说还不行吗？房子是我租给他们的，后来你们占了那里，老头从招待所逃出来找到我，说让我给他口吃喝就走，我怕我不答应他，他给我找麻烦，就同意了。刚才你们来问我，我很害怕，就通知他一声让他赶紧跑……我瞒着你们是不对，可我真的没干啥坏事啊！"

"没干坏事？"楚天瑛冷笑道，"杀人了，闹出人命了，还不算干坏事？你够豁朗的啊！"

店主一下子傻了眼："杀人？人命？哎呀呀，天老爷啊，冤枉啊，我平时可是连一只蚂蚁也不敢踩死的啊！"

楚天瑛一拉铐子链道："走！"

店主赖在地上不起来："可不敢冤枉好人啊！我真的没有杀过人啊！"

"你也算是个男人！"楚天瑛轻蔑地说，"做了就做了，还不敢认，难道花房里的那东西是我放的？"

这话说得有讲究，什么重要的信息都没有透露，但是听得懂的人自然一下子就能明白。店主一边打滚，一边哭道："冤枉死个人喽，那花房不是我的啊，我就是临时替人看着的。我也是活该倒霉啊，贪那俩房租钱儿干啥啊，现在跳进黄河都洗不清了！"

"别号丧了！到底怎么回事？"

"那花房不是我的,是我帮赵大看着的。"

"赵大是谁?"

"赵大就是赵大啊,县建筑公司总经理啊,这山、这地、这花房,都是他的啊!"

"他的房子,为啥要你看着?"

"我这不赶巧住在山下边吗?赵大找我说,让我给他看房,我哪敢不答应啊,一毛钱也不给我呀!"

"哄谁呢,一座土山,一间破花房,有啥可看的?里面埋着金子还是银子?"

"大哥,我可不敢扯谎啊,赵大就说让我看着,我哪儿知道那破房子里有个啥,我半个月才过去看一眼……"

多年从警的经验,使楚天瑛确信,眼前这个店主没有说假话。不过,还有一个问题,他必须问一问,想来想去,怎么措辞都觉得不合适,最后干脆照直了说道:"这么说,床底下那个乌盆,你也要赖个一干二净喽?"

店主顿时面如死灰:"什……什么乌盆?"

楚天瑛立刻就知道抓住蛇尾巴了,说:"装,你接着装。"

"我……我真的不知道什么乌盆啊,那花房我很少去,也没怎么打扫过,床底下更是看都没看过一眼……"店主的眼睛瞪得很大,迸射出惊恐的光芒,突然咒骂了起来,"我明白了,我明白了,原来赵大是想让我给他镇魂啊,这个挨千刀的王八蛋!"

"你明白了,我还不明白呢,你给他看房,他让你镇魂,这做的哪门子买卖?"

"大哥,你也知道,咱们这县里的传统,乌盆搁在床底下,找个人躺上去睡一夜,乌盆里的冤魂就钻到睡觉的那个人身上去了,就不会找害死它的人报仇了。得亏我是没有在那床上睡过啊,不然我可就做不成人了!"

原来把冤死的人烧制成乌盆并放在床下,竟是渔阳县的传统。楚天瑛接着诈他:"撒谎!租房子的老头难道晚上没在床上睡过吗?他咋什么异状都没有?"

"我不敢扯谎啊,老头在没在床上睡过我不知道,反正我是躲过一劫……"

"老徐,你这一通瞎话,编得可不高明。你说咱们县有这个传统,我咋不知道?赵大要真的把人弄死了做成乌盆,警察能放任不管?"楚天瑛说。

"这位警官,您是新来咱们县工作的吧?乌盆的那个传说,可是真的啊!有一出特别有名的京剧叫《乌盆记》,就是根据咱们县的传说改编的。您不信,可以问问图书馆的杨老师去,她有一次在广播里讲这个故事,吓得我半夜三更不敢睡觉哩……至于赵大手里的人命,全县上上下下,哪个不知道?你们警察管不管的,可不是我们小老百姓多嘴的事儿啊!"

楚天瑛判断,这个店主的嘴里挖不出什么新鲜茬儿了,于是把手铐给他解开,"哗啦哗啦"摇晃着说:"咋样,这铁镯子戴着舒服吗?还想不想再戴了?"

店主赶紧告饶道:"谢谢政府,谢谢政府,我再也不想戴了。"

"想不想再戴是一回事,会不会再戴就是另一回事了。"楚天瑛道,"你要是有胆子,就把今天的事情往外说,或者关了你的店逃到别的地方去——我保证下次把这铁镯子刻上你的名字,免费送你戴一辈子!"

"您放心,我一定把嘴闭严实了,老老实实在家待着。"店主点头哈腰地说。

店主被放走了。

这时,郭小芬和那老头过来了,楚天瑛更加认定老头没什么问题了,不然趁自己不在,就郭小芬一个女孩子在旁边,他早就逮机会逃跑了。

他问老头有没有睡过花房里那张床,老头摇摇头说:"没有。我一直打地铺来着,第一天进花房,就看见那床面上浮着一层黑疠呢。"

"黑疠?"楚天瑛和郭小芬面面相觑,"那是什么东西?"

"好多人觉得,我们做农民工的,能有个睡觉的床板就不错,其实不是。我们出门在外,命还不如一只蚂蚁金贵,所以更要小心,不敢犯一点儿忌讳,不然命没了就全都没了。"老头说,"这床可不能随便躺,床板分成好几种,全看上面浮着什么颜色:金黄色的最多,那叫柴床,谁睡都行;乳白色的叫奶床,身子骨虚的人睡了容易落下病;青色的叫水床,夏天睡消暑解闷儿,冬天睡不得,睡了会冻坏五脏六腑;还有红色的叫囡床,火力足,肝火旺的人睡了容易打架出人命……还有就是黑色的,叫作疠床,不是刚刚有人死在上面,就是附近搁着什么不干净的东西,睡上去容易鬼上身呢!"

空荡荡的巷道里刮过一阵没头没尾的凉风,在墙头尖锐地哨了一声,郭小芬听得浑身发毛:"我怎么看不出这床板还分成五颜六色呢?"

"你们城里人想知道冷暖,得看天气预报,我们农民工伸伸手就知道明天出工穿几层衣服。"老头苦笑着说,"你要是在外面漂泊十来年,除了死就没个落定的睡觉地方,你也甭管天色儿、脸色儿、床色儿,啥都能看出来了……"

楚天瑛又问了老头几个问题,没有更多的收获,就给了他一些钱，让他找个有大通铺的便宜旅店暂住些日子，需要问询他的时候随时找他，然后放他走了。

楚天瑛把审讯店主的经过，向郭小芬说了一遍，看了看表，已是下午五点多钟，也许是雨没有下透的缘故，天空阴沉沉的更像是夜晚。楚天瑛说："出来这么久，咱们回旅馆去和老马碰碰情况吧。"

郭小芬摇摇头道："我想随便走走，你先回去吧。"

楚天瑛看她眉头紧锁、满腹心事的样子，也不好强求，就叮嘱她一路小心，早点儿回来，便和她分道扬镳了。

在公路边，郭小芬拦了一辆"招手停"的小公共汽车，车是往县城开的，于是车窗外的风景也就由荒芜渐渐变得繁华起来，而她的心，却正好相反，起初还一片沉静，随着路灯一盏盏出现，越来越密集，直到商场和影院的霓虹灯在潮湿的空气中流光溢彩，她的心像一次次打火而又一次次熄灭的燃气灶，升腾起越来越多的欲念和虚无……

车来车往，陌生的城市、陌生的街巷、匆匆忙忙行走于其间的人们……爱我的人，我没有珍惜，从此阴阳永隔；我爱的人，却并不爱我，于是形同陌路……时光流逝，从昏暗到黑暗仅仅一步之遥，小小的县城犹如快要烧尽的一堆草灰，正在从嘈杂和混乱中无可拯救地陷入死灭。车轮滚滚，我看着陌生的你们、相拥的你们、牵手的你们，你们绝想不到，终有一天，命运会猝然撕裂你们，再也不能相拥，再也不能牵手，多少个残酷的"再也不能"，让所有的情愫都化为荒诞，这座小小的县城里演绎着的和演绎过的，其实一样没有规则、没有定律、没有逻辑……每个拐弯的街角都像是键盘上的 Enter 键，黑暗中，下一段，是你？是他?算了吧,算了吧,当忧伤遇到街角,最好空无一人……

那里,有一栋看上去很旧的楼。

黯然褪色的青砖碧瓦,蒙着灰尘的竖长窗户,飞檐和斗拱都已残缺不全,夹在一排花枝招展的时尚建筑中,仿佛是忘了回家之路的一位老人。

大门边挂着斑驳的木头牌子——

渔阳县图书馆。

"有一出特别有名的京剧叫《乌盆记》,就是根据咱们县的传说改编的。您不信,可以问问图书馆的杨老师去!"

郭小芬突然想起了楚天瑛告诉她的、那个姓徐的店主的话。

虽然小公共汽车是倏地一下闪过,但郭小芬还是看见图书馆的门厅和二层的一个窗口还亮着灯,一种奇怪的吸引力让她叫停了小公共汽车,下了车之后,往图书馆走去。

推开大门,窝在传达室窗口里面的一个人问她找谁,她说"我找杨老师",那人一指二楼说:"馆长还没下班呢。"

郭小芬刚刚踏上二楼的台阶,就听见一个很粗犷的大嗓门在说话:"不是都说《乌盆记》的故事发生在定远县吗?咋你们渔阳县也要抢呢,这又不是啥分房子分地的好事儿!"

郭小芬有些好奇,抬眼望去,只见一管白炽灯下,一个又高又瘦的背影正一边说话一边比画,手舞足蹈。坐在他对面的,是一个留着短发、戴着眼镜,相貌十分普通的中年女人,应该就是杨馆长了。她很耐心地说:"我国历史文化悠久,所以很多涉及地理位置的问题都存在争议,就说曹操墓吧,很有说服力的证据都在河南安阳出土了,不是还有那么多地方说在自己境内吗?何况《乌盆记》这么一个民间传说,并不是渔阳县要抢,而是要尊重每个传说的多种源头,考察其中的异同,从中更深刻地了解民俗文化的内涵,发掘历史传说的渊源,比如渔阳县关于《乌盆记》的传说就和定远县的存在着很大的不同——"

乌盆,《乌盆记》。

郭小芬忍不住说:"杨馆长,《乌盆记》的传说,到底是怎么一回事啊?"

安静的图书馆里,突然响起的声音,吓了杨馆长和坐在她对面的小伙子一大跳,两个人一起往这边看来。

郭小芬走上前去,介绍了自己的姓名,说自己是个游客,一向很喜欢离奇的民间故事,听很多人说起本县有个《乌盆记》的传说,图书馆的杨馆长是这方面的权威,这次旅游,就特地来拜访。

"一天来了两个想听《乌盆记》故事的年轻人,这倒难得。"杨馆长请郭小芬对面落座。

旁边那个虽然偏瘦但体格健壮的小伙子,见忽然来了个漂亮的姑娘,有点手足无措,瞪着铜铃似的大眼珠子,自我介绍道:"我叫翟朗!"

郭小芬冲他一笑,对着杨馆长说:"我很想听一听《乌盆记》的故事,只是天色已晚,不知道会不会打扰您回家休息。"

"不碍事的,我的工作时间本来就松散,迟到晚走,都是自己掌握。"杨馆长说,"那么,我就给你们讲一讲《乌盆记》的故事吧。"

窗外,夜幕低垂,杨馆长的讲述,仿佛拉下了一道屏幕,让发生在一千年前的《乌盆记》故事,以早期黑白片的形式在眼前放映出来,每个人物,每处场景,每次杀戮,每场血腥,都以模糊的图案飞快地展现,飞快得充满邪恶——

行至在渔阳县地界,
忽然间老天爷降下雨来。
路过赵大的窑门以外,
借宿一宵惹祸灾。
赵大夫妻将我谋害,
他把我尸骨未曾葬埋。
烧作了乌盆窑中埋,
幸遇老丈讨债来。
可怜我冤仇有三载,有三载……

故事,讲完了吗?

郭小芬呆呆地望着四周:老旧的白炽灯,给眼前这张桌子洒上一圈黄得发绿的幽光,活像是箍起了一层厚厚的井壁,将整个二层借阅大厅的其他部分彻底隔阻在外面……难道,这个故事中的受害者就是我?我找不到回家的路了,我遭遇了突如其来的倾盆大雨,我投宿到福祸莫测的旅店,我被突如其来的命运杀得血肉横飞,之后,我被焚化,和泥,永远禁锢在一个乌盆里……否则,我怎么也是一个字都说不出来,只有满腔的怨苦无处发泄?

"小郭,小郭……"

杨馆长的呼唤声令郭小芬打了个寒战。她清醒了过来,掩饰地一笑:"这故事,也太吓人了。"

"《乌盆记》确实是中国历史上最恐怖的故事之一,根据它改编的戏剧过去一直被禁演,这两年开禁了,但电视台也很少播出。"杨馆长说,"不过,这个故事发生的地点一直存在争议,流传最广的一种说法是在安徽省定远县,也有说是在山西省怀仁县,当然,渔阳县也被传说是发生地之一,只是故事的结尾和另外两地有很大的不同。定远县和怀仁县的传说，都是以包公处死了凶手，把装有刘世昌骨灰的乌盆带回南阳安葬为结束；而渔阳县的传说则是包公派衙役去拘捕赵大夫妇，走漏了风声，女人服毒自杀，赵大躲进了烧制乌盆的一个窑洞里，想躲上一阵子，等风声过去了再潜逃外地。谁知刘世昌的鬼魂在窑洞里突然现身，赵大吓得魂飞魄散，用一把尖刀插进自己的心口……这时，县衙大堂上那只作为证物的乌盆突然飞起来，一直飞进盆儿窑，撞开一个被封堵的窑洞，在半空中化为无数碎片，洒落在赵大的尸身旁边——故事到这里才算结束。"

郭小芬想了想说："渔阳县的结尾好像更强调受害者本人报仇雪恨，而不仅仅是依靠官府的力量。"

"《乌盆记》这个故事反映的，正是中国古代司法的黑暗。许多被谋杀的人不能申冤报仇，而官府严刑逼供出的'凶手'往往又是无辜的小民，冤案多，冤狱更多。因此，由鬼魂向正直的清官诉冤，然后由清官出面，将罪犯绳之以法，成为我国公案小说的一个主要模式。有人统计过，一部《包公案》，真正靠逻辑推理破案的故事很少，大部分都是冤魂托梦给包公告状，然后包公才破案的。"

郭小芬点点头说："由此可见，《乌盆记》也只是一个传说而已，只是这传说太过诡异，把人杀了，烧了，还要制成乌盆，死者的冤魂还附着在乌盆里，随时寻找着复仇的机会，真不知道古人怎么能琢磨出这么可怕的故事。"

杨馆长说："其实，认为灵魂会依附在一个具有象征意义上的东西的观念，世界各国、各民族都有，比如非洲的阿散蒂人就认为死去的人，灵魂会依附在他生前坐的木头凳子上，所以，一旦人死了，他坐过的凳子就会立刻被家人用煤灰涂黑，放进家族的'凳屋'里，接受子孙的祭祀——有没有觉得这幕情景很熟悉？对了，这跟我们中国人把去世祖先的神牌放在祠堂里，是一模一样的。在某种意义上，每个神牌就是一个神凳、一只乌盆，都是死去的人灵魂的载体。"

"可是凳子和神牌上，不存在死者的血、肉或骨灰啊。"郭小芬不大同意，"《乌盆记》这个故事，无论其残忍程度、藏尸方式，乃至复仇过程，都令人发指——现实中怎么可能有这样的事情？"

一直沉默不语的翟朗，突然怒目圆睁，把拳头往桌子上"哐"地一擂。

郭小芬和杨馆长惊诧地望着他。

"谁说没有！怎么没有！"翟朗冲着她俩吼道，"我爸就在这渔阳县被人杀了，而且焚化后，骨灰和在泥里，烧成了一只乌盆！"

第七章　弩矢

杨馆长和郭小芬目瞪口呆！

"我爸翟运三年前遭人陷害，说他贪污公款，他说不清道不明的，就连夜逃出了北京，从此再也没有消息。那时我还在上高中，家里每天被搜查三四遍，我和我妈被公检法的人像扒光衣服一样审查，我妈实在受不了了，一病不起，很快就死了。我只能咬着牙自己一个人艰难地过日子。就这样，每到逢年过节还要'接待'来家里打听我爸爸去向的各路公差，受的委屈和侮辱啊，甭提了！"翟朗停了一停，接着说，"前几天我收拾我妈的遗物，翻出了一张我以前没有注意到的短笺，叠得很整齐，上面有一个电话和一个日期，那日期就是我爸离开家两天后的时间，我打电话过去，号码是空的，但区号是渔阳县。我猛地想起，我妈在临死前让我记住渔阳县这个地名，我怀疑我爸当初就是逃到这儿来了，但是为什么他没再和家里联系呢？我就给渔阳县公安局打电话，一位警官接听后，让我把我爸的照片和基本情况都发过去，我怕最后警方内部一交流信息，又没完没了地缠着我问我爸在哪儿，就只传真了一张我爸的照片过去，别的啥也没说。对方当然表示无能为力，单凭一张照片不可能帮我找人的。"

翟朗把他爸的照片递给杨馆长看了一眼，接着说："几天前，我突然接到了一封匿名信，信上说我爸三年前就死了，是夜里投宿在渔阳县一个叫赵大的窑厂厂主家里,因为露了财,被赵大的伙计李树三杀了——不仅仅杀了,还残忍地肢解、焚化,把骨灰和在泥里做成了一只乌盆……"

"我的天啊!"杨馆长一声轻呼。

"信里还说,我爸的受害地点就在渔阳水库旁边一个叫大池塘的地方。我立刻收拾包袱来到了这里,我一定要亲手宰了仇人,给我爸报仇!"说着,他从腰里抽出一把雪亮的尖刀来,"哐"的一声扔在了桌面上!

看着他咬牙切齿的表情,杨馆长吓得说不出话来,郭小芬严肃地说:"翟朗,你别这么冲动,把刀子收起来!"

翟朗这才意识到自己太鲁莽了,这里不是狮子楼,眼前这俩人也不是潘金莲和西门庆,赶紧把刀收起,对杨馆长嘟囔了一句"对不起"。

"翟朗,我觉得,单凭一封匿名信,你就吵吵着要去报什么仇,是很不理性的行为。"郭小芬说,"你怎么知道有人写这封信的真实目的是什么?你有什么证据证明你爸真的是死于谋杀?你亲眼见过那个掺杂了你爸骨灰的乌盆吗?如果都没有,很可能你是被人利用了啊!"

翟朗哑口无言,老半天才气鼓鼓地说:"反正我来这儿就是要报仇,谁也甭想拦着我!"说完,他把父亲的照片从杨馆长手中夺了回来,"呼啦"站起身,径直下楼去了。

望着他的背影,一种不祥的预感袭上了郭小芬的心头。

"咱们也走吧!"杨馆长苦笑道,"这小伙子只说来找我问《乌盆记》的传说,谁想最后闹出这么大动静。"

郭小芬笑着劝她道:"这就是个没脑子的愣头青,您别往心里去。不过,我也很好奇,咱们县怎么会流传这么个恐怖诡异的传说,我还听说如果把死人做成了乌盆,放到床下,找个不知情的外人在床上睡一觉,就能镇魂,是真的吗?"

"准确地说,不是镇魂,而是让乌盆里的冤魂在找替代或者报仇的时候,错把睡在床上的那个人当成对象。"杨馆长和她一起下楼,边走边说,"咱们县自古就是个贫困县,唯一盛产的就是黄土,所以一直以来都有很多人从事砖窑、瓦窑的营生。过去的年月,穷乡僻壤的,荒野上野兽比人还要多,那人也就跟野兽没什么两样了,为了一口窝头都敢拼命,遇上个有钱的旅客,跟饿狼见到肉似的……自然就会有各种杀人越货的传说和恐怖离奇的故事了。"

走出图书馆,杨馆长推着自行车,和郭小芬慢慢地走着。刚刚下过雨的街道上,年久失修的地砖不是碎裂就是凹陷,到处都积着一洼一洼的小水泊,因此杨馆长不时提醒着郭小芬"注意脚底下啊""绕着点走"。由于很多路灯都是坏的,所以迎面走来的脸孔一律黑黢黢的,恍惚间仿佛依旧走在一千年前的渔阳县,分不清哪个是人,哪个是兽,反正每张脸都是乌盆一样的颜色。

"教化不到位,那人还不如一条训练过的狗呢!"杨馆长感慨地说,"我们这个县,大概最无人问津的公共场所就是图书馆了,老百姓宁可花上几百块钱去看一场脱衣舞表演,也不会花五块钱办一张借阅卡。机关里也差不多,随便一顿公款吃喝的费用,就比拨给我们一年的购书经费还要多。你下次白天来,我带你看看,大部分书柜上的书都旧得跟出土文物差不多了……一千年前这里是荒野,一千年后呢,要我说,某种意义上也一样是荒野。"

"所以——"郭小芬沉吟了一下说,"所以,依旧有可能发生《乌盆记》那样的凶案。"

杨馆长看着她:"你还真的相信翟朗的话啊,真要杀了人,何必用那么残忍而费劲的方法做成乌盆呢?"

今天坐车来渔阳县的路上,楚天瑛接到了蕾蓉的电话,说分析结果证明,乌盆内确实掺杂有人类的骨灰,她再次强调"这不能证明发生了一桩凶杀案,因为很可能那骨灰是一个正常死亡的人的"。当时楚天瑛就问:"假设那真的是一个被谋杀的人的骨灰,你认为凶手为什么要和泥做成一个乌盆呢?"蕾蓉说从法医人类学的角度讲,把人焚烧成骨灰,几乎可以完全掩盖死者的死亡方式,"而将其骨灰和泥做成乌盆,则是把死者曾经存在过的最后证据都消灭掉了。"

当然,这些话没有必要告诉杨馆长。

郭小芬问:"杨馆长,您知道赵大这个人吗?"

"知道啊,原名叫赵金龙,也算是本县的名人之一。最初他在渔阳水库附近开了个窑厂,卖瓦盆,三年前不知什么缘故,突然发了大财,开始做建筑和建材的生意,现在是县建筑公司的总经理,权势很大,手眼通天。不过,半年前他老婆死了,他就到水库旁边的'大池塘'隐居起来了——大池塘是他给自己搞的一个私人鱼塘——听说他每天就在那里钓鱼,很少见外人。"

"这个人怎么样啊?"郭小芬试探着问,"听说几年前他的窑厂还出过一场塌方的事故?"

"小郭,我怎么觉得你像个记者啊?"杨馆长笑着说,"赵大那个人,县里政协开会的时候我见过,但没有说过话,给人的感觉是很有心计,眉眼总是压得很低,防人防得很严。塌方那件事,说法很多,有的说就是塌方压死了工人,有的说赵大用的都是奴工,怕上面有人查,就制造假塌方把他们都害死了……不知道真相到底是啥。"

郭小芬觉得她有点闪烁其词，就不再进一步追问了。

突然，一排摩托车放着响屁驶过，没多久，最前面一辆突然一个急刹车，掉头又开了回来，然后带着其他摩托车缠腰龙似的在郭小芬和杨馆长周围绕起圈子，还发出印第安人狩猎般的怪叫，车灯闪耀，将附近照出妖异的光彩。

杨馆长有点害怕，握着自行车把大气也不敢喘一口。郭小芬倒是很沉着，冷冷地看着这群怪兽。

没多久，怪兽们停下了，领头的那个长着一脸痤疮的摩托车手，淫笑着对郭小芬说："小妹儿，哪儿来的？"

郭小芬多年从事法制报道，知道这种流氓地痞最是难缠，所以也不激怒对方："我是游客。"

"哟！渔阳欢迎你！"痤疮哈哈大笑，"这么晚了，找到住的地方儿没？哥家里有张很大的床，暖暖的，软软的，免费让你睡好不好？"

"好！"十几个骑摩托车的流氓发出一片哄笑声。

郭小芬拉着杨馆长就走，谁想没走出几步，流氓们又重新围了上来，痤疮把车往她的方向倾倒，翘起屁股，臭烘烘的面孔不断贴近她的胸口："哎哟哎哟，我这车怎么要倒啊，哎哟哎哟，有没有人扶我一下啊？"

郭小芬脸涨得通红，手伸进裤兜，握住钥匙串，准备万不得已时把最长的那根钥匙狠狠戳进这个流氓的眼窝——

"赵二，你想干什么？"不远处，突然传来一声怒喝。

痤疮一打挺，怒气冲冲地骂道："哪个王八蛋跟老子叫号呢？！"

"我！"一个二十多岁的年轻女人从黑暗的深处慢慢浮了上来。

"田姐。"赵二把脑袋一缩。

"大晚上的不回家，在外面泡妞，泡妞也不去该去的地方，跑大街上撒野，万一有人给你拍下来发微博上，转发上万，是你扛得起，还是你爸扛得起？"

"我扛不起，我爸也扛不起，这不是因为有您扛着，我有点得意忘形吗？对不住，对不住，我又忘了，这狼一变成狼狗，转头就该咬我这狼崽子了——弟兄们，今晚不打炮了，咱们打道回府！"

一大群流氓"嗷嗷"叫着，骑着摩托车扬长而去。

"田颖。"杨馆长舒了一口气，"多亏了你！"

田颖没理她，瞪着郭小芬问："你是干吗的？"

郭小芬刚刚蒙她搭救，心里很是感激："我是来这里旅游的游客。"

"身份证拿出来。"田颖不客气地说。

郭小芬瞬间也变了脸，问："凭什么？"

"小郭，她是在县公安局工作的同志。"杨馆长连忙打圆场。

郭小芬悻悻地把身份证递给田颖，田颖借着路灯的灯光一看之后问道："你家是福建龙岩的？难道，你是《法制时报》的那位名记者？"

郭小芬点了点头。

杨馆长有点吃惊："没想到小郭你还真的是位记者啊。"

"久仰。"田颖面无表情地把身份证还给郭小芬，"渔阳是座小城市，晚上不大安全，你早点回旅馆吧。"说完径自走了。

望着她那摇摇晃晃的嶙峋背影，郭小芬有些糊涂："这个警察好奇怪啊。"

"她是我过去的学生。"杨馆长叹了一口气说，"我以前在县里的中学当校长，这孩子极其聪颖，学习成绩很不错，就是她爸死得早,她妈又摊上一身的病,为了治病跟赵大借了不少的债,还不起,最后……她竟给赵大当了情人,拿身子抵债,渐渐变得一身邪气,把她妈活活给气死了。"

郭小芬听得一阵凄怆。

"不过这孩子也很了不起,不知私下里下了多大的功夫,高考的时候居然考上了西南政法大学,前不久实习期,就到县公安局做了见习警察。据说她好几次想找赵大和他儿子——就是你刚才看见的那个赵二——的麻烦,都没得手呢。"

"赵二是赵大的儿子?听着这外号怎么像是赵大的弟弟?"

"是这么回事,赵二是县里有名的流氓,仗着他爸财大势大,作恶多端,但是为人有点'二',加上酒色掏虚了身子,看上去竟和他爸差不多年纪似的,所以大家都叫他赵二,他对这个外号可恨得要死呢。"

郭小芬笑道:"原来是这么回事。"

两个人又一起走了一段路,在公交车站,杨馆长非要陪郭小芬等车,郭小芬看她一副欲言又止的样子,忍不住说:"杨馆长,咱俩挺投缘的,您有什么话不要藏在肚子里好不好?"

杨馆长这才问:"小郭,你真的是记者,跑法制口的?"

郭小芬点了点头。

"你们那个报纸,影响力大不大?高层领导能看到不?"

郭小芬说:"我们报纸的发行量蛮大的,影响力也不小,很多政法部门的领导都会看呢。"

杨馆长似乎下了决心,刚刚说了一句"不瞒你说"——忽然指着夜幕中两个由远渐近的圆形光斑说:"哎呀,你的车来了,赶紧回旅馆吧,太晚了,改天我再打你手机,请你到我家里,跟你细说。"等那辆小公共汽车停了,不容分说地将郭小芬推了上去。

隔着玻璃窗,看着杨馆长微笑的面庞随着车子的开动慢慢远去,郭小芬忽然觉得自己应该留下来,听她讲完"不瞒你说"后面的话。

回到旅馆,已经九点半了,郭小芬没有回自己的房间,而是先敲开了楚天瑛和马海伟的房门。俩人正在商量下一步的行动安排,见郭小芬来了,给她冲了碗泡面,让她一边吃一边聊。

郭小芬把去图书馆这一趟行程从头到尾说了一遍,马海伟一拍大腿道:"事情很明白了,三年前,翟朗他爸翟运被人陷害,逃到渔阳县,投宿赵大的窑厂时被害,尸体被焚化做成乌盆。赵大拿翟运的钱开了建筑公司,发了大财,把乌盆搁在花房的床底下,然后我睡在床上时,翟运的冤魂找到我,让我帮他申冤报仇——这活脱脱的就是一个现实版的《乌盆记》嘛!"

"还是不要轻易下结论的好。"郭小芬说,"翟运死在赵大一伙儿人手中的可能性很大,但是那个给翟朗写信的神秘人是谁?床下那只乌盆真的是装有翟运骨灰的那一只吗?而且我始终不相信什么乌盆里的冤魂找人申冤的故事,顶多是你喝多了老白干,又恰巧听了收音机里的京剧做噩梦罢了。"

"难道花房床底下那只乌盆真的只是巧合?"马海伟有点着急,"你去摔一万只瓦盆,看看会不会有一个里面有牙齿的!"

郭小芬不高兴了:"这是商量案子,你急什么?"

"不是我急,你们咋老是不信我呢?"

"老马,没有人不信你。"楚天瑛说,"你也是当过警察的,应该清楚,就现在咱们收集到的这些线索,上个悬疑杂志还差不多,不要说办案了,连立案都还差得远呢!"

"是啊，现在这种情况，我们尤其需要冷静。"郭小芬说，"掰着指头算一下，有下面几件事情是我们还没有搞清的：第一，翟运到底是怎么遇害的？第二，向翟朗告密的人是谁？他在翟运的遇害中扮演了什么角色？为什么三年来一直保持沉默，直到最近才写信给翟朗？第三，三年前赵大窑厂塌方一事到底是人为的，还是纯粹的事故？第四，那只乌盆到底是怎么回事？天瑛，你想想还有什么要补充的？"

楚天瑛想了想说："还有，芊芊作为一个毒品贩子，为什么要设伏袭击警队车辆，抢夺那个乌盆？"

马海伟的大嗓门又响了起来："我现在就告诉你，三年前赵大窑厂塌方，绝对是人为的！他就是听说有奴工跑了，我这个当警察的又介入，事情越闹越大，才制造塌方把所有的奴工都压死了，毁灭证据！这个事情好办，反正咱们有蕾蓉，把当时死亡奴工的尸体照片给她发过去，她一看就知道了。"

"这个才不好办呢。"楚天瑛摇摇头，"你手里有那些照片吗？没有。照片都在县公安局的档案室吧，你不走正常程序，能拿到吗？你要走正常程序，他们能顺利地给你吗？况且，赵大不会笨到先杀了人，再伪造塌方现场；他可以先请奴工喝酒，喝醉了把他们集中到窑洞里，再制造塌方，尸检根本查不出问题——除非是当年出事后，马上请刑事鉴识专家现场勘查，发现有人为制造塌方的证据。三年过去了，你觉得赵大还会留着塌方现场给警察当勘查实验基地吗？"

马海伟傻了眼。

郭小芬说："不管千头万绪，只要抓准一个头绪，其他的总能慢慢解决。我觉得最好还是想办法接触一下当事人：赵大是一个，李树三是一个，还有那个翟朗，也需要和他好好聊聊。"

楚天瑛皱起眉头道："我最头疼的正是这一点，咱们怎么才能和赵大、李树三接触呢？稍不留心就会引起他们的疑心啊！"

"我跟你说，李树三我不熟，赵大嘛，我倒有办法。"马海伟说，"三年前我不是办塌方的案子吗？赵大那货心虚，找了个中间人，想请我吃饭给我好处，让我把这事儿私了，这个中间人叫皮亨通，是《渔阳日报》一名记者，我当时就拒绝了，但是赵大托皮亨通给我带话，说今后来渔阳玩可以找他，吃住全包，我没理他。这几年倒是逢年过节总收到皮亨通的问候短信，我那篇滴眼液的调查稿子不是刚刚上报了吗，他应该已经看到了，我跟他联系一下，说来渔阳回访，他肯定要接待我，话赶话，也许就能寻到个见赵大的机会。"

郭小芬不同意："好比打电子游戏，先打小喽啰，最后才打Boss，我们上来就直接打Boss，恐怕会打草惊蛇。我还是建议，先接触一下翟朗和李树三的好。"

"这老大个县城，去哪儿找翟朗和李树三啊。"马海伟道。

楚天瑛见他俩又要起争执，赶紧说："小郭，天已经不早了，你快回房睡觉去吧，有什么事情咱们明天再商量。"

郭小芬听出楚天瑛是故意支走她，避免和马海伟纠结不清，于是说了句"你们也早点休息"，便起身告别了。

回到自己的房间，她在床上坐了一会儿，脑袋里乱乱的像塞了一团乱麻，一点儿困意都没有，于是打开背包，拿出一盒薯片来，一片一片地往嘴里塞。虽然方便面已经填饱了肚子，但最近一段时间，也许是心情抑郁的缘故，她总是喜欢吃各种零食，尤其是薯片，仿佛所有的忧烦，都能在"咔嚓咔嚓"的咀嚼中粉碎掉似的。

倚着窗台往下望去，庭院里黑黢黢的，一盏灯都没有，偶尔传来一声飞虫撞上窗纱的"砰砰"声,令这茫茫的夜色充满了叵测。

不知不觉吃完了整盒薯片,喉咙里开始叫渴,端起小木桌上那把老式暖壶,空空的,摇一摇只听见水垢的"噼啪"声。她想起水房在一楼,于是拎着暖壶向门外走去。

楼道里黑咕隆咚的,她摸索着来到楼梯口,刚刚向下走了半截,便感到一股扑面而来的煞气,吓得她赶紧站住了,接着便见到三个黑色的影子潮乎乎地从身旁蹭了过去。她不愿也不敢多想,到一楼水房打了壶水回到二楼,快要进自己房间的时候,却见楚天瑛和马海伟的房门开着,门口站着一人,正是那三个黑影中的一个。

郭小芬立刻拔下暖壶的软木塞,准备随时把开水泼过去,但又一想,以楚天瑛的身手,别说三个人,就是再加三个也能轻易应付,在这种情势下,自己最好不要轻举妄动。于是直接回了房间,关上门,把耳朵贴在门上,听楼道里的动静。

过了一阵,楼道里响起一阵离去的脚步声,郭小芬轻轻打开门,见已经空无一人,赶紧溜进了楚天瑛和马海伟的房间。

"正想叫你过来呢。"楚天瑛说,"猜猜来的是谁?"

郭小芬摇了摇头。

"皮亨通和两个赵大的手下,下请帖的,说知道马海伟来了,请他明天去大池塘一聚。"楚天瑛说,"叫我也一起去,但他们似乎还不了解我的身份。"

郭小芬吃了一惊:"他们怎么知道咱们来的?"

"不清楚……"楚天瑛也很困惑,"为了工作方便,我们住宿登记时用的都是假身份证啊。"

"怕他个屌,明天就是刀山火海也要走一遭!"马海伟冲着郭小芬眨了眨眼,"只是这样就要先打 Boss 了。"

郭小芬装成没听见。

"去肯定是要去的。而且我估计,明天这一趟不存在什么风险,只会帮我们更深入地了解案情。"楚天瑛说,"小郭,咱们入住时是分别登记的,所以他们还不知道你和我们是一起的,你明天就甭去了,这样万一出什么状况,外面还有个人接应。"

第二天快晌午的时候,赵大派来接他们的车到了,车上除了司机,还坐着皮亨通和一个叫葛友的人——正是昨晚来的那三个人。皮亨通个子很矮,谢顶谢得没剩几根头发,两只眼睛精光四射;葛友是个褐色面皮的中年人,很敦实,不大爱说话,挽起袖子时露出发面团一样的肌肉。

上了车后,大家各有心事,所以寒暄了两句,就主要是马海伟和皮亨通闲聊了,话题也无非是这几年县里的风土人情,还有那篇暗访滴眼液厂家的稿子,半句都没有提到赵大。

车子很快就开上了一道土堤,远远望去,长天如扫。长天之下,却是两幅截然不同的图景:土堤的左边是渔阳水库宽阔而饱满的水面,右边则是一片荒芜的黄土地。车开了四五分钟,才见到一片高高的土坡下面,有一片用砖墙围着的院落,里面有一排红色屋顶的简易房,房前有一大片水塘——这就是传说中的"大池塘"了。这时,车子沿着一道斜坡开了下去,开进两扇开着的大铁门里面,穿过一个题写着"和谐"二字的白色石头牌坊,便见水塘边有一座凉亭,两个人正坐在上面垂钓。

其中一个,楚天瑛认得,是渔阳县公安局刑侦队长晋武,另一个穿着黑色短衫的,应该就是赵大了。从侧面看,这人稍微有点驼背,脸上遍布着死肉疙瘩,一双又圆又凸的眼睛盯着鱼钩,像是一只正准备捕猎的秃鹰。

"老马！"晋武向马海伟打了个招呼，然后看了楚天瑛一眼，完全没有认出他来，毕竟，前两天的短暂接触中，楚天瑛只是林凤冲团队的一个普通警员。

马海伟理也不理他就走进了凉亭。

"这位是？"晋武指着楚天瑛问。

楚天瑛说："我是老马的同事，一起来回访滴眼液报道的。"

"坐下，坐下，一起钓鱼，边钓边聊。"晋武指着早已经准备好的马扎和钓竿说。

马海伟不耐烦地说："有啥事就直说，我没空陪你们搞这玩意儿。"

"这么多年了，老马的脾气还是这么大啊！"赵大盯着鱼钩，纹丝不动，"请你来，一是会会老朋友，二是要送你个礼物。"

"你算不上我的朋友！"马海伟说，"你送的礼物还是自个儿留着吧！"

"这个礼物嘛，你不收还真不行。你不是写了篇滴眼液的报道吗？昨天你隐姓埋名来渔阳县回访，第一时间那个厂家就知道了，报价五十万买你的项上人头哩。我听说了，我就想啊，这个厂家也是自作多情，你咋知道老马一定是为了你们的事来的呢？我就跟他们说了，老马来，是为了会我这个老朋友，所以你们不能动他，必须保证他的生命安全。这不，我还特地把晋队长请来保护你，一直到你平安地离开本县为止。"

一番话里，有恐吓，有威胁，有警告……马海伟听完，愣了愣，然后一笑，拖过马扎在赵大身边坐下说道："赵大，这几年，你夜里睡得好觉吗？"

"嗯？"

"你看看这地方,池塘亭台,水色天光的。可是如果我没记错,三年前,这里还是一片窑厂,就是在这儿,你制造塌方压死了十几个奴工,我不信你三年来每天晚上睡得好觉,我不信你从来不做噩梦,我不信那些奴工的冤魂没找过你。"

赵大布满死肉疙瘩的脸抽搐了一下:"老马,别把天灾说成人祸。那些工人也不是啥奴工,他们死了我也很难过,这就是命,没办法,老天定的。"

"要是有老天,早一个雷劈死你了!"马海伟说,"你这种人,到现在还没遭报应,就是没有老天的明证。"

赵大嘿嘿一笑:"你何必老盯着我这么一个诚实守法的商人呢。你看看我这双手,除了老茧就是死皮,我也是窑工出身,也是挖土啃泥,一滴汗珠子摔八瓣挣的辛苦钱,才有了今天的生活。这个时代好啊,好就好在给每一个勤劳的、有头脑的人成功的机会。要我说啊,你得调整调整心态,不能老仇富,不能老觉得有钱人都有罪。"

"别鸡巴扯了!"马海伟骂道,"你的那些钱,一分钢镚上都是两面血,现在怎么着,开始忙着洗白自己了?把沾满鲜血的手洗干净了,衣裳一换,窑厂一拆,站在白骨堆上开始讲致富经和成功学了——你在那入口立了个牌坊,就当大家不知道你曾经是个婊子了?"

赵大的钓竿一颤,一尾噼啪乱跳的大鱼被钓上了岸。他握住大鱼的鳃部,将钓钩狠狠一拽,豁开的鱼嘴立刻涌出了鲜血:"妈的,撕烂你这张臭嘴!"

马海伟大怒,抡起拳头就要打赵大,楚天瑛赶紧拉住他说:"老马,咱们今天不是来打架的。"

马海伟指着赵大说:"别急,出水才看两腿泥呢!"转身就走。

还没走出五步，就听身后"嗖——啪"的一声响，然后是赵大的惨叫！

一回头，只见离赵大不到半米的亭柱上插着一根弩矢，尾杆还在轻轻颤动！

"杀人了！杀人了！"赵大满脸惊恐地倒在地上，蹬着双腿，像真的中箭一样挣扎着。

晋武顺着弩矢的来路一看，指着简易房后面的土坡大喊："那里！穿休闲装的！"

葛友像猎犬一般追了过去，晋武和楚天瑛也朝穿休闲装的人跑去，可是由于距离太远，眼看着那人翻过土坡，不见了身影。

当他们穿过大池塘后面的小门，登上土坡的顶端时，却发现穿休闲装的人已经被摁在了地上——制伏他的，竟是一个身形瘦弱的年轻女子。

楚天瑛认得这女子，就是那天缉毒行动中用推理找出了"第二窝点"和藏毒位置的见习警察田颖。

再看被田颖制伏的人，也见过，当林凤冲带队离开渔阳县时，在大桥上，这人曾经向林凤冲和晋武问过路——当时坐在车里的他看见了。

晋武上前抓起那人的头发一拔，狞笑道："小崽子，原来是你啊！"

这时，赵大也过来了，见了田颖，不由得一愣："你怎么在这儿？"

"找你有点事儿，赶巧就堵住这小子了。"

赵大盯着休闲装问："我不认识你，你为什么要杀我？"

休闲装不说话，满眼都是仇恨的怒火。

"甭问了，带到局子里让他吃吃苦头。"晋武铐上休闲装，把他从地上拉了起来。

休闲装突然大骂:"赵大,你个千刀万剐的王八蛋,你还记得翟运吗?"

赵大一哆嗦,刹那间脸色变得异常难看。

很久,他低声问:"你是翟运的什么人?"

"我是他的儿子翟朗,你和李树三杀了我爸,把他烧成骨灰,做成乌盆,我今天给他报仇来了!"

晋武一搡他:"少他妈扯淡!走,有什么话咱们公安局说去!"

"放了他。"赵大说。

晋武瞪圆了眼睛。

赵大又重复了一遍:"我说,放了他。"

晋武悻悻地给翟朗打开手铐,翟朗看也不看赵大一眼,大步流星地走了。

"这人是个精神病患者,满嘴疯话,不值得计较。"赵大不知是在对众人说,还是在宽慰自己,"老皮,你代我送一下老马他们吧!"

马海伟和楚天瑛对视一眼,跟着皮亨通离开了大池塘。

等他们走远了,赵大从地上捡起翟朗丢下的一个挎包和一张弩,看了又看,使劲喘了几口粗气,对葛友说:"把树三给我找来,就说有十万火急的事,快!"

第八章 谋杀

"尝尝，尝尝，咱们渔阳的库鱼远近闻名，那可不是一般的好吃啊！"皮亨通用筷子撕下一块鱼肉放进马海伟面前的小碟里，随着升腾的热气，鱼皮上的孜然、辣椒伴随着鱼肉的香气一起蹿进鼻孔，馋得马海伟的口水差点流下来。

此时此刻，他们正坐在大堤上的一家小饭馆外面用餐，折叠桌、小木椅、乡村土菜和烤库鱼，脚下萦绕着烂漫的野草，眺望远处，便见渔阳水库一片苍茫，仿佛将通往彼岸的世界淹没在无边无际的汪洋里。

"老马，咱们走一个？"皮亨通端着盛满啤酒的玻璃杯说。

马海伟笑着举杯和他一碰，一饮而尽。

"楚兄，您也赏光喝一杯？"皮亨通说。

楚天瑛端起酒杯，他注意到皮亨通用杯沿磕了一下自己酒杯的中腰。

"老皮，一晃三年不见啦，你个货咋还跟着赵大那王八蛋混呢？"马海伟夹起鱼肉塞进嘴里，边吃边问。

皮亨通苦笑道："混碗饭吃呗，现在不少记者，其实就是个托儿，不然靠我那点死工资，都不够给娃娃学校的老师上供的。"

"这年头，男人靠托，女人靠脱，没啥害臊的，只要别沾上人命就行。"马海伟三句不离正题，"三年过去了，你给我撂个明白话，当初那场塌方是不是赵大人为制造的？"

皮亨通看了一眼楚天瑛，说："谁知道呢，都过去了，团结一致向前看嘛。有吃，有喝，管那些陈芝麻烂谷子做什么呢，除了闹心，没用。"

"老皮，我死看不上的就是你这个怂样！"马海伟指着他的鼻子说，"当年你就是这一套，什么得饶人处且饶人，什么高抬贵手，屁话跟我放了一箩筐！不说那些上会的词儿，最起码的，被弄死的奴工跟你我一样，也是两只眼睛一张嘴，也有来这儿吃库鱼的权利，凭啥死了连个姓名都没留下，谁活着也不是为了给别人当地基的！"

皮亨通指了指大池塘的方向说："老马，你也知道，咱们县三年前修的这水库，豆腐渣工程，每年夏天一涨水就没过大堤，所以，窑厂出事不久就给淹了，什么都没了，水退了，就剩下几个水塘。赵大经常在那里钓鱼，渐渐地还盖了几间简易房，圈起地来改叫个'大池塘'，整天钓鱼——睁眼尸横遍野，眨眼风景如画，这是啥？这就是现实！你说跟你赵大较个啥劲啊——楚兄，你说对不？"

楚天瑛一笑。

马海伟气儿不顺，说嘴又说不过皮亨通，干脆拿起一瓶啤酒来对瓶儿吹，解开衬衫，让清风撩着闷热的胸口："对了，那葛友是干啥的？"

"退伍的特种兵，被赵大请来当保镖的，据说身手和枪法都特别棒。"皮亨通说，"这两年，赵大的胆子变小了，过去那人，见庙门都敢踹两脚，现在烧香拜佛比谁都起劲儿，对人防得可小心了。除了葛友和李树三，其他人想见他都要先经过这俩人，否则根本没有可能。"

"那个李树三,我有点印象,是不是脸上的骨头都格棱着,半边脸被柏油烧黑了?"马海伟问,"当初我调查塌方事件时,见过一面,他不爱说话,老藏着掖着什么似的,给人感觉一肚子的鬼。"

"对,就是他。李树三不是本地人,塌方发生前不久才来到窑厂,和赵大一起搁伙计的。"皮亨通说。

"现在他做什么呢?"

"啊?你没见过他吗?"皮亨通很惊讶,"他就是你们住的那个旅店的老板啊,就是他把你们来到渔阳县的消息告诉赵大的。"

马海伟和楚天瑛吃了一惊,从入住旅店到现在,前台接待他们的始终是一个小姑娘,并没有见到任何半边脸烧黑的人。

看来,这个李树三一直躲在暗处观察着每一个客人,竟然认出了三年未曾谋面的马海伟。

马海伟有些困惑:"赵大的生意做得这么大,和他一起搁伙计的李树三才开了那么个小旅店——他俩没有因为分赃不均的事儿闹翻过吗?"

皮亨通喝了一口啤酒,摇了摇头说:"没有,他俩的关系好得很,县里人人都知道,李树三是赵大的狗头军师哩。"

"那么,你又是赵大的什么人呢?"一直沉默不语的楚天瑛忽然问。

马海伟惊讶地看着楚天瑛。

皮亨通慢慢地站了起来,双手耷拉在腰间,看着楚天瑛。

突然,他替自己分辩道:"楚……楚警官,我只是替赵大跑跑腿儿,偶尔给他的公司写几篇宣传稿,疏通疏通县里的关系,别的可没我啥事情啊!"

"呀!"马海伟不禁笑了,"你咋看出他是个警官的?"

"我当过兵，又是记者，一看楚警官这坐相，就知道他是干什么的了。而且——"他歪着个脑袋揣测道，"而且您还是京里来的大官吧？"

"不大不小。"楚天瑛仰起头一笑，刚才皮亨通和他一碰杯，他就知道皮亨通怀疑自己的身份了。从皮亨通和马海伟的一阵浅谈中，他判断此人只是个油滑而不得志的小文人，对赵大也是一肚子的怨气，所以不妨吓一吓，套出几句有用的话来。

看着楚天瑛高深莫测的模样，皮亨通更确信此人是个大官了，试探着问："楚警官，您莫不是来微服私访三年前的塌方案的？那时候我还没和赵大走得太近，所以事情的内幕我真的是一点儿都不知道，我也怀疑那些工人的死因，但公安局调查说他们确实是死于自然的塌方啊！"

楚天瑛一笑道："我们此行，和塌方案一点关系也没有。至于来做什么，也用不着向你汇报，所以你回头大可以跟赵大说我的身份，并且告诉他，老马和我就是听说渔阳县的库鱼有名，专程赶来尝尝鲜的。"

皮亨通吓坏了："楚警官，我……我绝对不会跟赵大说的，那个家伙作恶多端，早晚要遭报应，我坚决和政府站在一头啊！"

"站哪头是你的事情，我们管不着，不过，我们一天不离开渔阳县，赵大就一天不会放心，万一他哪天失眠上火，又起了什么无毒不丈夫的想法，还望皮兄提前知会一声。"

皮亨通捣蒜一样点头道："一定，一定！"

吃完饭，皮亨通把楚天瑛和马海伟送回到旅店，俩人去找了一趟郭小芬，把发生的事情说了一遍。

郭小芬说:"有个情况你们肯定想不到,我刚才下楼想去吃点东西,发现有个人在前台办入住手续,正是那个翟朗,他说自己身上有钱,但行李丢了,身份证在行李里面,让把老板叫出来当面说明一下。前台说老板不在,又说小旅店没那么严格,让他登记了下身份证号,就给他安排入住了——看翟朗一脸悻悻然的样子。"

"坏了,看来翟朗是来找李树三算账了。"马海伟说。

楚天瑛点点头:"翟朗跟田颖搏斗时,把挎包摔在地上了,走的时候也没有拿。但是以身份证丢失为借口'叫老板出来说明',肯定别有用心——小郭,你看清他住的是哪个房间了吗?"

"咱们这一层顶头的那个屋子。"郭小芬说。

"这个翟朗啊,早晚要闯下大祸!"马海伟说,"我看最好找个人盯着点这个二百五。"

正在这时,郭小芬的手机响了,接听之后,她对楚天瑛和马海伟说:"我出去一趟,是图书馆杨馆长给我打来的,说是有点事情想跟我谈谈,让我到她家里去一趟。"

楚天瑛叮嘱她注意安全,保持通信畅通。

郭小芬离开后,马海伟便倒在床上蒙头大睡,呼噜打得惊天动地。楚天瑛心里烦乱,出了门,来到旅馆二层的公共阳台上,向外面望去:后院与一片堆满了废旧建材的空场只隔了一堵洋红色的砖墙,现在墙头正酣睡着一只虎皮纹的野猫,墙根生满了野草,一根从墙缝里莫名其妙长出的枝丫上,拴着一簇麻绳……不知道怎么,他突然想起凝来:自从来到渔阳县之后,他没有接到过她的任何一个电话或一条短信,为此他的心一直悬在半空,他不知道她为什么对他的不存在毫不关心,也毫无挂念,跟前一阵子的缠缠绵绵判若两人。难道就是那次晚风中的四目相对,让一切都随风而逝？如果是这样，曾经发生过的都算什么？来了，走了，开始了，结束了，毫无痕迹，连骨灰也不剩一点儿吗？

野猫，野草，枝丫，麻绳，没有风，也没有动……

楚天瑛想，也许去睡一觉会好些，当睁眼闭眼都是某个人的影像时，最好的办法就是闭眼的时间再长一点儿。

于是他回到屋里，躺在床上，马海伟的呼噜声小了许多，所以他也很快就昏昏入睡……

放在床头柜上的一只小钟表"嘀嗒嘀嗒"地走着。

"嘀嗒嘀嗒"。

"嘀嗒嘀嗒嘀嗒"。

"嚓嚓"！

宛如一头在草丛中假寐的豹子，半秒不到的时间里，他醒了，而且醒得十分彻底。

钟表走动的声音不对，其中掺杂了一些不该有的动静！

不好！

然而还是慢了一步，只听"哐"的一声，门被猛地踢开，伴随着一阵"不许动"的大喊，几条大汉风驰电掣地扑了上来，两个人摁住犹在梦中的马海伟，还有三个人冲向睡在里面那张床上的楚天瑛。说时迟那时快，楚天瑛将床单和被子"呼啦啦"掀起，正蒙在他们的头顶上，趁着仨人裹成一团的工夫，将腰一拧，从"人肉包裹"上滚了过去，直扑站在门口的指挥者。那指挥者抓了一辈子人，万万没想到兔子还敢搏鹰，手中的枪还未举起，就被楚天瑛一劈，一挑，一勾，一拧，当即手枪易主，单膝跪地，太阳穴上已经顶上了冰冷的枪口！

"晋队，自己人。"楚天瑛说。

晋武的胳膊被反拧，疼得龇牙咧嘴，刚刚骂了句"谁他妈跟你自己——",就看到楚天瑛亮出的警官证。

"这,这……"

楚天瑛放开了手,手枪一个反转,将枪柄递给了他。

晋武慢慢站起,揉了揉几乎脱臼的手臂,接过手枪插进枪套,对着屋子里的一众刑警吼道:"都给我出去!"

人走屋空,只剩下马海伟、楚天瑛和晋武三个人。

"你是北京的,来我们渔阳做什么?"晋武问。

"办案子,上面有命令,高度机密,不到必要时,不能告知地方上的同志。"

"这怕是不合规矩吧。"晋武把脸一沉。

"不合规矩的事情多了!"一直懵懵懂懂的马海伟这时才清醒过来,从地上捡起被踩坏的眼镜,"你个龟孙成天和赵大搞在一起就合规矩吗?"

晋武一愣道:"你们这次来,是要查赵大?"

"我说过了,高度机密,不能跟你讲。"楚天瑛一笑,"晋队长带着一帮弟兄山呼海啸般冲进来抓我们,到底为什么啊?"

晋武冷笑道:"和你们一起来的那个女孩,因为杀人被我们抓起来了,并且供出你们两个是同伙!"

楚天瑛和马海伟不约而同地喊了起来:"不可能!"

"她叫郭小芬没错吧?是北京来的记者没错吧?她杀死了我们县图书馆的杨馆长,被当场缉拿归案。"

楚天瑛望着窗外,那堵洋红色砖墙的墙头,虎皮纹的野猫依然在酣睡。

很快,楚天瑛和马海伟来到了杨馆长被杀的现场——她住的两居室的客厅里。

这处住房位于一栋砖混结构的板楼四层，楼是东西向的，阳光不好，里面到处都阴沉沉的。杨馆长中年丧夫，只收养了一个瞎了一只眼睛的孩子，一起住在这里，相依为命。那孩子回家来，见门开了一道缝隙，有点奇怪，推开一看，见杨馆长趴在地上，一个女子正蹲在她身体的左侧勒紧一根很粗的麻绳，当时就大叫起来。那女子站起来不停地说"不是我杀的她"，然而喊叫声还是招来了大量的邻居，把女子当场扭送到了派出所。

警察在她身上搜查出了署名"郭小芬"的身份证和记者证。

郭小芬声称自己是应杨馆长邀请到她家中做客的，一进门就发现了她的尸体，然后说有两个朋友住在旅馆，可以替自己做证。

杨馆长的尸体还留在犯罪现场供刑警们取证，楚天瑛粗略地看了一下，初步判定，凶手是从杨馆长背后突然袭击，她没有来得及反抗，就被勒毙。

尸体的眼睛还没有全闭，微微张开的嘴巴里吐出小半截舌头。

"我要见一下郭小芬。"楚天瑛对晋武说。

晋武摇摇头说："不行，她现在是杀人犯。"

"没有动机，没有物证，没有目击到她的犯罪过程，就说她是杀人犯，你一向就靠着想当然破案吗？"

晋武眯起眼睛说："我说楚警官，你的警衔比我低，怎么说起话来像个当领导的？我看你也三张的人了吧，才混个二级警员，我还真有点不敢相信你们上级敢把什么高度机密的案子交给你来办！"

楚天瑛心里一凛，自己这个前省厅刑侦处长一不小心又把位置摆错了，再往下说就该像煮过头的饺子——露馅了，苦笑一声，拔腿便走。

马海伟跟在他后面问:"跟这龟孙就算完了?"

楚天瑛不知道该说什么,乌盆的事情毫无进展,现在又把郭小芬搭了进去,杨馆长被杀的现场,物证少之又少,短时间内很难找出真凶……千头万绪,每一条却都似有还无,令人焦头烂额。

物证少之又少……

人证呢?

楚天瑛突然想起,那个目击了郭小芬"杀人"的孩子,似乎并没有人对他的证词好好质询,况且以晋武那二两脑汁,恐怕也根本就没有把他列入重点调查之列。

别人的疏忽,永远是自己的机会。

楚天瑛问了一下别的刑警,得知孩子已经被杨馆长的姐姐接到自己家去了——就在这座楼隔一条街的小区里,便和马海伟一起过去。

一敲门,杨馆长的姐姐眼睛红红的出了来,问他们有什么事,楚天瑛和马海伟表明来意,杨馆长的姐姐将他们请到里屋。

昏暗的房间里,一个异常瘦弱、十五六岁样子的男孩坐在靠墙的一张床上,脸色苍白,一只眼蒙着黑色的眼罩,另一只眼望着窗外,目光呆滞。

从侧面看上去,他的脸上不见一点悲伤的颜色,也许是过于单薄的缘故,倒像是揭了一张皮直接贴在墙上。

"大命,这两位警察叔叔找你问几句话。"杨馆长的姐姐说。

这孩子名字好怪,楚天瑛一边想,一边和马海伟拽了凳子坐在他面前。

大命把身体缩了缩。

"请你把看到你养母遇害的全过程重新讲一遍。"楚天瑛说。

"我……我都说过了啊。"

"有些细节,我们需要再了解,也要对照一下你前后的回忆有没有出入,所以——请你再讲一遍。"

于是,大命慢慢地讲述了一遍他回到家看见养母遇害的经过,和此前对警方讲的没有什么差别。

"当时你养母趴在地上,你怎么判断出她是死了,而不是昏倒了?"楚天瑛问。

"她脖子上勒着绳子呢,而且那个女的看见我进来了,站起来就说'不是我杀的'……"

"你亲眼看到那个女的蹲在你养母身边勒紧绳索了?"楚天瑛口吻严肃地问,"她到底是勒绳子,还是拿着绳子在看呢?请你想清楚再回答。"

大命想都不想就说:"是在勒绳子。"

"让你想清楚再回答,你张嘴就喷,你那脑袋安在高压水龙头上啦?"马海伟说。

"就是在勒绳子。"大命小声嘀咕了一句。

马海伟把眼珠子一瞪。

"就是在勒绳子。"大命的声音抬高了一点儿。

楚天瑛和马海伟没想到这小子这么倔强,又好气又好笑,然而接下来的一幕,他们可就无论如何也笑不出来了。

"就是在勒绳子,就是在勒绳子,就是在勒绳子就是在勒绳子就是在勒绳子就是在勒绳子!"

大命的声音越来越大,突然开始嚎起来,倒在床上"哐哐哐"地抽搐身体,活像一只被扔进沸水的猴子,嘴角吐出大量的白沫!

楚天瑛和马海伟一惊而起,不知所措,杨馆长的姐姐扑上来抱住大命，使劲掐他的人中，大声喊着"大命这是梦，大命这都是梦"，他才渐渐安静下来，昏昏睡去。

杨馆长的姐姐将楚天瑛和马海伟拉到客厅，关上里屋的门，双手合十道："真是对不住，这孩子自从被我妹妹领回家，就有了这么个疯癫病，发作起来要死要活的，省城的医院也去看过，怎么也看不好。唉，也不知道他在赵大的窑厂里受了什么虐待，竟变成了这副样子……"

楚天瑛的眼睛一亮："怎么，大命在赵大的窑厂里待过？"

杨馆长的姐姐似乎意识到自己说错了话，把嘴巴闭得紧紧的。

楚天瑛立刻拿出警官证："杨阿姨，您看，我们是北京来的，并不是本地警察，有什么话，您可以和我们敞开了说——大命在赵大的窑厂里不但做过工，还受过很严重的残害，是不是这样？"

杨馆长的姐姐点了点头，看看锁得紧紧的大门，小声说："这孩子不知打哪儿来的，天生脑子就有点问题，被赵大他们搞到窑厂做奴工。三年前的塌方事故，他也被埋在里面了，跟其他人一起被送到县医院，以为死透了，送太平间的路上突然咳了一声，医生们赶紧抢救，总算把他从鬼门关拉了回来，但往下就不知道该怎么办了。正好我妹妹去医院看病，听说了这个事儿，干脆把孩子领回家收养了。"

"这事我听说过一耳朵。"马海伟说，"当初我在咱们县调查这件事情的时候，一个小护士说有个小奴工其实救活了，但我再往下问，她怎么也不肯讲了，被逼急了就说孩子最后还是死了——原来说的就是大命啊！"

"是啊，孩子命大嘛，我妹妹就给他取了个名字叫大命。"

"赵大难道不知道这件事？要是知道了他没杀人灭口？"马

海伟问。

杨馆长的姐姐说:"一来,医生护士们都知道轻重,口风把得很严;二来,大命脑子不是有问题吗?就算他说什么也不会有人信,而且我妹妹是县政协委员,赵大就算知道了,也不敢跑进她家里杀人放火。"

可是现在她就横尸家中啊!楚天瑛心想。

"大命刚刚被我妹妹领回家时,浑身上下没有一处好地方,除了塌方砸伤之外,还能见到很多处烫伤、鞭伤、刀伤,牙被敲掉了好几颗,头皮竟被生生撕掉了一块,一双手啊,肉从皮里翻卷着往外绽开,黄色的脓水跟红色的血水掺和在一起,跟戴了副血手套似的,最看不得的就是他被挖掉了一只眼珠子,眼窝窝里面都生了蛆。我妹妹说,看样子赵大他们平日里把这孩子往死了虐待……"

客厅里静悄悄的,不知从哪个缝隙射出一道光芒,照耀着慵懒而漠然的浮尘。

杨馆长的姐姐继续说:"大命刚来那会儿,一到晚上就不睡,瞪着一只眼睛坐在床上,到十二点整就开始号,'嗷嗷嗷'地号,扯着嗓子,像哭,但是脸上没有泪,一滴都没有。问他咋了,他说疼,问他哪儿疼,他说不知道,就是'嗷嗷嗷'地号。街坊四邻不干了,我妹妹只能挨家挨户地道歉……日子长了,差不多有一年时间吧,大命夜里不号了,能说出完整话了,才跟我妹妹说,他怕做噩梦,不敢睡,可是一到晚上十二点,睁着眼睛也能梦见被赵大他们打,所以就哭,但怎么哭都哭不出一滴眼泪。再问他,他就像刚才那样抽搐,吐白沫,几个人都摁不住。"

"我早晚要宰了赵大那个王八蛋!"马海伟把拳头拧得"嘎吱"作响。

这时，楚天瑛的手机响了，一接听，他的神情变得十分古怪，然后向杨馆长的姐姐告辞，拉着马海伟就走出门去。

"咋了？这么着急忙慌的？"马海伟感到莫名其妙。

"回凶案现场去，晋武说有人举报看见凶手了。"

两个人回到杨馆长家，一进门，就听见一个挺粗的嗓门在嚷："信不信由你，反正我尽到一个公民的职责了。"

一看竟是翟朗。

"怎么回事？"楚天瑛上前问道。

晋武冷笑道："这个人来报案，说目睹到一个人有杀害杨馆长的重大嫌疑。公正起见，我让你和老马都来见识一下。"

"你看见犯罪嫌疑人了？"楚天瑛问翟朗。

"是啊！"

"谁？"

"李树三！"

楚天瑛和马海伟对视了一眼，这个名字已经在他们耳际响起了多次，但是迄今没有见过。

"你都看见什么了？"

"下午两点半的时候，我在旅店的窗口站着，忽然看见旅店老板李树三鬼鬼祟祟地走到后院，翻过院墙，进了那堆了好多废旧建材的空场——直说了，我和他有杀父之仇，就想盯住他的一举一动，于是也下楼，走正门出了旅馆，绕到空场附近。我看见李树三正往街上走，就跟在他后面，发现他走进了这栋楼里面。过了大约五分钟吧，他下楼来，神情特别紧张，我不知道他做了什么，就又跟着他往回走，看见他又从空场翻墙回到了旅馆后院，我继续从正门回到了自己房间。不久，我听见隔壁有打斗声，看见好多警察在楼道里，我立刻想到，李树三可能犯事了，就一路跟着你们过来,又听说了杨馆长遇害的事,不用说,这肯定是李树三干的!"

"你把李树三几点出旅馆,几点回旅馆重新说一遍。"晋武面带讥讽地说。

"两点半出去的,三点十分不到回来的。"

"编好了吗?没编好,就重新编。"

翟朗的脸一下子涨得通红:"这不是编的,我看过时间!"

"大概,你在旅馆看见我们,好奇怎么来了这么多警察,想可能是旅馆里的什么人犯了事,就一路跟过来。听说杨馆长被杀,又在街坊四邻那儿听说她收养了一个塌方事件中获救的工人,估摸着杨馆长肯定与赵大他们有仇,就想把罪行栽赃到李树三身上吧!"晋武指了指楚天瑛和马海伟,"可是你不知道,我们去旅馆是找这二位的,跟李树三一点儿关系都没有。"

翟朗一言不发。

"当然你更不知道的是,你说的那个时间段里,为了'请'这二位,我们提前和旅馆方面打招呼,要根据客房内部情况设计行动方案,接待并给我们介绍的正是李树三,当时是几点钟来着——"晋武问身边的一个警察,那警察不假思索地说:"两点四十五分。"

"听见了吗?"晋武笑道,"你说李树三杀人的那个时间里,他正在经理室里给我们画客房内部的图纸呢。"

楚天瑛看着翟朗,只见他呆了半晌,突然喊起来:"你们警察串通好了给李树三做伪证!"

"啪!"

一声响亮的耳光,扇在翟朗的脸上,脸皮立刻起了五个鲜红的指印,随之而来的还有晋武一声叱骂:"浑蛋!"

翟朗扑上来就要和晋武拼命!

两个刑警拉住翟朗,一个揪住他的头发往后扯,一个用拳头打他的小肚子,疼得翟朗"哇哇"大叫。马海伟大怒,飞脚就踹向刑警,他的参战,使场面乱成一锅粥,二对二,打了半天不分胜负。晋武也想出手,又不知道冷眼旁观的楚天瑛是否会给对方"增援",只好叫停了那两个刑警。

硝烟散去,各有损伤,终归是谁也没占到便宜,因此也都骂骂咧咧的。

马海伟实在咽不下这口恶气,索性把火发在了楚天瑛的身上:"你就看着他们为非作歹?"

楚天瑛走到鼻青脸肿的翟朗面前:"你养过猫吗?"

所有的人都是一愣,功夫片插播动物世界?

翟朗一脸困惑,说没有。

"我养过猫,小时候养过很多只。"楚天瑛说,"猫是一种嗜睡的动物,但是睡眠浅,稍有人经过就会醒来,即便是睡沉了,依然保持着很高的警惕性——你说李树三是两点半出去,三点十分不到回来,那个时间段我在睡午觉,没有看到后院的情况。但是我睡之前和醒来之后,都往那堵洋红色的砖墙上看过一眼,三米长的墙头,正中一直睡着一只虎皮纹的野猫,连姿势都没变一下,除非那是一只死猫,否则绝不可能在李树三翻墙两次的情况下睡得如此泰然。"

马海伟半张着嘴巴,他万万没想到楚天瑛竟然"反水",十分生气:"保不齐李树三是撑竿跳过去的。我上学时拿过撑竿跳的冠军,练好了,能一下子跃出好高好远呢。"

"后院又小又窄,还堆了好多杂物,根本没有助跑的空间。"

"那就是猫被吵醒后跑掉,之后又回来了——猫不是总喜欢在同一个地方睡觉吗？"

"但总不至于与原来的位置贴合得一丝不差，而姿势也原封不动啊。"

"也有可能是李树三用了某种方法，比如猫粮或者黏合剂什么的，故意让那野猫保持不动的。"

"越说越不靠谱了。"门口突然出现了田颖的身影，"且不说野猫会不会由人摆布，单说你这个推理，假如李树三要这么干，前提一定是他知道楚警官通过野猫的存在和睡觉姿势来判断是否有人翻墙——他怎么可能知道这个？"

这下，马海伟彻底哑口无言了。

这时，翟朗说话了："我承认，我并没有看见李树三到这儿来。不过——"他恶狠狠地瞪着晋武，"你也别高兴得太早，我早晚会把李树三的犯罪证据拿到你们面前！"

"你没机会了。做伪证，袭警，我现在就拘捕你——"晋武"哗啦"一声拿出手铐就要铐翟朗。

楚天瑛拦住他，低声说："晋队长，各让一步吧，你刚才先动手打他耳光的事，我们权当没看见。"

晋武的眉毛一沉，收起手铐，对翟朗吼了一声："滚！别他妈再落到我手里！"

马海伟瞪了晋武一眼，拉起翟朗就走。楚天瑛也要跟在他们后面下楼，晋武说："楚老弟，请留步。"

楚天瑛回过头，望着他。

"我让一步，放翟朗走了，算是给你面子。不过，我还有一个更大的面子要给你呢。"晋武说，"我给北京打电话了，那边说根本就没有交办你任何任务，你这次来渔阳，纯属私人性质……不过，我赏识你的才干，也就不大张旗鼓赶你出境了，交个朋友，你回北京吧，车票我都给你买好了。"

楚天瑛淡淡一笑道："谢了，那我和老马说几句话就走。"

晋武点点头说："你最好劝他和那个翟朗一起离开渔阳，否则，他的安全我可没法保障。"

楚天瑛下了楼，却没看见马海伟和翟朗，在街上绕了一圈，才在眼镜店找到他们俩。

原来，马海伟刚才在旅馆被"抓捕"时，眼镜被踏，一个镜片碎了，上街找配眼镜片的地方。翟朗紧紧跟着他，俩人一路走一路聊，异口同声地大骂晋武、赵大和李树三。有道是羊肉片碰上东来顺，越聊越对味儿，刚开始还肩并肩，等走进眼镜店的时候，就差勾肩搭背了。

"小地方，货源不足，我们这儿没有玻璃眼镜片了，只能给您这边镜框里配一个树脂的了，行吗？"店员说。

马海伟大大咧咧地说行，一看到楚天瑛，把头一扭不理他，楚天瑛却由不得他耍浑，将他拽出了眼镜店，把自己要离开渔阳县的事情讲了一遍。马海伟眨巴着小眼睛说："那你这可是要把我一个人甩在这儿了。"

"要不，你跟我一起回北京吧。"楚天瑛说，"回去咱们找林凤冲商量一下怎么救小郭，然后再一起回到这儿来。"

马海伟指了指蹲在眼镜店门口的翟朗说："把这个二杆子扔在这儿，我不放心啊，谁知道他会闯出什么祸来。"

楚天瑛伸出四根手指。

"你要嘱咐我四件事？"马海伟说，"你讲，你讲，我记得住。"

"我是说你和翟朗加在一起就是这个数！"楚天瑛又好气又好笑，"你们俩指不定谁比谁更二呢！"

马海伟傻乐起来。

"听我说老马,"楚天瑛严肃地说,"现在这个小小的县城里,各种错综复杂的利益关系和人事关系交缠在一起,陈年旧案还有新的命案都扑朔迷离,那个女毒贩芊芊又一直蛰伏不动,局面要多乱有多乱,把你一个人扔在这里,我是真的不放心……赵大那伙人为所欲为惯了,晋武蹚的浑水有多深我不知道,但我知道他们都把你们当作眼中钉肉中刺,所以,你和翟朗千万要小心再小心。为了防止翟朗再去找李树三报仇,你们要么换个旅馆,要么你和他换到一个房间,看住了他,把门一锁,半步也不要出屋,踏踏实实地等我回来。"

这时,似乎预感到楚天瑛要走,翟朗也站起身,走了过来。

"翟朗,你是个大学生了,要对自己的行为负责。"楚天瑛告诫道,"你想为父报仇的心情,我理解。但是,现在是法治社会,办啥事都必须依法,不能搞以暴制暴那一套,你明白我的意思吗?"

翟朗"哦"了一声。

楚天瑛这才与他俩告别,打了个车去长途汽车站了。

望着楚天瑛坐的出租车渐渐远去,翟朗突然来了精神,对马海伟眉飞色舞地说:"马哥,我有个整死那帮坏蛋的最新方案,特靠谱,我给你说说?"喷出的唾沫星子溅了马海伟一脸。

马海伟擦了擦脸,竖起了四根手指。

"没那么多人,就整死赵大和李树三他们俩!"翟朗掰下了马海伟的两根手指——

这下子,就剩了一个"二"。

第九章　碎片

"醒醒，您醒醒，到站啦！"

一连串催促声，唤醒了楚天瑛。他揉开酸痛的眼皮，朝窗外看了看，稀薄的夜色中，一群拿着大包小包的人正排着队，像灰色的蜈蚣一样慢慢地向停车场外面走去。

"这么快就回到北京啦。"他想。在渔阳县上车的时候，他心情烦乱，闭上眼睛，车轮滚滚，催人入梦，没想到一觉就睡到了莲花池长途汽车站。

楚天瑛一边舒展着胳膊腿儿，一边下了车，望着马路对面灯火通明的肯德基和不远处拥堵的六里桥，他的心中顿时茫然起来。我这是在哪儿呢？我又是要去哪儿呢？我从省城调到京城，本以为能大展宏图，谁知却顶戴被摘，一落千丈，茕茕孑立，无家可归。北京和渔阳，除了一大一小，于我又有什么区别呢？无非是一个又一个漂泊中的驿站……伫立间，破衣烂衫的民工们进站出站，擦肩而过，历尽沧桑的面孔上刻满了麻木，以前，我还曾经暗暗鄙夷过他们的贫贱和卑微，现在想来，我和他们的处境，又有什么区别呢？

楚天瑛一声长叹，到渔阳这两天，非但没有什么收获，反而还搭上了一个郭小芬，现在要怎么面对蕾蓉、林凤冲，甚至和郭小芬私谊甚好的马笑中呢？

他在马路边晃悠了好几圈，终于拿出手机给林凤冲发了一条短信——"我回北京了"。

一念之间，又把这条短信转发给了凝。

虽然她一直没有理会他，但是他一刻也没有忘记她。

"我刚才建议你去渔阳县办案，固然是了解你卓越的才干，另外一层意思，也是希望能用空间将你和凝分开一段时间，空间和时间是考验爱情真伪的试金石，你也能冷静地思考一下你们的关系是否还要继续。"

蕾蓉的话，再一次回响在耳际。

短信提示音响了，他以为是林凤冲回信了，一看，全身的血一热，竟是凝的回复——

"你在哪儿？我去找你。"

半个小时之后，楚天瑛在万寿路地铁站附近的草坪上晃来晃去，心中忐忑不安。他一直在想，见到凝的第一句话该说什么，是冷冷地客套几句，让她知道他其实并没有那么想她，还是装成什么都没发生过一样，问问她最近几天可好，或者不再掩饰自己的情感，一把将她紧紧地抱住，让她听到他的心已经为她跳到了发狂的地步……

正在犹豫不决时，一辆 Mini Cooper 在路边停住，紧接着，一道倩影从车上飞下，抱住楚天瑛号啕大哭！

想破大天也没有想到竟会以这样的方式见面，楚天瑛呆若木鸡，不知如何是好。

"到底怎么了，你？"半天，楚天瑛才开口问。

"他不要我了。"凝还是哭个不停。

"谁不要你了？"楚天瑛有点丈二和尚摸不着头脑。

"我男朋友！"凝大哭道。

楚天瑛像被迎头打了一闷棍："什……什么？你有男朋友？"

凝说了一个名字，楚天瑛听完更是不敢相信自己的耳朵，那是一个著名的IT界大佬，按照媒体的报道，此人年过四十，妻子俱全，有一个"非常稳定和美满的家庭"。

而凝接下来的讲述，更是让楚天瑛呆若木鸡：在一次文艺沙龙中认识了那个IT界大佬之后，她就迅速和他同居了，两个人住在万柳地区的一座独栋别墅里，她的衣服、首饰、化妆品，甚至连那辆Mini Cooper，都是对方为她提供的……最近一段时间，她发现对方有回归家庭的意愿，便与他争执不休。今天下午对方正式与她摊牌，希望结束和她的关系，无论她怎样吵闹甚至威胁也没有用。

"难道，你就没有想过，这对你、对他的家庭都是一种伤害？"楚天瑛的声音几近哀告。

"无所谓伤害。"凝满不在乎，"反正新人总是要换旧人的，将来被更新的人换时，就当刷经验了。"

"既然是这样，那么，开始就知道没有结局，现在分开，你又何必这样伤心？"

"那不行！那不行！"凝的脸蛋涨得通红，"我可以甩他，他怎么可以甩我？"

这么说，她连田颖都不如，田颖委身赵大至少是因为要给母亲治病，而她呢？

远处街灯的灯火，闪闪烁烁，飘飘忽忽，好像一个个灯泡在破裂，化成一缕缕呛人的黄色烟雾。

看着凝满眼的泪光，楚天瑛一把将她搂住，在她的樱唇上狠狠一吻，脸上浮现出残忍而邪恶的笑。

凝没有拒绝。

既然如此，楚天瑛索性在她的唇上、脸上、颈上狂吻起来，粗野得像要把她撕碎一般！

反正你过去不是我的，将来也不是我的！

一阵"咯咯咯"的笑声从凝的喉咙里发出。

"原来你这么想要我啊。"凝依然挂着泪的眼睛里，放射出妖冶而诱惑的光芒。

一夜过去，楚天瑛的感官几近麻木。

他躺在床上，呆呆地望着大床房黑暗的天花板，仿佛那是一面蒙了尘土的镜子，照出了被污垢挂满浆汁的自己。

他慢慢地坐起，望了望旁边酣睡的凝。

或许，我也只不过是她刷的一段"经验"。

疲惫的身体上还挂着纵欲后黏湿的汗液。楚天瑛的心中充满了空虚，空虚到几欲作呕而又无物可呕，他为自己的行为感到恶心，这肯定不是爱情，甚至不能算是寻欢作乐，更像一种报复、一种发泄，通过释放一部分体液让身心变得轻松。更糟糕的是，此时此刻他感受到的不是轻松，而是越发的痛苦和沉重……

他一件件穿好衣服，像一只野兽重新蒙上已经蜕掉的皮，然后下了床。

凝一直在沉睡中。

他走出宾馆，双手插兜，顺着空无一人的马路慢慢向前走着，踢开前面路上的每一块石子、每一个烟头。有一只空易拉罐，他和它缠斗了很久，踢来踢去不知怎么它总在他的脚下，最后他恶狠狠地跳起把它"咔啦"一声踩扁，然后再飞起一脚，那扁圆的易拉罐滚了几滚，竟滚进了一个下水箅子，沉入阴沟之中。

真好。

他看着那消失了的易拉罐,想象着它忽然被命运踩扁,又忽然被踢进阴沟的过程,不由得惨笑起来。

然后他坐在一把长椅上,双手抱头。

很久,很久……

他抬起头,擦了一把满脸的泪水,拿出手机,昨晚他把手机关掉了,现在,他重新打开了它。

他想——他现在只想给刘思缈打个电话,尽管他知道这毫无意义,尽管他知道刘思缈心里从来不会也永远不会有他,更不会在乎他和别的女人发生什么,但他就是想和她说说,在这个望不到黎明的时分。

手机刚刚进入界面的一刻,立刻涌进来十几条未读短信,楚天瑛打开一看,更是目瞪口呆,因为发件人都是同一个人——林凤冲,而他发来的短信也差不多都是同一句话:"十万火急,开机后速回电话!"

他赶紧拨打林凤冲的电话,谁知刚刚按了几个号码,来电显示:林凤冲已经打过来了。

一接听,话筒里是急促到粗暴的声音:"这是什么时候,你怎么能关机?!"

一向,林凤冲对楚天瑛都很尊重,但是此时此刻,他的情绪有些失控,势必是发生了极其严重的事情,这种情况下,楚天瑛只能道歉。但是还没等他开口,林凤冲说出了更令他震惊的一句话:"赵大昨晚被杀了,你知不知道?"

"啊?"

"具体情况见面再说。我现在就在渔阳,你赶紧想办法过来,坐长途汽车或者打个出租车,总之越快赶到越好!"

"你怎么这么快就到了渔阳啊？"

"昨晚你给我发短信说你到北京的时候，我正忙得晕头转向，监控显示，芊芊的手机突然开通了，还给赵大打了一个电话，这证明他们之间是有联系的。我立刻带了几个同志往渔阳赶，再打你的手机就打不通了，等到了渔阳，才知道赵大被杀了——"

三个小时以后，楚天瑛打了辆出租车一路开到了渔阳县公安局。县局的办公大楼灯火通明，却很安静。一问才知道，局长、副局长、晋武等人连同林凤冲，都赶到赵大被谋杀的现场——大池塘的那个度假村去了。值班室的人说，县局的夜间警力几乎为之一空，刚才有个小子打着找人的旗号来寻衅滋事，万不得已，居然是把旁边信用社的保安叫来帮忙扔进拘留室的。

楚天瑛借了辆警车，往大池塘开去，那车的窗户坏了，怎么都关不上，于是他灌了一路的夜风，尤其是开上大堤以后，渔阳水库散发的巨大潮气，像膨胀开的安全气囊一般，挤得他的脸和胸口都要裂开了。下车的时候，他一个趔趄险些跌倒，抬起头的时候，便觉得头重脚轻，视线也一片模糊。

踉踉跄跄，脚下的土路和路边的野草不遗余力地磕绊着他的双脚，让他的每一步都在跌倒的边缘，他竭力撑起脖子，看到警用卤素灯在大池塘的上空交叉起蜘蛛网样的光线，无数个身影像黏在网上的虫子一般挣扎着、蠕动着。

"天瑛，你来啦？"有人在喊他的名字。

他循着声音的方向睁开了眼皮，却看不清是谁。

"你怎么了？"林凤冲看他神情恍惚的模样，觉得不大对劲，便摸了摸他的额头，"哟，怎么这么烫啊？"

"我没事……"楚天瑛含混地说，"到底出了什么事？"

林凤冲把事情的经过大致讲述了一遍：

从渔阳县回京后，林凤冲请市局相关部门远程监控芊芊的手机，一连两天，那部手机都处于关机状态，直到昨天晚上九点突然开通，并打出了一个电话，接听号码显示机主正是赵大。监控录音表明，芊芊在电话里只说了一句"晚上十点见"，就挂掉了，再也没有开机。林凤冲马上带着几个警员开上车，风驰电掣地往渔阳县赶，路上致电渔阳县公安局，命令他们立刻监控赵大。等晋武把刑警队人马纠集齐整，却发现一个令人哭笑不得的问题——谁也不知道赵大在哪儿。

这时已经过十点了，晋武正在发愁等林凤冲来了怎么跟他交代，一一〇接到了报警电话，是一个叫马海伟的人打来的，口气十分急促，说赵大已经死在大池塘的简易房里了。晋武连忙带着人赶了过去，赶到时，除了死者赵大外，现场还有四个人：马海伟、翟朗、李树三和田颖。

"这四个人怎么都在？"楚天瑛很奇怪，"他们各是一路，凑不成同花，也拼不成顺子啊？"

"具体情况还在了解中。"林凤冲说，"我们到了渔阳县公安局，听说这边已经乱成一锅粥，就赶紧开车过来。本来办的缉毒案，办来办去却办成了凶杀案，这叫什么事儿啊——更何况这凶杀案简直诡异到极点，我从警十几年了都没见过！"

楚天瑛一愣："走，去现场看看。"

夜幕中，那一排灰色的简易房像特制的加长棺材一样横卧在水塘边，一共被隔成四间，每一间都像小学教室那么宽那么长，出事的是从西往东数第三间。

林凤冲带着楚天瑛来到门口说："晋武那个人一脑袋糨糊，出了事就知道推卸责任，听说我们要来了，封锁了现场，死乞白赖地求我和他一起办这个案子,我还没来得及组织全面的勘查,所以里面基本上保存了原貌。"

楚天瑛心里有数,林凤冲的职位远在他之上,之所以等他到来后再着手勘查现场,主要是事情来得突然,希望借助他丰富的刑侦经验一起破案。于是他点点头,迈步往里面走,但灌了铅一样沉重的小腿没有抬高,脚尖磕在了门槛上,整个身体向前倾倒,多亏林凤冲及时扶住才没摔个狗啃泥。

"天瑛,实在不行,你先到我车里眯一会儿吧!"林凤冲说。

太晚了。

楚天瑛想。

屋里浓重的血腥气味扑鼻而来,对于一只猎犬而言,这意味着关上了中途退场的大门。

他打起精神,走了进去。

警用卤素灯的灯光透过窗户照进屋子里面,也许是灯光并非直射进来,也许是窗户玻璃过于肮脏,屋内的一切都模模糊糊的。林凤冲打开手电筒一边照射一边讲述,才让楚天瑛搞清了室内的情况:这个房间的北墙在高过头顶的地方开了一条封闭式长窗,南墙开了三扇封闭式玻璃窗,底部齐腰,顶部过头——这些窗户都没有任何打开的可能,东墙和西墙都没有开窗。房门位于南墙的最西头(参见配图)。

"你刚刚说这是密室?"楚天瑛指着门问,"窗户都是封闭式的,打不开——这门当时也是反锁的吗?"

林凤冲点了点头道:"门是马海伟和翟朗共同破开的,据他俩说,他们透过玻璃窗看见屋子里面躺着个人,要冲进门,马海伟怎么也推不开,最后是翟朗一脚踢开的,踢开的时候听到门闩撞到墙上的'哐啷'声。后来我看了一下,这个门只能从里面简

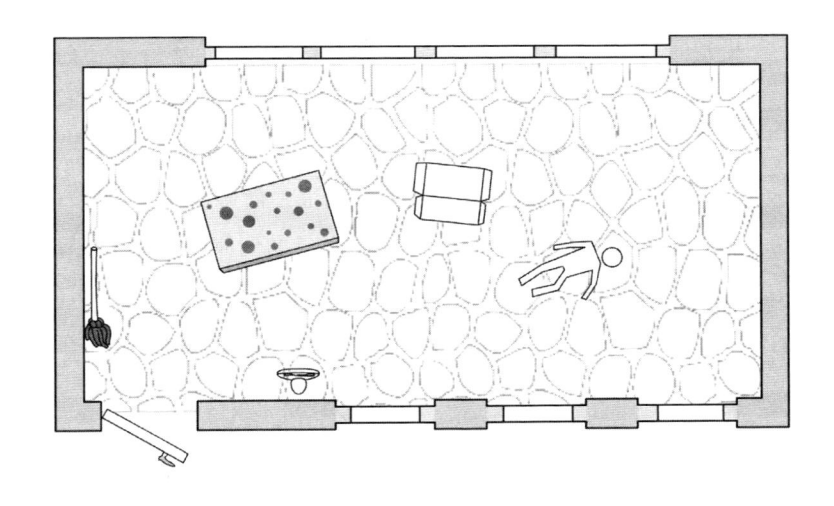

单地闩上,门闩掉在门后,闩扣已经开裂变形了。"

借着林凤冲手电筒的灯光,楚天瑛看到了更多的东西:宽大的屋子里虽然空荡荡的,但依然有几样"家具":门的右侧贴墙摆着一个非常破旧的落地电风扇,在正对门口约两米远的地方,有一块臭烘烘的墩布,与墩布呈四十五度角斜对稍远处,铺着一张海绵垫子,海绵垫子往东两三米,有一张破破烂烂的纸盒板,顺着纸盒板右下方看去,手电筒灯光的光环像一只苍白的手摩挲过地面,终于覆盖在了那具尸体上——

头朝东,脚朝西,下身是一条青色绸裤,上身穿的白色汗衫,心口插着一把刀,两只手就握在刀柄上,不知是想拔出还是想插得更深,整个躯体扭曲成奇怪的形状。

"跟着我走。"林凤冲递给他一个鞋套,低声说,然后他在前面带路,呈一条直线向尸体走去。楚天瑛有点奇怪,不知道这么大的屋子,干吗非要走成一条直线,后来想,可能是林凤冲怕走得太乱,破坏遗留在地面的一些足迹证据吧。

"在对凶杀犯罪现场的勘查中，尸体是最后才要考虑的物证。"

《犯罪现场勘查程序》——刘思缈著。

"不要把犯罪现场看成一个静态的平面，而应该视为经过一系列动态过程形成的立体空间。只关注前者的刑侦人员，往往只注意到散布在'平面'上的物证，而前后二者兼顾的勘查人员，除了物证之外，还会注意到导致每个物证形成、所在位置及其作用的轨迹，这些轨迹揭示了物证与物证之间的逻辑关系——很多时候，轨迹往往比物证更有价值。每个刑侦人员都必须牢记，在犯罪现场，'有什么'固然重要，'为什么有'和'从何而来'更加重要。因此，刑侦人员要避免在进入犯罪现场之后，直接走向凶器或者尸体，这样可能忽略甚至破坏掉一些重要的犯罪轨迹。"

刘思缈授课时的话语，又一次回响在耳际。

"等一下。"楚天瑛拉住林凤冲，"我想由外向内展开勘查，比如那个电风扇、墩布、海绵垫子、纸盒板什么的，先仔细看一下。"

"不。"林凤冲摇摇头，"天瑛，这一回，你一定要听我的，先跟在我身后走到尸体那里去。"

为什么？

楚天瑛有点糊涂，抑或，自己本来就发着高烧的大脑正在混沌之中……

算了，还是听林凤冲的吧。

于是，他亦步亦趋地跟着林凤冲向室内走去，林凤冲一边走，一边扭着身子，给他照着脚下的路。

再平常不过的地面，一无石头二无绳索的，只是积了厚厚一层土，并没有什么特别值得勘验的啊，为什么要专门照给我看呢？

一直来到尸体旁边。

"看出名堂来了吗？"林凤冲问。

楚天瑛蹲下身子，在手电筒的照射下，仔细看了看尸体：此时此刻的赵大，和昨天白天见到时相比，嚣张跋扈的气焰一扫而空，脸上的死肉疙瘩松懈了，又圆又凸的眼珠子再无半点凶光，反倒是因为过度膨胀的缘故，令人感到他在临死前目睹了什么十分奇怪的事情，大大张开的、龇着白牙的嘴巴，更加增强了这样一种印象——与其说他是被杀死的，还不如说是被活活吓死的！

也许是插进心口的刀子没有拔出的缘故，流血并不多。

"看出来了——"楚天瑛回应林凤冲的提问，"在目前这种情况下，无法确认赵大是自杀还是他杀。"

"我说的名堂，不是这个。"林凤冲说。

"那是什么？"

"当然，门窗反锁，又是双手握住刀柄插进心口，确实存在自杀的可能——但我说的名堂，在你的脚下。"林凤冲把手电筒对准了地面，与先前不同的是，他照亮的范围更大了一些，不再局限于走过的道路。

楚天瑛低头一看，大吃一惊！

我怎么站在波光粼粼的河水之中？

下意识地抬起脚，鞋底感觉到的依然是有点黏的黄土。

他使劲摇了摇沉重的脑袋，把散碎的目光聚焦，终于发现，原来整个房间的地面上密布着一层鱼鳞样的土皮儿，每片土皮儿都有婴儿手掌那么大，两边向上翻卷着，拈起一片，很坚硬，但是用力一捏也就碎了，而自己跟随林凤冲走过的那条路上，由于已经被踩踏过的缘故，所以刚才看到的只有被踩碎的黄土。

"这是怎么回事?"楚天瑛指着布满土皮儿的地面问。

"我问过本地人了,说是渔阳水库每年夏天涨一次水,每次涨水都要越过大堤淹没这里,连那个牌坊和亭子的尖儿都要没顶,水退掉以后,被水裹带的泥土就会沉积在简易房的地面上,用不了多久,阳光透过南窗一顿暴晒,就会形成这样的土皮儿。"说着,林凤冲拿手电筒照了照墙壁与天花板接近的地方,虽然同是铅灰色,但很明显有一条自然形成的分界线,上层比下层的色泽略浅一些。"看见了吗?水就淹到那条分界线以下的地方。"

分界线附近,趴着好几条土黄色的蚰蜒,每条都是十五节肢体,十五对长足……楚天瑛顿时起了一身的鸡皮疙瘩。

正在这时,听见了林凤冲的询问:"天瑛,你还是没看出名堂吗?"

说来说去怎么又回到起点了?

"告诉你,这个空屋子因为长期没有人进入,所以地面覆盖了一层这样的土皮儿。"

"哦。"楚天瑛应了一声。

"整个地面,包括电风扇、墩布、海绵垫子、纸盒板,以及赵大尸体的下面,全都是这种土皮儿。"

"哦。"

林凤冲一下子急了,他沿着原路大步走到门口,猛地转过身,摊开双手,对着楚天瑛说:"天瑛,我是说,当反锁的房门被破开的时候,这个屋子的整个地面,全都布满了土皮儿——没有任何人踩过的土皮儿——包括我们刚才走过的地方!"

……

什么?!

楚天瑛仿佛从噩梦中惊醒一般,瞪圆了双眼,望着从门口到脚下的这片地面。

林凤冲打开手电筒,照亮了他目光所及的地方。

可以清楚地看见:在一条宽不到一米的、已经被踩成黄土的窄道两边,是一片翻卷的土皮儿。

"你是说,当房门被破开时,连这条窄道儿上的土皮儿也没有被踩过?那么,凶手——就算没有凶手,赵大是自杀——那么,他是怎么走到这个房间的中间来的?"

林凤冲才摇了摇头说:"不知道,这是整个案子最离奇的地方。破开门的马海伟和翟朗刚刚走进来两三步,听脚下声音'咔嚓咔嚓'的不对劲,就用手机照亮了地面,一看这满地完好无损的土皮儿,都傻了眼。老马到底当过警察,有经验,赶紧用手机拍照和摄像,然后才上前查验赵大的死亡情况,并且特别注意尽量减少踩踏的范围,只走从门口通向尸体最短距离的直线。可巧的是,田颖几乎是前后脚地赶到了,目睹了这一幕,也用手机拍照留证,我已经让技术部门鉴定过他们拍摄的图像证据了,绝对真实可靠。"

楚天瑛"呼哧呼哧"喘着粗气,用脚在旁边的土皮儿上跺了两脚,每脚下去立刻一摊齑粉:"不可能!这绝不可能!就是个刚学会走路的娃娃踩上去,也会踩碎土皮儿,成人怎么可能走过去而土皮儿完好无损呢——有没有可能是凶手在杀死赵大后,满屋子撒的土皮儿呢?"

林凤冲摇了摇头说:"我虽然没有勘查全部房间,但是门旁边的电扇、赵大的尸体都掀起看了看,下面都有压碎的土皮儿,那些没有压碎的土皮儿,虽然各自翻卷,但也有一定程度的连接,不可能是后来撒上去的。隔壁的屋子我也进去看过了,都是一地这样的土皮儿。"

持续升温的身体，炙烤得头颅隐隐作痛，楚天瑛显得异常烦躁："又是密室，又是不可能犯罪，这简直太匪夷所思了，除非——"

他抬起头，看到了林凤冲同样"除非"的目光。

除非……

除非这是鬼魂的报复。

"我也想到了，这不就是那个杨馆长讲的渔阳县版本的《乌盆记》故事吗？"林凤冲说，"这屋子曾经是窑厂的一部分，地上这土皮儿多么像瓦片，就连那故事中被冤魂杀死的凶手，不是也叫赵大吗？"

林凤冲一边说，一边挥动着手臂，手电筒的光芒像鬼火一样在犯罪现场跳跃不定。

赵大躲进了烧制乌盆的盆儿窑，刘世昌的鬼魂跟进了窑洞，突然现身，赵大吓得魂飞魄散，用一把尖刀插进自己的心口，乌盆在半空中化为无数碎片，撒落在赵大的尸身旁边……

滚烫的身体犹如被埋进雪堆一般寒冷，撑不住了，楚天瑛蹲下身，灼热的目光一片纷乱，口中喃喃不已："这个案子太古怪了，太古怪了……门窗反锁的密室，地上没有任何人走过的痕迹，这一切是怎么办到的？赵大死了，乌盆碎了，一地瓦片，冤魂不散，难道历史在重演？我不明白，我不明白……"

"天瑛！天瑛！"林凤冲焦急的呼唤就在耳边，听上去却又那么遥远。

三年前翟运的失踪，窑厂奴工们的集体死亡，花房床下奇怪的乌盆，马海伟诡异的梦魇，摔碎的瓦盆里嵌着一颗牙齿，杨馆长的被杀，眼前不可思议的犯罪现场，还有我和凝：一往情深，竟沦为兽性的缠绵；爱情猝死，却迎来肉体的狂欢。一切一切，都被命运碾成碎片……

忽然,他的额头覆上了一只柔软的手。

比凝的手要温暖。

楚天瑛睁开眼皮——

他看到了郭小芬的面庞。

"天瑛在生病啊。"郭小芬说,"得赶紧送他去医院才行!"

"小郭……"楚天瑛以为自己在做梦,"你什么时候出来的?"

林凤冲说:"我找晋武派辆车,你先陪天瑛一起去趟县医院吧,这边有我呢。"

一辆警车驶上大堤,朝县医院驶去。郭小芬和楚天瑛坐在后座上,楚天瑛虽然昏昏沉沉,还是在不停地问她怎么摆脱拘禁的。郭小芬只好简明扼要地告诉他:"多亏了田颖,我被拘留没多久,她就找到晋武,说按照大命的讲述,他目睹的我,当时蹲在杨馆长尸体的左侧,而勒痕显示,勒毙她的绳结是打在脖子右侧,我所处的位置使不上力气,所以不可能是杀人凶手——于是我就恢复自由啦。"

"原来是这样。"楚天瑛如释重负地喘了一口粗气,靠在座位的头枕上,闭上了双眼,"一个简单的推理,就能把你救出来……可我却怎么都想不到,想不明白……人生在世,迷了路,找不到归宿,只求有个地方遮风挡雨,结果呢?被杀,被焚,骨灰掺进土里烧成一个瓦盆,冤魂,冤魂,一切都是自找,一切都是我的错,可我只是想从头开始……"

看着他昏昏睡去,郭小芬把视线投向车窗外面:郊野,沉沉的夜色随着滚滚的车轮,退去又涌来,丘陵、树木、草莽、河流,都在黑暗中忽隐忽现出更加黑暗的轮廓,来了,又走了,分不清涨潮还是退潮。

我只是想从头开始……

林凤冲指挥着一班刑警在大池塘忙到天亮,才打着哈欠坐上车,向县局开去。到了县局门口,见马海伟和翟朗还歪在后座上呼呼大睡,又好气又好笑,捅了捅他们俩说:"二位,醒醒,到站啦!"

俩人揉着惺忪的眼看了看外面,不约而同地问:"这是到哪儿了?"

昨天夜里,晋武带着一众警员赶到大池塘后,根据他俩叙述的案情,简单做了个笔录,完事儿让他们先回旅馆睡觉。正在这时林凤冲也赶到了,俩人一合计,这深更半夜,又在郊外,打车不好打,干脆到林凤冲车里忍一宿,林凤冲厚道人,竟答应了,于是他们一直在后座睡到现在。

"县局。"林凤冲说。

"是不是要审我们啊?"翟朗问。

马海伟直眉瞪眼地追了一句:"你这车里空气不好,我们睡得昏头胀脑的,你要是现在问什么,说错了我们可不负责。"

"您要是把您那鞋穿上,不要说这车里的空气,北京市区的PM2.5都会下降很多。"林凤冲又好气又好笑,"少废话,赶紧跟我进去。"

俩人嘀嘀咕咕地跟在林凤冲后面,进了县局的办公大楼,直接穿过一层大厅来到后院,那里还有一座简陋的白色小楼,每个窗口都安着铁栅栏,走进去一拐,就到了一间挂着深色窗帘的屋子,晋武和一个警员已经坐在一张长桌后面。

林凤冲一愣道:"老晋,你这是搞啥?"

马海伟当过警察，知道这是怎么回事："我们俩又不是杀人犯，干吗要弄这审讯的架势？"

"没你们俩，还惹不出这么多事儿来呢！"晋武一瞪眼。

林凤冲不高兴了："老晋，我不是跟你讲过了，他们是咱们请来配合调查的，不能这个态度。"

晋武见林凤冲真的绷起脸来，只得悻悻地说："那好吧，让他俩到二层会议室等着去，我们先审一下李树三。"

林凤冲好说歹说，把马海伟和翟朗哄到楼上去了。下楼的时候，途经拘留室，只见刚才和晋武一个屋子的那个警员，正把一个戴着手铐的男人往外带。

这人中等个子，异常瘦削的一张脸，皮下的每一块骨头都格棱着，好像当初建筑这张面孔的脚手架一直没有拆除似的，右脸的下半边烧焦似的黑了一块，两条如炭条般浓重的眉毛，遮盖着一双又圆又小的耗子眼，里面放射出阴郁而狡黠的光芒。

不用说，这个人正是李树三。

警员正要锁上拘留室的铁门，突然里面传来一个声音："我说，啥时候吃早饭啊？"

被拘留了还这么张狂？林凤冲有点好奇地问："这是谁啊？"

"一个小子。"

"犯什么事儿了？"

"昨天晚上在局门口闹事。"

"闹什么事？"

"说要我们放了郭小芬，值班的同志没空儿搭理他，他就硬往里闯，我们赶紧叫旁边信用社的保安过来，一顿扭打，好不容易才把他关到这里。"

林凤冲顺着门缝往拘留室里看了一眼，只见一个年轻人正双手抱头躺在拘留室的通铺上,跷着腿,晃荡着脚尖,一副优哉游哉的样子,眼睛半睁半闭,好像正等着刘玄德三顾茅庐呢。

林凤冲不禁脱口而出——

"呼延云,你怎么会在这儿?"

第十章　审讯

林凤冲和呼延云一起走出县公安局,找了个早点摊儿,要了油条、炸糕、豆浆和豆腐脑什么的满满一大桌子,边吃边聊。

"蕾蓉昨晚给我打电话,说小郭在渔阳县因涉嫌谋杀被捕了,我赶紧坐车过来了。到渔阳县已经是半夜,我去县局想找管事的说说,结果就弄成了这个样子。"呼延云说,"我承认我当时情绪有点过激,这不是怕小郭在里面受委屈嘛。"

"那我刚才看你在拘留室里怎么一副泰然自若的样子?"林凤冲问。

"后半夜那个开小旅馆的老板被抓进来的时候,我问了一下警察,听说小郭已经被释放了,我就放心了啊。"

林凤冲一愣道:"你咋知道那个人是开小旅馆的老板?"

"瞎猜的。"呼延云啃了一口油条说,"他起初不肯睡觉,在屋里走来走去的,后来躺在通铺上睡了一会儿,起来之后叠被子,非要把被子的下摆整整齐齐地掖进褥子底下,看他的年纪和样子又不像是普通的服务员,所以估摸是个开旅馆的,但旅馆也不大,老板得经常亲自动手整理客房嘛!"

"我要是他,我整夜都睡不着呢。"于是林凤冲把自己带队来渔阳县抓捕贩毒集团,马海伟发现乌盆,返京路上受袭,楚天瑛和郭小芬的调查,一直到昨天夜里发生凶案的经过讲了一遍。呼延云只是听着，等早餐吃了个碟干碗净，站起身就要告辞，说要赶上午的长途车回北京。

林凤冲急了："我给你说这么老半天，你当听评书呢！"

"我来渔阳就是为了捞小郭，现在她没事了，我当然要回去。"呼延云指着公安局办公大楼说，"关了我一夜，我不跟他们计较，就算客气了，让我帮他们破案，想都不要想！再说了，你说的那个赵大，也不是什么好鸟，这种人渣早死一天是一天，我可没工夫在他身上浪费时间！"

林凤冲知道呼延云的脾气，正发愁怎么能劝他留下来，忽然见一个身影来到了餐桌边，竟是田颖。

"您是呼延云老师吗？"田颖问。

呼延云眨巴着眼睛，不知道这是要债的还是放债的，一时不敢应承。

"我叫田颖，西南政法大学的毕业生，您来我们学校讲课的时候，我旁听过。"

"啊？你是'九十九'的成员？"

"不是，我哪里进得去啊，只是参加他们组织的一些推理活动罢了……"田颖有些激动，"我从小就特别爱看福尔摩斯和波洛的书，也听说过很多您破案的故事，非常佩服。"

呼延云赶紧抓过餐巾纸擦了擦挂着油渣的嘴角，不好意思地说："没什么，没什么……"

林凤冲道："田颖你忙了大半夜，不是回家休息去了吗？怎么这么早就又来上班了？"

"刚才晋队给我打电话，让我马上来局里，详细汇报一下昨晚事情的经过。"

侦办贩毒大案时，林凤冲就对田颖留下了极好的印象，现在才知道原来她是一位推理小说爱好者，难怪那天能用两个推理迅速找到"第二窝点"和藏毒处。不过他也深知，晋武很不喜欢这位尚在见习期就崭露头角的女警，估计一会儿的"汇报"有她的苦头吃，于是站起身说："走，我陪你一起过去吧。"

"呼延老师能一起来吗？"田颖望着呼延云说，"这个案子真的很离奇，密室加不可能犯罪，我到现在还琢磨不出个头绪呢。"

呼延云推托道："我还要抓紧时间回北京呢，就不参与了。"

田颖一脸的失望。

"你就别推三阻四的了。"林凤冲把郭小芬被开释的经过说了一遍，"人家田颖帮小郭重获自由，你欠她的人情，好意思不还？走吧走吧！"说着竟生生地把呼延云推进了县公安局。

来到审讯室，屋里只有晋武一个人，才知道李树三刚刚被审完，押回拘留室了。

林凤冲介绍道："这位是渔阳县刑警队长晋武，这位是呼延云。"晋武也不知道呼延云是谁，但看林凤冲介绍时十分郑重的模样，怀疑他是微服私访的八府巡按，所以十分客气，把笔录本递给林凤冲说："这是李树三详细陈述的昨晚事情的经过。"

据李树三交代，昨天中午他接到葛友打来的电话，说赵大有些事情想和他商量，很急。但他临时走不开，下午又接到赵大亲自打的电话，约他晚上十点到大池塘去见面——以前他俩也有晚上去那里会面的先例，所以并没有觉得不正常。吃完晚饭他无所事事，就一个人到电影院去看电影，八点电影开场，一个半小时后结束，他在路边打了个车去大池塘，到达大池塘的时间是差五分钟十点。他下了车，走进去，径直来到赵大住宿的平房前，里面关着灯，敲门后半天无人响应。他觉得奇怪，就拨打赵大的手机,一拨,通了,没人接听,却听到了手机铃声,虽然很细微,但还是能听见,便循着声音找去,一直绕过水塘,走到简易房那里。铃声断了,他就再打,终于找到响声是从西往东数第三间房里传出来的。他透过窗户往里面看,黑洞洞的,只看到手机屏幕的光在地上一闪一闪的。当旅店老板养成的习惯,腰上总绑个小型手电筒,他打开往里面一照,就见到赵大躺在地上,心口插着一把刀,吓得跳起来就跑。还没跑出两步,被不知从哪里扑出来的两个人摁倒在地,他以为自己也要被杀了,拼死挣扎着,结果招来一顿暴打。后来田颖来了,把他铐在附近一个自来水龙头上,然后和殴打他的两个人一起进到简易房里面,过了一会儿才出来。其中那个眼珠子贼大的青年狠狠踹了他两脚,说他是杀人犯什么的,不久,大队的警察就赶到了……

也许是惊吓过度的缘故,李树三的供述,基本线路虽然清晰,但是涉及细节的方面,比如电影票放哪儿了、打车票放哪儿了,等等,他不是没拿就是忘了。

"我感觉没有什么问题。"晋武对林凤冲说,"你看呢?"

林凤冲说:"赵大深更半夜,一个人到大池塘来,怎么也不带个保镖?"

"赵大有个叫葛友的保镖,平日里和他形影不离,但是赵大和李树三说事情的时候,连葛友也要回避的。"晋武说。

林凤冲看了他一眼道:"晋队对赵大的情况很了解啊。"

晋武有些尴尬:"都是场面上的人,平时也有联系,就知道一点儿……田颖,你说说昨晚到底咋回事?"

田颖说:"昨天下午,赵大打电话给我,问我杨馆长被杀的细节,我没说两句,他好像突然有什么事情,就要挂电话,让我晚上十点再到大池塘去找他详谈——"

呼延云很惊讶:"他凭啥要你一个女警大晚上的过去跟他说案子?"

田颖的脸色瞬间变得十分难看。

此前,在和郭小芬电话沟通时,林凤冲已经了解到田颖的遭遇,连忙打圆场:"田颖和赵大以前认识。"

看呼延云不再追问,田颖接着说:"我本来不想去,后来一想,有些事情还是当面说清楚比较好,就骑着电动车过去了。十点十分左右到的吧,一进大池塘的大门,就听见里面一片厮打的声音,赶紧跑了过去,一看翟朗正摁着李树三打,马海伟扒着窗户往简易房里面看。我问怎么了,马海伟说黑乎乎的什么也看不见,我见地上有个手电筒还亮着,拿起来往里一照,就见到赵大躺在地上,心口插着把刀,知道发生了凶杀案,问马海伟怎么回事,他说他们一直跟踪李树三来着,见他鬼鬼祟祟的,进了大池塘之后失去了踪影。重新找到他时,发现他正朝简易房的反方向跑,就上前拦阻,谁知李树三挥拳就打,他们俩也就没客气……我把李树三铐了起来,然后和马海伟、翟朗一起进了那间屋子——"

"屋子的门是锁着的吗?"林凤冲问。

"马海伟先上去,推拉了两下没弄开,翟朗嫌他笨,上去一脚给踹开了,当时就听见'哐嘡'一声,是门闩崩到墙上弹出的声音。然后翟朗就要往里闯,马海伟制止了他,说要保护现场。翟朗说那也得看看人还有没有的救啊,要不咱们成一条直线往里走,尽量减少破坏的范围。马海伟说好,我也同意。谁知翟朗刚刚走了几步,马海伟说你脚底下放电啊,怎么'噼里啪啦'的。我拿手电筒一照,满地都是翻起的干裂土皮儿,没有一点儿被踩过的迹象,当时我就呆住了——门窗反锁都是小事,赵大是怎么到屋子中间去的呢?如果他是被杀,凶手也不可能脚不着地地飘过去捅他一刀啊——我们商量了一下,翟朗先退了出去,我和马海伟一边拍照留证,一边走直线上前查看了一下,确认赵大已经死亡,就原路退出了,一直等到晋队带着人过来。"

田颖一边说,一边把手机递给呼延云,播放她在简易房里拍摄的视频。

看到那一地完好无损的土皮儿,呼延云也很惊讶:"那么,你对这个案子的初步判断是怎样的呢?"

田颖说:"我有一些想法,但还不是很成熟,等我想清楚再跟您交流。"

呼延云点了点头。

然后叫进来的是马海伟——对于先听马海伟和翟朗哪一个讲述上,林凤冲和晋武商量了半天,达成一致意见,先听脑子比较清楚的一个人说,不然非给带到沟里去不可,然后就是探讨这俩人哪个脑子稍微清楚一点儿,半斤八两地比来比去,还是觉得马海伟稍好些,所以才先叫的他。

为了防止产生对抗情绪,他们特地把审讯室的长条桌子搬了出去,几个座椅围成一个圆圈,这才请马海伟过来。

马海伟进了屋,一见这摆设,从过堂改成了圆桌会议,立刻就配合了许多,从昨天下午楚天瑛离开渔阳县开始讲起。

楚天瑛走后,马海伟按照他的嘱咐,和翟朗一起回到旅馆,让他和自己换到一个房间,盯紧了他,不让离开房间半步。翟朗觉得马海伟和自己十分对脾气,所以事事都听他的话。傍晚,俩人的肚子饿得"咕噜咕噜"直叫,翟朗说出了旅馆,马路对面有个刀削面的馆子,咱们去那儿吃晚饭吧,马海伟同意了。他俩在饭馆临街的窗口坐下,要了刀削面、烤串什么的,一边吃一边聊，很是开心。大约晚上七点四十，翟朗突然从座位上跳起来就往外面跑，马海伟不明就里，赶紧追了出来——

"你怎么知道是七点四十左右呢？"林凤冲问。

"饭馆挂着的电视上，中央一台，开始播《焦点访谈》了嘛。"

马海伟追上翟朗问出了什么事，翟朗指了指前面，天色已晚，依稀可以看出一个男人的背影。

"李树三。"他低声告诉马海伟。

此前马海伟并没有见过李树三，但是翟朗却在住进旅店之前就搞清楚了此人的体貌特征——尤其是他右脸下半边那块黑，所以刚才李树三从旅店门口一出来，他就追了上来。

"你跟着他干吗？"马海伟说，"下午你冤枉他杀害杨馆长，还不够出糗的？"

"狗行千里吃屎，狼行千里吃肉，这李树三是吃屎的还是吃肉的，我盯紧了他，总能查个清楚！"

马海伟觉得他那二杆子的劲儿又上来了，但是考虑到他和李树三有杀父之仇，就和他一起跟在李树三的后面，在街上绕了一会儿，见李树三买了张票走进渔阳县电影院，便对翟朗说："一时半会儿他是出不来了，咱们回旅馆吧。"

"要回你自己回！"翟朗硬声硬气地说，"看他那鬼鬼祟祟的样子，我非探出他今晚要干什么不可！"说完，便在电影院对面的一个小吃摊前坐下来，要了一瓶啤酒、一碟煮花生，边吃边盯着电影院大门，眼睛瞪得牛铃铛那么大。

马海伟有心自己回旅馆，又想到楚天瑛的嘱咐，只好拖了张椅子在旁边坐下。屁股还没坐热呢，忽然想起什么，问小吃摊老板："这电影院就一个门吗？"老板告诉他，拐过弯的巷子里还有一个后门呢。马海伟让翟朗继续盯着前门，自己去后门蹲守，有什么事情就打手机联系。

马海伟拐过弯，走进一条巷子，来到电影院的后门，这里不仅光线差，而且堆放了好几个垃圾桶，又脏又臭，时不时还蹿出几只老鼠和野猫，他好不容易才找了个视线无遮挡又不至于被臭气熏死的地方，开始蹲守，但是在长达一个半小时的时间里，电影院的后门始终没有人出入。

"你蹲守那段时间，小巷里有人走过吗？"呼延云问。

马海伟看了看他，不晓得这个其貌不扬的娃娃脸是做什么的，摇了摇头。

在蹲守这段时间，马海伟说自己没有离开过监视地半步，一个半小时以后，他的手机响了，是翟朗打来的，说电影散场了，李树三出来了，让他赶紧过来和自己会合。马海伟跑回电影院前门，找到翟朗，见李树三正在街边拦出租车，等他拦到并上车之后，翟朗和马海伟也拦了一辆，跟在他后面。

发现李树三乘坐的出租车一直往城外开去，马海伟也觉得有点不对劲了。这么晚了，他去哪儿？去做什么？等到李树三的出租车开上大堤，马海伟怕再跟着容易被发现，就让自己的出租车停了下来，待了一两分钟才请司机继续开动，而目的地很明确——大池塘。

"你怎么知道他肯定会去大池塘呢？"晋武问。

"我实在想不出这么晚了，他让车开上大堤，还能去哪儿。"马海伟说。

在大池塘门口，他们下了车，走进去，黑咕隆咚的什么也看不见，李树三到底去哪儿了，更是完全不知道。马海伟和翟朗像两只没头苍蝇在里面一通乱窜，忽然听见了一阵细切的声音，他们循着声音慢慢走到简易房附近，突然一个拿着手电筒的人狂奔过来。他俩下意识地阻拦，谁知那人动手就打，翟朗铁锤一样的大拳头也没客气，一顿暴捶，好不容易才制伏了他，借着掉在地上的手电筒的光，认出那人正是李树三。马海伟觉得李树三的神情很怪异，惊恐万状的，像撞了鬼似的，就走到简易房的窗前往里面看，啥也看不见。正在这时，田颖忽然在身后出现了，她捡起手电筒往屋里照去，立刻喊了起来，说有个人躺在里面，胸口插了把刀……后面的情况与田颖说的基本上就一致了。

"那个简易房的房门，真的是反锁的吗？"林凤冲问。

马海伟说："反正我推拉了几下，没有打开，最后还是翟朗一脚给踹开的，踹开的时候，听到'当啷'一声，应该是门闩崩出来撞到墙上的声音。"

晋武问："李树三被摁倒之后，喊叫什么了没有？"

马海伟说："他就喊'杀人啦，杀人啦'什么的。"

"我问个问题，老马你要想清楚再回答。"田颖说，"你们看见李树三朝你们狂奔过来的时候，他是从窗户那里跑过来的，还是从门口跑过来的呢？"

马海伟摇了摇头说："没看清楚。"

大家都问完了各自的问题，林凤冲让马海伟去把翟朗叫来。

没过多大会儿，翟朗进来了，直眉瞪眼地坐在椅子上，仿佛一屋子的人都砸过他家玻璃似的。

晋武知道这个二货对自己有成见，故意不看他。

林凤冲很温和地说："翟朗，你把昨晚的事情经过，再详细地说一遍给我们听听吧。"

翟朗瞪着晋武就是一句："我昨天夜里不是跟你说过了吗？"

晋武大怒，天底下哪有这号人，惹不起还躲不起！

林凤冲想笑又不敢笑，耐心地说："翟朗，来的路上我不是说了吗？昨晚在出事现场，我们只是简单地、初步地了解了一下情况，现在需要详细地搞清楚每个细节，才能知道真相啊。"

"什么真相！"翟朗不耐烦地说，"真相就是李树三宰了赵大，赵大该死，李树三该毙，恶有恶报，一了百了！"

"你凭什么认定是李树三宰了赵大呢？"林凤冲问。

"我们亲眼看见的啊！"翟朗脖子一梗，"他从那简易房里面往外跑，我和老马上去堵他，抓他个现行杀人犯啊！"

"听马海伟说，是你一脚把简易房的门踢开的？"

"对啊，那门他怎么都弄不开，估计是从里面锁着呢。"

"既然从里面锁着，你又说你亲眼看见李树三是从简易房里面跑出来的，这符合逻辑吗？"

翟朗一下子傻了眼。

晋武见林凤冲两头堵的策略如此有效，不由得偷偷乐。

"反正就是李树三宰了赵大，信不信由你们！"翟朗烦躁地说。

"到底赵大是自杀还是他杀，如果是他杀的话谁才是真凶，要由我们警方来认定，你说的，我们只能参考，不能轻信。"林凤冲严肃地说，"所以，现在请你把昨晚看到的、听到的，详细讲一遍给我们听。"

翟朗嘟囔了两声，便开始讲述事情的经过，虽然提到李树三时一律用"那王八蛋"作为代词，虽然叙述李树三的行动时添加了大量诸如"鬼鬼祟祟""偷偷摸摸"之类的形容词，虽然所述内容始终不连贯并且经常跳线或插播，但是在大家的耐心启发和查漏补缺之下，总算是讲完了，听得众人一脑门子汗。

总的来说，翟朗讲的和马海伟讲的出入不大——只有一个地方引起了大家的重视，那就是马海伟说发现李树三坐的出租车开上大堤后，让自己的出租车停了下来，过了一两分钟才请司机继续开动，而翟朗认为时间要长一些，"有五六分钟呢"。

如果是这样，那么在那么长的时间里，李树三在大池塘里到底都做了些什么呢？难道真的只是去赵大的住宿地找了他一趟吗？

当然，弄清这个问题其实也很简单。晋武马上安排手下去联系本县唯一一家出租车公司，寻找昨晚李树三和马海伟他们坐过的出租车，详细地了解情况。

接下来是每个人提问的时间了，首先是晋武发问："既然你昨天下午搞错了杨馆长被害的事情，后来证明李树三并非杀人凶手，那你傍晚为啥还要跟踪他呢？"

翟朗回答得格外痛快："我就是要盯着他干没干坏事，坏人早晚要干坏事！"

而林凤冲的问题，显然是经过仔细思考的："你刚刚来渔阳的时候，咱们在渔阳水库的大桥上见过，那时你就是来找赵大和李树三寻仇的吗？"

"对啊！"翟朗回答完了，忽然觉得不大对劲，脖子一梗，"你怀疑赵大是我杀的？"

"没有。"林凤冲说，"你掏出地图问路的时候，我记得掉了一张照片出来，那个照片上的人是你爸？"

"没错，我家里只剩下那么一张我爸的照片了，随身带着呢。"翟朗眉头一皱，欲言又止的样子。

林凤冲忙问："怎么了？"

"昨天上午我到大池塘去，想用弩给赵大一下子，结果被抓住了。赵大那王八蛋理亏，把我给放了，我也是气呼呼地走了，后来才发现我的挎包丢在大池塘了，我爸的照片和那封匿名信都在里面,我本来想找个合适的时间去要回来,谁知赵大就这么死了……回头你们搜查大池塘的时候,记得给我找一下。"

林凤冲点点头说:"这个没问题。"

田颖的问题比较简单:"你在电影院门口守着的时间里,马海伟不是去后门了吗?这段时间,他来找过你吗?"

"没有。"翟朗说,"我一直坐在小吃摊上,挺无聊的,就给老马打电话说让他过来喝口啤酒,拿点煮花生过去吃,他说他得盯着后门,走不开。"

"你观察李树三出了电影院打车,那出租车是一直在路边等着的,还是正常开过来停下的?"

"正常开过来的啊,过去好几辆都有乘客,好不容易才来了一辆空的。"

"那么,怎么你们俩马上就能打到一辆空车,跟踪李树三呢?"

"运气好呗,老马在街边一伸手就拦到一辆。"

"你们俩走进大池塘之后,到听见声音,这中间有没有见到什么奇怪的事情呢?"田颖继续问道。

"没有啊……"翟朗想了半天说,"那里面特别黑,也特别静,老马说要不咱俩分头去找李树三吧,我说摸不清这里面的情况,还是一起走的好……正在这时,突然就听见了手机铃声,声音很小,但是挺清楚的。我还没反应过来是怎么回事呢,老马拉着我就往简易房那边走,快到的时候,看见一道光柱乱晃,跟绝地武士耍光剑似的,走近一看是李树三,我他妈上去就——"

"行啦!"林凤冲拦住了他,转头问呼延云:"你有什么问题吗?"

呼延云摇了摇头。

翟朗离开后，几个人围坐在一起商量了一下案子，从刚才问话的结果看，整个事情的脉络很清楚，但是那个诡异的犯罪现场，依然无从解释。"另外，赵大的保镖葛友一直没有出现。"晋武说，"我已经派出好几路人马去找他，到现在为止，依然不见踪影。"

"还有芊芊，既然她在电话里和赵大约好晚上十点整见面，想必是涉及毒品交易的事情，为什么赵大在那个时间又要约李树三和田颖呢？"林凤冲用拇指和食指挤压着因为疲倦而酸痛不堪的睛明穴，"头昏脑涨，越想越头昏脑涨啊……"

"林处，要不你去我办公室睡上一会儿吧！"晋武说。

不知为什么，林凤冲感觉，自己这次来渔阳县，晋武的态度好了许多，很客气也很热情："不用，这都快十点了吧，过一会儿你们是不是要开案情分析会？我得参加啊。"

晋武马上对田颖说："你去通知一下，案情分析会延后两小时，改在十二点开。另外，让餐厅预备一下饭，咱们一边吃饭，一边分析案子。"然后把林凤冲从椅子上拉起来说："林处，你听我的，到我那办公室休息一会儿，到点我叫你。"

林凤冲拗不过他，只好往办公大楼走，却还不忘记嘱托道："老晋，你给呼延也找个房间休息一下吧！"

"不用了。"呼延云说，"趁这两个小时，我到县医院去一趟，看看天瑛去。"

呼延云一路打听着，找到了县医院。这座二十世纪八十年代建的五层白色小楼，保持了那个年代的装修风格，里面所有的墙壁都是上半部分刷的白灰，下半部分涂的绿漆。此时正是就医高峰期，各种各样的人在楼道里来来往往。呼延云问了好几个护士，才知道楚天瑛来时，由于有县局的警员陪同，林凤冲托晋武又打了招呼，所以院方给他安排到三楼一个单人病房里输液和休息。

推开单人病房的门，首先映入眼帘的不是躺在病床上的楚天瑛，而是歪倒在沙发上沉睡的郭小芬。

听到响动，郭小芬睁开眼睛，看到了站在门口的呼延云，走出来，把门在身后轻轻地关上。

"你怎么在这儿？"郭小芬问。

"听说你出事了，我连夜跑过来了。"呼延云说。

郭小芬把头一扭，眼里盈满了泪水。

呼延云一下子慌了手脚，忙问："小郭，你怎么啦？"

郭小芬抽泣了几下，才渐渐恢复了平静，却依然侧着脸，抿着嘴唇，一言不发。

呼延云像根木头一样站着，大气也不敢出一口。

好不容易，郭小芬终于开了腔："你怎么知道我出事了的？"

"蕾蓉给我打电话说的啊，让我赶紧过来一趟。"

"她要不给你打电话，你是不是根本就不关心我在哪儿？"郭小芬盯着他问。

呼延云哑口无言，郭小芬哼了一声，推开单人病房的门走了进去。呼延云跟了进来，见楚天瑛还在睡，便搬了张椅子在病床边坐下，看着这个比几个月前消瘦了很多的朋友，不由得叹了口气："唉，天瑛怎么搞成这个样子？"

郭小芬低声说："最近几天为了乌盆的事情来到渔阳，他没少奔波，昨晚回北京，好像见了凝，不知道发生了什么，我听说他俩好像谈过一阵子恋爱……"

"天瑛和凝谈恋爱？"呼延云很惊讶，"这可真是自作孽——"

郭小芬眼一瞪:"瞎说什么呢你?"

呼延云赶紧找补了一句:"我是说搞刑侦的人就不应该谈恋爱。"

郭小芬有点糊涂地问:"这是什么逻辑?"

呼延云说:"你看那些大侦探,福尔摩斯是独身吧,波洛是独身吧,菲尔博士是独身吧,御手洗洁是独身吧,奎因老晚才谈恋爱吧,还找了个患自闭症的……"

"那你怎么不说明智小五郎娶了女秘书,金田一耕助还有个那么厉害的孙子呢!"郭小芬又好气又好笑,"你这推理也太不严谨了。"

"反正吧,爱情是世界上唯一毫无逻辑的事情,所以推理者们最好还是躲远一点儿的好。"

"自己情商低,就别装什么天煞孤星。"郭小芬反唇相讥道。正在这时,突然听见病床上的楚天瑛轻轻咳了一声,他俩赶紧收了声,只见楚天瑛睁开了眼睛,望着呼延云的目光充满了惊讶:"呼延,你怎么在这儿?"

呼延云笑道:"我听说小郭出事了,昨天晚上就赶到了,去县公安局闹了一场,结果被关了半宿,还是林凤冲早晨起来把我放出来的。"

郭小芬才知道这小子为了救她,把自己都搭进去了,满腹的怨气消了许多。

楚天瑛觉得体温降了些,绵软的身体有了力气,便慢慢地坐起身,郭小芬拿了个枕头垫在他后腰。楚天瑛喘了一会儿,说:"真没想到我这么没用,居然在办案的关键时候病倒……不知怎么,从介入这个案子开始,我就老有一种奇怪的感觉:头昏昏的，心沉沉的，放眼望去，每张脸都是模糊的，每个人都是畸形的，每个物体都是灰暗的，都像在火里烧过似的，怨啊，苦啊，愤懑啊，想要的要不到，想挣又挣不脱，恍恍惚惚的，仿佛自己一直被困在乌盆里……这不是中了邪吗？"

呼延云和郭小芬都没有说话。

"乌盆，《乌盆记》……一千年前的故事，怎么会重新发生在今天呢？别看我躺在这张病床上，脑袋里翻江倒海的，一直在想这个案子：谁杀了杨馆长？赵大究竟是怎么死的？那密室，那一地完好的土皮儿到底是咋回事？三年前，在现如今是大池塘的窑厂里，到底发生了什么？用翟运的骨灰烧制的乌盆怎么会放到花房的床底下？想着想着，就想到了梦里。我梦见自己坐在一辆丰田公务车里，车顺着国道一直往前开，没有司机，也没有别的乘客，整个车上只有我一个人，没有车窗，也没有车顶，我的头上是大团大团的乌云，流动在黑压压的草原上，仿佛是通往湖畔楼、通往眼泪湖，绞索一样漫长的国道上，孤零零地站着一个穿白衣服的女孩……突然间一声枪响，一颗子弹从远处射过来，直直地射向我的双眼，可我好像被绑在座椅上了，怎么也动不了，躲不开……"楚天瑛停下讲述，闭上眼，像所有在梦中受过伤的人一样，等到睁开眼的一刻，他望着呼延云说："当我从梦里惊醒的时候，突然意识到了一个问题，这个问题，最初我们意识到了，却一笔带过，没有深究，可是现在想来，却是一个不合逻辑的、无法解释的，而又让我们陷入这越来越深的泥沼的起点——"

"什么问题？"呼延云问。

楚天瑛说："芊芊是一个外地来的毒贩，她的毒品已经被缴获了，她的同伙已经被抓捕了，她也在被通缉之中。按理说她应该尽快逃离渔阳县,为什么还要冒着那么大的风险袭击警车,打劫一只乌盆呢?"

第十一章　刀鞘

　　中午十二点整，县公安局大楼二层会议室，参与侦破赵大命案工作的刑警围坐在椭圆形的长桌边，一边吃着盒饭，一边七嘴八舌地讨论着案情。晋武站在最前面，用筷子敲了几下桌沿说："大家吃着，我说着。赵大是咱们县政协委员，又是知名企业家，所以上级领导对这个案子很重视，过一会儿局长要亲自来听，大家都打起精神来，我做初侦报告的时候，可不想听见底下有人打呼噜！"

　　说完，他问坐在左边的林凤冲："林处，你看有什么要补充的没有？"

　　林凤冲摇了摇头。他刚才补了一小觉，精神恢复了些，给许瑞龙局长打电话请示能否协助渔阳警方办理此案，得到批准后，才参加案情分析会。

　　吃完饭，刑警们把饭盒和垫桌子的废报纸收拢走了，打开窗户放放一屋子的菜味儿，点上烟，一边过瘾一边等着开会。

　　这时，呼延云和楚天瑛走了进来——虽然楚天瑛还没痊愈，但是他坚决要求参会——在他们身后还跟着郭小芬。

　　晋武一看，皱着眉头对林凤冲说："楚天瑛参会，我没意见，但那个呼延云，我上网查过了，神神道道的一个人，没必要让他参会。至于郭小芬，还是杨馆长遇害案的犯罪嫌疑人呢，无论如何应该回避一下吧?"

林凤冲板起脸来:"晋队,郭小芬的无辜,已经被田颖证明过了,她是《法制时报》的名记者,写的报道连我们北京警方都很重视,参加这个会议怎么就让你掉价了?至于呼延云,这么说吧,你要是赶他走,那我也只有离席的份儿了!"

晋武赶紧说:"好吧,好吧,听你的,都听你的。"

片刻,县局局长走进会议室,案情分析会正式开始。

首先是晋武做初侦报告,他把赵大命案的基本情况按照时间顺序梳理了一遍,介绍了一个新的调查结果:"据县出租车公司反馈的情况,已经证实在昨天晚上九点半以后,有两位司机先后在电影院门口拉过两批客人。第一辆车一人,疑为李树三;第二辆车两人,疑为马海伟和翟朗。第二辆车的乘客一上车就要求跟踪第一辆车,并且在第一辆车开上大堤后,让第二辆车的司机停下了两分钟。"

"翟朗不是说有五六分钟吗?"有警员问。

"考虑到翟朗的心态,他可能因为急躁,将短时间估计过长。"晋武说,"就在调查中,出租车公司的一位司机提供了一个很重要的情况:他昨天晚上八点三十分在豪庭景苑小区门口拉了一个客人,八点五十五分开到大池塘。这个司机以前在市建筑工程公司工作过,认出这个客人正是赵金龙——赵大的家就住在这个小区,当时赵大空着手,神色很正常。"

"赵大不是约了李树三和田颖晚上十点到的吗?怎么提前一个小时就去了?"有警员问,还不怀好意地瞥了田颖一眼。

"也许他九点左右约了其他人吧,或者纯粹去散散步、钓钓鱼什么的也说不定。"晋武说。

在讲到大池塘内部的情况时,他让手下在前面的黑板上画了两张平面图，一张是大池塘的，一张是简易房内部的，以便让与会者更好地了解现场——"我们对整个大池塘进行了勘查，现在给大家介绍一下：首先是门口，从大堤下到门口有一块洋灰地，在这里提取到了五组比较新的轮胎印，已经证实其中有三组分别是赵大、李树三，以及马海伟和翟朗乘坐的出租车的，还有一组是田颖骑的电动车的，最后一组的轮胎印怀疑是摩托车的，但是我们并没有发现附近有摩托车或类似的交通工具。

"进入大门，右边是值班室，值班室的门是从外面锁上的，李树三说赵大偶尔在这里留宿时，肯定会让葛友在值班室当门卫兼保安，但是昨天晚上，赵大是独自来的，证明他并没有留宿的打算。我们打开值班室看了一下，地上没有新的鞋印，也没有其他异常的情况。葛友我们还没找到，他的手机也一直处于关机状态。

"下面说一下赵大住宿的平房，房门上着锁，打开门以后，发现里面是个带洗手间的套间，但装修和陈设十分简单，只有一些最基本的生活用品，床、蚊帐、桌椅、电视什么的，地板十分干净。可以肯定，昨天晚上赵大没有进入过这个房间。"

接下来，晋武说到命案现场——简易房内的情况了，会议室里所有人都听得全神贯注："出事的简易房是从西往东数的第三间，我们将其他三间简易房都打开看了一下，房屋构造和室内情况基本相同，都是空房。由于被水淹过，所以都是一地的土皮儿——从西往东数第一间房子除外，由于以前经常在这屋里烧烤的缘故，地上的土皮儿被踩坏或清扫过许多处……"

"你怎么知道以前经常在那个屋里烧烤？"楚天瑛有些惊讶地问道。

晋武悄悄瞅了局长一眼，局长装成没看见。晋武用一种很尴尬的声音说:"过去我偶尔会到大池塘和赵大一起钓鱼,然后烤鱼吃。"

虽然案发后,晋武一直在刻意避免提及他和赵大的关系,但是涉及关键问题的时候,难免要带出一些痕迹。

不过现在不是追究这些的时候,林凤冲示意晋武继续陈述,晋武说:"案发的简易房,房门为铝合金门框和门板,门的里侧有一门闩,闩扣开裂,铝制门闩掉落在西墙附近。结合相关人员的口述,以及门外侧遗留的瞿朗的鞋印,这扇门案发时可能从里面上锁,由于这间简易房的窗户都是封闭型玻璃窗,所以该房很可能是一间密室。"

由于密室在刑事犯罪案件中极其罕见,所以引起了刑警们的一阵窃窃私语。

"当然,本案更加不可思议的地方还是室内的情况。"晋武指着黑板上简易房的平面图说,"简易房内部,除了田颖和马海伟踩踏出的那条'小路'以外,其余地面上的土皮儿都是完好的,虽然各自向上翻起,但都有一定程度的连接。而他们用手机拍摄过的影像显示,他们昨天晚上走到赵大的尸体前,整个房间的地面上的土皮儿都是完好的——这让我们十分困惑,赵大究竟是怎么走到屋子中间的?如果是他杀,凶手是怎么杀死他,又是怎么退出房间的呢?"

会议室里一片沉寂,每个人都在思索,又都不禁轻轻摇头。

如果非要找出这个问题的一切答案才能继续会议,那么全体刑警变成石头也出不了会议室。局长赶紧转移话题:"现场勘查,能否确认这个简易房里面就是案件的第一现场?"

"这个,请法医来说明一下吧。"晋武说。

法医用投影仪展示了几张赵大尸体的照片:"现场发现,死者的胸口插有尖刀一把，尸检表明，死者的左胸部有一处锐器形成的创口，导致其因外伤性心脏破裂死亡，死亡时间可以锁定在昨晚八点到十点之间。由于现场提取的尖刀，刀刃的形状与创口一致，可认定为致死凶器。从死者尸体周围的情况判断，没有发现拖曳尸体的痕迹，这里确系第一现场无疑。"

下一张照片是凶器，那是一把木柄直刀，刀刃很长，也很锋利，血槽上还残留着红色的组织。

"刀柄上提取到指纹了吗？"局长问。

"只发现了死者本人的指纹。"法医说。

这与发现赵大时，他双手握在刀柄上，是相符的。

正在这时，呼延云突然问了一个很奇怪的问题："赵大的衣服上，除了那个创口之外，有没有其他地方破了洞呢？"

法医不知道他目的何在，回答说："没有。"

呼延云点点头。

"说到赵大的衣服，我们在他的裤兜里发现了一部手机，触屏的，上面只有赵大本人的指纹，手机记录显示在昨晚十点钟以后，李树三多次拨打过他的手机，但没有接听。此前，大约九点，也有一个陌生的号码打过这个手机，但是我们查不到手机机主。"晋武说，"赵大的裤兜里还有一串钥匙和一个钱包，钱包内的人民币、银行卡、信用卡都没有遗失，赵大脖子上戴的金项链也没有遗失和损坏，证明本案与财产纠纷无关。"

晋武停了一停，接着说："我们对室内的其他物品进行了勘验，位于门口右侧的电风扇上没有提取到任何人的指纹，墩布和海绵垫子的肮脏程度较高，没法提取鞋印，但是在那块纸盒板上，我们提取到了赵大清晰的鞋印。"

"咔嗒"一声，投影仪放出了纸盒板上鞋印的照片，以及与赵大鞋底的对比。所有人的身子都不由得向前一倾。

"原来是这样……"田颖的眼睛一亮，不禁脱口而出。

局长望着她说："看来小田有什么见解？"

田颖连忙站起来说："是，局长，我认为这个案子基本上可以告破了。"

会议室里一片惊讶的声音，晋武沉下脸来瞪着田颖。

"那，小田你说说吧。"局长说。

"我首先想要复述一句大侦探夏洛克·福尔摩斯的名言：当排除了所有可能的情况时，剩下的一个不管有多么不可能，那都必定是真相。"田颖侃侃而谈，"在赵大命案中，出现了两个我们无法破解的问题：第一是密室，整个简易房的窗户都是密闭的，门如果反锁，必定是屋子里的人锁上的。而我和马海伟、翟朗一起进去之后，在房间内除了死者赵大以外，并没有任何其他人；第二是那一地土皮儿，如果我们确认如下四点成立——每个人都没有长翅膀，现有飞行器无法在那样的空间施展，简易房不像太空舱那样可以悬浮，以及室内没有可以攀援或滑索的工具——那么，任何人都不可能在不踩坏土皮儿的前提下走到屋子中间，但是赵大却实实在在地躺在那里了，这是怎么一回事呢？"

看着刑警们依旧一脸茫然的样子，田颖继续说："讲得再明确一点儿，赵大拿着刀，刀柄上只有他自己的指纹，纸盒板上只有他自己的鞋印，门闩只有室内的人才能锁上，这一切的一切不都说明——赵大是自杀的吗？"

晋武立刻反驳道："你刚才讲了，任何人都无法不踩坏土皮儿到达屋子中间，那么赵大又是怎么在屋子中间自杀的？"

"请注意，我说的是不能'走到屋子中间'，而不是'到达屋子中间'。"田颖说，"因为赵大到达屋子中间，不是走过去的，而是——跳过去的。"

会议室里响起一片议论声。田颖大步走到黑板前,用粉笔一边勾画,一边说:"大家请看,在这个屋子里,隐藏着一条非常隐秘的'通道',好像跳棋上的棋格一般。首先,门口到墩布,再从墩布到海绵垫子,再从海绵垫子到纸盒板,再从纸盒板到赵大尸身所在的位置——每个棋格之间的距离都在两米左右,这恰恰是一般人立定跳远都能完成的距离。昨天晚上,赵大走进简易房,将门反锁,然后通过一个个蛙跳跳到屋子中间,然后自杀,实现了这个看似不可能完成的'任务'。"

"动机呢?赵大自杀的动机是什么?"林凤冲问。

"赵大的老婆死后,他的精神状态一直不好,他的公司由于经营不善,赔了不少钱。而楚天瑛警官来本县,很可能让他以为是在针对自己窑厂三年前的塌方事件展开新的调查,这些都可能是他自杀的诱因。"

"自杀就自杀,犯得着费这么大的周折,专门制造一个密室和不可能犯罪现场吗?"

"我刚刚说了,赵大的老婆死后,他的精神状态一直不好,前不久还曾经拿着刀在公司追砍自己的儿子,所以他在死前做出任何诡异的举动,我认为都是可以理解的。"

底下不知哪个促狭鬼说了一句"小田对赵大了解得很深入嘛",引起了一阵"哧哧"的笑声。

田颖僵立在原地。

正在这时,局长说话了:"我觉得小田的这个思路不错。"

既然局长发话了,晋武马上表态:"是,我们坚决贯彻您的指示,把办案的方向放在赵大可能是自杀上。"

田颖面无表情地坐下了。

林凤冲和楚天瑛对视了一眼,想说什么,又都保持了沉默,毕竟他们只是来本县协助调查的,不能反客为主。另外,他们也实在找不出证据,证明赵大不是自杀的。

"晋队,你真的确定赵大的衣服上,除了创口位置,没有其他的破洞吗?特别是口袋里面?"

会议室里突然响起了呼延云的声音。

所有人的目光都集中在了他的身上。

晋武有点不耐烦地说:"没错,他的衣服上,除了创口没有其他的破洞,口袋里也没有——你老问这个做什么?"

"我只是想不通一件事。"呼延云看了田颖一眼,"如果赵大是自杀,他把刀鞘扔在什么地方了?"

所有的警员,连同不是警员但也坐在会议室里的郭小芬在内,全都愣住了。

"刀鞘?"晋武一头雾水。

"嗯。"呼延云说,"拉着赵大到大池塘的出租车司机证明了,赵大来的时候是空手的,那么只有两种可能。第一种,就是他'自杀'用的刀早就放在大池塘里面了。问题是你刚才讲过,他昨晚并没有走进过自己住的平房,值班室的地上也没有新的鞋印,剩下的简易房不仅脏,似乎也没有什么藏东西的地方,不适合保存一把锋利的尖刀,那么,这个可能性就被否掉了。第二种,赵大来的时候把刀揣在兜里了。我看了一下幻灯片上他穿的衣服,上身的汗衫根本没有兜,下面的绸裤,只有两个看上去很浅的兜,揣那么长的一把刀,多半会露出三分之一,如果再没有刀鞘,刀尖冲上,会戳到自己,刀尖冲下,十有八九会把裤兜戳出一个窟窿——所以我一直在想,刀鞘被赵大扔在哪儿了?"

所有人面面相觑。

"啪啦。"

局长将笔记本合上,对晋武说:"马上调整办案方向,这不是自杀,而是他杀!"

会议结束之后,呼延云和林凤冲、楚天瑛、郭小芬聚在二楼大厅的落地窗前,一边望着街景,一边聊着案情。

"如果不是呼延的推理,这个案子没准儿就真的要被定性为自杀了。"楚天瑛感慨道。

"是啊!"林凤冲说,"没有刀鞘,证明凶器根本不是赵大自带的,而是另外一个人带到大池塘的——田颖说赵大跳到屋子中间自杀就已经够奇怪的了,很难想象赵大让人专门带把刀到大池塘给他自杀用。"

"我不是没有考虑到这种可能。"呼延云认真地说,"比如凶手拿着手枪,胁迫赵大从那几个'棋格'跳到屋子中间,再让他自杀。不过,从一般人的心理考虑,如果明知道对方要杀我,就算空手也要和他搏斗一下,何况手中还有一把刀。"

楚天瑛点点头。"照这样看,应该是赵大昨晚在简易房里等待某人时,凶手戴着手套,冲进去将他刺死,然后再拿着他的手握住刀柄,这样刀柄上就只有他自己的指纹。这一切一定发生得很突然,因为现场没有留下任何搏斗的痕迹,也就是说赵大对自己的被杀毫无准备。不过我依然想不通,那个密室和一地完好的土皮儿,到底是怎么一回事呢?"他沉思片刻又问林凤冲,"芊芊从昨天晚上约赵大见面到现在,手机依然没有开通吗?"

"嗯。"林凤冲说,"芊芊自从脱逃后,行踪一直十分诡秘,她在这个案件中若隐若现的,搞不清到底想干什么。"

一直沉默的郭小芬忽然说:"我怎么觉得,渔阳县警方只想尽快结案呢？"

"赵大这类企业家，喝血发的家，吸髓致的富，不知道跟各个阶层都有着什么见不得光的关系呢。"楚天瑛神情有些阴郁，"坦白地说，我和呼延的观点差不多，赵大这种人，死有余辜，我对这个案子的全部兴趣，只集中在各种诡异的谜团上——咦，那不是杨馆长的姐姐吗？"

顺着他手指的方向，大家看到一个有点矮胖的妇女正在公安局门口和警卫掰扯着什么。

几个人一起下了楼，离着老远，杨馆长的姐姐看见楚天瑛了，激动得直朝他挥手。

"您怎么来了？"楚天瑛迎上前道。

"我就是专门来找你的——"杨馆长的姐姐把楚天瑛拉到一边，"听说赵大死了，真的假的？什么时候死的？怎么死的？"

案件未侦破前，相关信息必须保密，所以楚天瑛只是潦草地回答了一句："是，昨晚死的。"

"县里都在传，说他是死于冤鬼的报复，跟《乌盆记》的传说一模一样，死在封闭的窑洞里，心口扎了把刀，一地的碎瓦片子……"

看来在这小小的县城里，什么保密制度都是瞎扯，楚天瑛苦笑了一下问道："您听谁说的啊？"

这话一说，等于坐实了谣言，杨馆长的姐姐脸色变得十分难看。

"怎么了？"楚天瑛觉察到了什么。

杨馆长的姐姐踌躇了片刻说："大命那孩子，昨晚没回家。"

楚天瑛一下子明白了，她在担心是不是大命杀死了赵大，忙劝慰道："您不用担心，我说句该打嘴巴的话，大命瞎了一只眼，走夜路都困难，何况杀人，再说他才只有十五六岁……"

"唉，楚警官，您不懂，他年纪虽小，肚子里那仇、那恨啊，可不比戏本里那刘世昌少啊！"

"好了，您别多想了，回头我找找大命去，找到了一准儿给您送回家。"楚天瑛好说歹说才将她劝走，回过头来把事情跟朋友们说了一遍："既然我答应了人家，就去找找大命。林处，我建议，你最好还是盯紧渔阳县公安局，我怕他们为了提前结案玩什么花样；小郭你去找找马海伟和翟朗吧，别让他们添乱；至于呼延——"

呼延云说："我去犯罪现场看看。"

大家于是分开，各自行动。呼延云打了辆出租车，告诉司机到渔阳水库边的大池塘去，车子便开动了。车窗外那些骑自行车的人、骑电动车的人、行走的人、从公交车上探头探脑的人，看上去都有些面熟。呼延云想了半天，想不起在哪里见过他们，后来才突然醒悟，所谓熟悉，只不过是他们的神情都和田颖相仿：晦暗、沧桑、冷漠而麻木，好像早就看透了一切，于是任由一切蹂躏……

忽然，一个背影映入眼帘。

是田颖，她站在一条灰色石栏边，朝远处眺望着。

有一种很奇怪的感觉……

"停车。"呼延云喊了一声。

"还没到地儿呢。"出租车司机嘟囔着把车停在了路边。

呼延云把钱递给他，跳出车子，向田颖跑去，当他跑到田颖的侧面时，他看到了十分惊奇的一幕——

她居然在欢笑！

绽开红唇，翘起的嘴角宛如一弯新月，露出一口雪白的小牙，腮帮子泛着红晕，眼睛里放射出的目光，充满了幸福和希望——呼延云从来没有见过这样美好的目光！

在这死气沉沉的县城里。

呼延云以为她望到了什么极其绚烂的美景，然而朝灰色石栏下面望去，却仅仅是一条干涸而肮脏的河道。

一瞬间，田颖的余光发现了呼延云，触电似的一哆嗦，当她把脸转向他的时候，整个面容又恢复成了几近入土般的漠然。

"呼延老师。"她叫了他一声。

"你怎么在这儿啊？"呼延云问，"在想什么？我看你刚才笑得很开心啊。"

"没什么……我只是在嘲笑自己，我做了那么蠢笨的一个推理，在您面前丢尽了脸。"

你在撒谎，你刚才的笑容绝对不是什么自嘲。

呼延云望着她，目光温和而又严肃。

田颖转过头，长长地舒了一口气："好吧，我承认我是为赵大的死而感到开心。"接着，她开始诉说自己中学时代的不幸遭遇：父亲早逝，母亲生病了无钱医治，自己为了挣医药费到夜总会坐台，被赵大看上，包养，饱受虐待，想逃而不能，想死而不得，最后母亲也被她活活气死，死之前都不愿意原谅她……

"下面这条河流，我小时候一直很清澈，那时河道没有这么宽，放了学，我和同学们一起到河边捕鱼，捞虾，比赛谁捡的鹅卵石最圆。那时的天空，也比现在要好看，站在河边看着河水倒映的蓝天白云，好像飘在天上一样……后来，上游建起了造纸厂、水泥厂，很快，这条河就变得污浊起来了，和我一样。"田颖惨惨地一笑，"我跟赵大在一起的那些日子，人不像人鬼不像鬼的，每次完了事，我都要不停地洗澡，恨不得把皮搓掉一层。

多少个夜晚,我抱着自己痛哭失声,我觉得我就是他巴掌里的一块泥巴,想怎么捏,就怎么捏,想在窑中烧成什么样,就烧成什么样。我就是《乌盆记》传说中的那个乌盆,被杀了,被烧成乌盆了,心中有再多的怨苦,我也挣脱不出去,因为这就是我的命……

"那时我还年轻,对未来还有一点憧憬,正是抱着终有一天能把自己洗刷干净的信念,我忍受了许多人不能想象的痛苦,努力学习,考上了大学。在西南政法的几年,我认识了九十九,志愿参加他们组织的一切活动。因为我喜欢侦探小说,喜欢推理,喜欢那些通过严密的逻辑和高超的智慧发现真相、惩恶扬善的故事,幻想着自己有一天也能用推理做武器,挖出赵大的全部罪恶,置他于死地,把许许多多像我一样被他烧制成乌盆的人拯救出来。可是等我回到这座小县城的时候,我才发现,赵大已经从一个窑厂厂主变成了家财数亿、可以呼风唤雨的企业家,现在你看到的这座城市,每个机关、每条街道、每辆车,甚至于每个人,都是他掌中的一团泥巴,他想怎么捏,就怎么捏,想烧成什么样,就烧成什么样,我一个小小的见习警察,又能怎样?

"有一天,我又经过这条河,惊讶地发现,河道拓宽了,修起了石栏,可是河水不但没有变清澈,反而更加混浊了,正在一点点地干涸。于是我明白了,这座城市,这片土地,这些年所作所为的一切,就是用精雕细琢的装修,掩饰无可挽回的污浊……而像我这样总想让自己恢复清澈的,只落得一个笑柄,我再怎么努力,还是洗不掉赵大留在我身上的屈辱。你知道吗?我回来不久,赵大就开始不停地给我发骚扰短信,说要'尝尝女警的味道',否则就把过去拍的那些照片和视频公之于众,而我毫无办法。当我向同事求助的时候,他们竟说'你不本来就是赵大的女人吗'——从那时起,我就知道,只有赵大死掉,我才能获得真正的解脱和新生。"

沉静了很久,风声。

几片树叶,如往事一般滑过眼际。

"呼延……"

"嗯?"

"不知不觉中说了这么多,今天的我,真的有点奇怪,我已经好多年没有和任何人说过这么多心声了。而你,却一直沉默。"

"我只是想到了我自己。"

"你自己?"

"是啊,我也有许多和你一样黑暗的日子,虽形式不一样,本质却是一样的,被命运烧制成乌盆,却怎么也挣扎不出去。我想所有善良和正直的人,都有过这样的经历……"

田颖惊讶地望着呼延云。

"那时,我也跟你一样,勘破了这个世界最残忍的真相,想过要用推理来捍卫正义,结果,我很快发现,与这片土地上盘踞的罪恶相比,我是如此的孱弱无力,微不足道……"

"然后呢?"

"然后……"呼延云把胳膊倚在石栏上,"然后我就更加绝望,天天借酒消愁。我想,反正也逃不出命运的乌盆,干脆就不挣扎了……"

田颖点了点头。

"可我总还是不甘心,于是就在伸手不见五指的黑暗里扒拉自己的骨灰,扒拉来扒拉去。直到有一天,我居然发现里面还有一点儿火光,那是我还没有烧尽的最后一点儿骨殖,于是我做了一个最了不起的推理:这个世界,只要还有一点儿火光,黑暗就不再是完整的。"呼延云说,"我想,推理固然可以用来发现真相,但更重要的是发现自己还没有烧尽;固然可以用来拯救别人,但更重要的是拯救绝望中的自我。"

"没有烧尽的……自我。"田颖喃喃道,目光颤抖了片刻,又猛地凝聚成两根钢针。

"最终是谁拯救了我?最终是谁让我能开始新的生活?是那个杀死赵大的人。这不正证明了,让一个人获得解脱和新生的,不是什么推理——"她的嘴角浮出一抹冷笑,"而是杀戮,是杀戮!"

"不是的,小姑娘,你听我说——"呼延云轻轻地说。

田颖转身就走,她已经很久很久没有听到一个人用"小姑娘"称呼她了,这个词那么亲切、那么温暖,让她的热泪瞬间盈满了眼眶。她忽然无比辛酸地意识到,其实她才二十一岁……

她听见了呼延云后面的话。

真希望,你说的是真的……

望着田颖渐渐远去的背影,呼延云一声叹息,又打了一辆出租车,来到大池塘。

站在大堤上看了看波涛滚滚的渔阳水库,转过身,走下一个岔路口,来到了两扇关闭的大铁门前,门口铺设着洋灰地,铁门两边的长墙,墙头插着碎玻璃片。他敲了敲门,两个在这里留守的警察走了出来,呼延云报上姓名,由于林凤冲已经给他们打过电话,所以他被放了进来。

先到值班室看了一眼,没有什么发现,便穿过题写着"和谐"二字的白色石头牌坊,四下里瞭望了一番:一条洋灰铺就的道路像蛇一样盘绕着水塘，凉亭、独立平房、简易房各自点缀于水塘周边。他着意看了一眼从西往东数第三间简易房，除了门口挂着警戒线，看不出与其他房间有什么区别。

本想在郭小芬获释后就打道回京的，没想到却越陷越深了。

近年来，他不愿意再接手案件的一个重要原因，是在侦破的终点总有一个无奈的结局，这样的结局并不总是正义的一方获胜，往往是善与恶的同归于尽，而他不喜欢这样的结局。

那么，为什么又要来到这里勘查犯罪现场，而不是转身离开呢？

说不清楚。

希望这回的结局能有一点儿不同。

他正要继续往前走，手机忽然响了。

拿出来接听，是林凤冲打来的，电话里，他的声音十分兴奋："呼延，告诉你一个好消息，我们找到赵大的保镖葛友啦！"

第十二章　勘查

找到葛友，纯属偶然。

上午，警方的一个卧底回刑警队办事，他的上线正是晋武，俩人闲聊时，说起赵大保镖失踪的事情，卧底说昨天在星光花园一栋复式豪宅里有一场豪赌，据说当场抓了一个出千的，好像就是什么大老板的保镖。晋武也没当回事，让卧底去查查清楚再说，谁知案情分析会一结束，他就接到卧底打来的电话，说没错，那个出千的正是葛友，现在还在赌场关着呢。晋武赶紧派了一队人马过去，好不容易才把被揍得像猪头一样的葛友救了出来。

据葛友说，他生性好赌，昨天下午参加这个赌局，本来是一件平常事，不知怎么的突然就被一个不认识的赌友指责出千，并被安保人员现场找出了"证据"，他还没来得及辩驳就挨了一顿暴打，打得昏死过去，然后一直被铐在储物间里。

"我可以拿脑袋担保，我绝对没有出千！"他对警察信誓旦旦地说。

赌场规矩，进场子就要交出手机，所以葛友的手机一直在庄家手中。警方拿回后发现，昨晚赵大在去大池塘前不止一次打过他的电话，当然全都没有接听。

由于拥有绝对的不在场证明，所以警方就把葛友剔除出嫌疑人名单,告诉了他赵大被杀的事情。葛友显得很慌张,经过试探才明白,他是担心自己就此丢掉饭碗。

"你好好想想,有谁会杀死你的老板?"参与讯问的林凤冲说。

葛友说了几个名字,田颖和翟朗自然在内,另外还有几个生意上的竞争对手。不过,令警方惊讶的是,他居然把赵二也算在其中。

"你是说,赵大的儿子也有可能杀害他爸?"林凤冲很是惊讶。

"对,他那儿子天天在外面惹是生非,吃喝嫖赌不说,还染上了毒瘾,又因为开歌厅的事儿把黑道得罪了,天天跟他爸要钱平事儿。他爸前一阵子气急了,拿着菜刀追着他砍,还是我把刀夺下来的。"葛友说,"所以他也特别恨他爸,背地里总叫他老不死的。有一次看香港电影《意外》,就是古天乐和任贤齐演的那个,看完还跟我商量怎么才能制造个意外干死他爸呢。"

这倒是个新发现,直到这时,警方才意识到,赵大死了这么久,他的儿子居然一直没有出现,也不在家,打电话给他手机也是一直关机。

林凤冲问:"那么,你看李树三有没有可能杀死赵大呢?"

葛友歪着脑袋想了半天,才说:"有可能……不过,我看不出他俩有什么冤结,李树三是他的军师,老给他出谋划策。不过我很不懂的一点是,老板那么有钱,凡事又都要找李树三商量,但是李树三似乎从来没有拿过好处费,就靠开着那么个小旅店过生活,省吃俭用的,要换成我,我肯定不干。"

"李树三和赵大经常晚上去大池塘聚会吗?"

"他俩倒是经常在大池塘钓鱼,但是晚上在那里聚会不是很多,有过几次吧。"葛友说。

"赵大每次去大池塘都是你开车送他吗？"

"大多是，但是偶尔我喝多了，或者因为临时有事儿过不来的时候，老板就打车去——他不会开车。"

"不带你，赵大一个人敢去大池塘？"林凤冲有点儿不相信。

"老板很小心，一个人过去肯定不敢，但要是李树三在那里等他就不一样了。"葛友说，"除了我之外，老板最信任的就是李树三了，反正他遇到事儿需要和李树三商量的时候，也经常让我回避啥的。"

"赵大平时在大池塘过夜吗？"林凤冲问。

"夏天的时候，偶尔去乘个凉什么的，那地方蚊子多，很少过夜。"

"赵大最近有没有自杀的倾向？"

"没有啊……不过老板那个人总是阴沉沉的，不知道他心里到底都在想什么。昨天上午姓翟的那小子拿弩射他，又说什么给父亲报仇，搞得他很害怕，神情恍惚了好一阵儿。"

问讯结束之后，林凤冲就打电话给呼延云，把上述情况说了一遍。呼延云听完，只说了一句"我正在大池塘勘查现场，有什么问题再给你打电话"。

呼延云来到赵大住宿的那座平房前，让警察打开门，走了进去，迎面是一股很久没有人住过的屋子特有的寒气。他在桌子、椅子、茶几、蚊帐的吊钩上都摸了摸，指尖沾上了不少尘土；又把枕头、被褥、坐垫都掀开看了看，没有发现藏过匕首的压痕；又逐个拉开桌子右边的抽屉，都空无一物；蹲下打开左边的柜门，找见一个军绿色的挎包。

呼延云把挎包打开，里面只有一张弩和几支磨得尖锐无比的弩箭。

"这个屋子,从昨晚到现在,除了刑侦人员,还有谁进来过吗?"呼延云问在这里值班的一个警察。

警察摇了摇头。

"奇怪。"呼延云嘟囔了一句,又仔仔细细地把挎包翻了一遍,连夹层都摸了又摸,"这个挎包,有人动过吗?"

刚巧那警察参与了勘查现场:"昨晚我们搜查这间屋子的时候,见没有人进来过,就只大致看了看,没碰过任何东西。"

呼延云站起身,走出了屋子,来到凉亭,看了看碧绿的水塘,以及水塘边搭的遮阳伞,还有伞下为钓鱼方便而提前准备好的马扎。一条很大的鱼在水面上"扑通"跳了一下,溅起好大一朵水花。

他拿出手机打了林凤冲的电话:"你帮我问一下葛友,不是说这个水塘每年夏天都要淹一次吗?那怎么赵大还在屋子里置备家具?"

很快,林凤冲回话了:"葛友说,那些家具是去年秋天买的,赵大说一旦渔阳水库水位上涨就搬走,等水退了、房子干了再搬回来,反正不值几个钱。"

呼延云挂了电话,向那排简易房走去。他走进由西向东数的第一个房间,贴墙放着烧烤用的炉子,熏得黢黑的铁丝网上还搭着油刷子、竹签和一次性盘子什么的,地面靠门的一半基本上被踩踏成了黄土,另一半则是一层鱼鳞样的土皮儿。呼延云第一次看到这样的情景,很是好奇,专门去踩了踩土皮儿,每一步都像嚼薯片一样咔嚓作响。他蹲下,"叭"地掰下一块土皮儿,翻来覆去看了又看,站起身以后,又把这屋子的地面整个看了一遍,才走了出去。

由西往东数的第二个房间,他也想进去,但拧了半天把手,怎么也推不动,就问跟着他的那个警察:"这屋子不是从外面不能锁吗?"

"这门好像是锈住了,怎么也打不开,我们透过窗户看了看里面,一地完整的土皮儿,就没有强行破门进去。"警察说。

呼延云透过窗户往里面看了看,确实如警察所说,便点了点头,往第三间屋子——也就是凶案现场走去。

门关着,他一拧把手,门有点涩,但使了点劲还是推开了。他看了一下门闩和已经装回原来位置的门扣,又看了看门板和门框的侧面,然后走进去,只见几近贴地的门板,将地面的土皮儿"扫除"到门框下方的内侧和门后的西墙根下,在那里分别撮出两堆土条来,地上呈现出一个九十度角的比较干净的扇形区域。他单膝跪在地上寻找着什么,找了半天却一无所获。这使他十分困惑,不知不觉就变成了双膝着地,直到看到那个臭烘烘的墩布,并扒拉了几下时,才满意地点点头,侧过身,刚刚要站起来,却见穿着一袭长裙的郭小芬站在了自己面前。

"哎呀,这咋还跪下了?"门口传来很粗的大嗓门发出的声音,"求婚啊还是跪搓板啊?"

定睛一看是马海伟,呼延云很不好意思地站起身,又不敢拍手上和膝盖上的土,怕脏到了郭小芬。

郭小芬倒不客气:"呼延大侦探在办案啊?"

"随便看看,随便看看……"呼延云磕磕巴巴地说,指着在门口一脸坏笑的马海伟和翟朗,"他们俩怎么也来了?"

"我在宾馆找到他俩,然后想来这里看看,他俩听说了就非要跟着,我有什么办法?"郭小芬说。

"呼延云,听说你是个了不起的家伙啊!"马海伟笑呵呵地说,"我和翟朗一直在琢磨,这个屋子里的一地土皮儿为啥没有踩坏呢,你能搞明白不?"

呼延云对一直陪着他的那个警察说:"请把这两个人带离这里。"

他严肃的神情和冰冷的口吻让郭小芬吃了一惊,马海伟觉得自己被迎面泼了一瓢凉水,登时就不高兴了:"你管得着我们在哪儿待着吗?"

但那警察是得了林凤冲命令的,对呼延云的话执行得十分坚决,上来拉着马海伟就往外拽。马海伟一把甩开,一边往远处走,一边指着呼延云说:"你给我等着,回头咱们再算这笔账!"

翟朗也指了指呼延云,大概是觉得台词已经被马海伟说完了,怪没劲的,一溜烟跟在他屁股后边跑了。

"你怀疑他们俩?"郭小芬有点好奇。

"没有证据,我不会怀疑任何人。"呼延云平静地说,"我只是不希望无辜的人因为一些巧合,反而引起我的怀疑。"

这个观点在郭小芬听来倒是很新奇,历来刑侦人员都主张"怀疑一切",没想到呼延云另有主张。郭小芬一边想着他的话,一边看他在屋子里忙忙碌碌:一会儿在海绵垫子上按了又按,一会儿把纸盒板掀起又打开,一会儿在门口拉了一下灯绳,证实天花板的灯泡没有坏,一会儿又勾了勾电风扇的扇叶让它转动起来……最后来到赵大的尸身躺着的地方,看着那块被压成人形的黄土和周围构成其轮廓的土皮儿,久久地沉思着。

渐渐西斜的太阳,像一层层扒掉皮肤一般,褪去了室内温热的光线,只留下晦暗的窗户和昏暗的地面,还有两个模糊的人影……

"为什么呢?"呼延云喃喃自语道,声音有些烦苦。

郭小芬劝他道："想不出来就先别想了，凶手和赵大是怎样来到屋子中间，又没有踩坏土皮儿的，我也是百思不得其解呢。"

"这个倒好办……"呼延云说，"我只是想不通，凶手为什么要设置这么个不可能犯罪的现场。"

郭小芬一时没反应过来，"这个倒好办"是什么意思？难道——她不禁一声轻呼："难道你解开土皮儿完好之谜了？"

"这么简单的事儿，你可别告诉我你还没弄明白。"

"从小看推理小说，最讨厌你们这样的侦探了，不管案子多么难破解，一旦发现了真相，嘴上也要说成简单得不行，其实想让别人都仰着头看你，你脑袋上要光环不？我去找个没顶的草帽给你套上。"

"真的是很简单……"呼延云嘀咕道。

"简单你就说说看。"

呼延云说："我给你个提示吧，如果我推理得没错，出了这个屋门，水塘岸边的草丛里，应该有个纸盒板，纸盒板上有塑胶手套留下的血指印。"

郭小芬立刻走出了屋子，片刻就回来了，手里拿着个纸盒板，满脸都是惊讶："你怎么猜到的？"

"所以我说了，这很简单嘛。"呼延云说。

郭小芬使劲想了想，还是没想出来："那密室之谜呢，你也破解了？"

"根本就没有什么密室。"

"啊？"

"你看看门框的边沿，是不是有两道比较深色的擦痕？"

"嗯……是的。"

"这种铝合金门，粗制滥造的，本来就不好开，再拿个东西塞进门板和门框之间，形成一定程度的咬合，推拉的时候，就很不容易打开了。"

"不是吧……怎么会这样简单？"

"越简单才越容易让人想复杂呢。"

"那么，你说拿个东西塞进门板和门框之间——用的是什么东西呢？"郭小芬站在门口四下里看，"警方没有找到橡胶垫之类的啊？"

呼延云笑了笑："犯罪分子在犯罪的时候，只会用最省事最快捷的方式，你不妨朝着这个角度想一想……我去最东头那间简易房看看。"说完走出了屋子。

郭小芬兀自站立着，将这一点点黯淡下去的房间环视了一番，目光忽然锁定在了那个旧电扇上。

她走近了一看，只见一个布满灰尘的扇叶上，留着一个十分清晰的指纹。

这是怎么回事？

冷不丁才想起，这是呼延云刚才扒拉扇叶留下的，不禁又有些失望。然而与此同时，另一个念头像钻头一般扎进了她的脑子里——

这台旧电扇，还能转动吗？

她蹲下身，看到电风扇底座下的插头正插在墙上的电插板里，随即站起，按动了开关。

电风扇转了起来，掀起呛人的空气，郭小芬捂着嘴朝转得飞快的扇轴看去，那上面毛茸茸的，好像正跑着一只半透明的仓鼠……

呼延云来到第四间简易房的门口，推开门，门旁搁着一个木工用的条椅，地面上被踩过几脚，此外就是完整的一地土皮儿。他走了出来，一路走到大池塘的后门，见后门关着，从里面上着锁，门板上头也和墙头一样插着玻璃片，便又给林凤冲打电话，让他问葛友这里平时是否总是锁着的。林凤冲很快回复，葛友说是的，钥匙只有他和赵大有，那天翟朗在后面的土坡上朝赵大射弩的时候，他开了一下追出门去，后来又重新锁上了。

呼延云转身回来，绕着水塘转了一圈，一边转，一边琢磨着什么，正好转到凉亭，抬头一看，暮色中有两双眼睛正愤愤地瞪着他。

"老马，你手机号多少？"呼延云径直问，仿佛刚才根本没有发生过不快。

马海伟没想到此人脸皮如此之厚，觉得不必和他一般见识，便把手机号告诉了他。

"帮个忙。"呼延云说，"你现在把你的手机铃声调到一般音量，然后跑到发生命案的那间屋子里，关上门，把手机放进裤兜，我打一下你的手机。"

"你想干吗？"马海伟把眼一瞪。

呼延云说："试试李树三能不能通过赵大的手机铃声锁定他的位置。"

马海伟觉得自己得到了重用，很高兴地跑到发生命案的简易房里去了，正要把门关上，刚巧郭小芬走了出来，站在窗户前往里面看着他。

呼延云按照李树三口述的，来到赵大住宿的平房门口，拨打手机，很快就听到了《江南style》的音乐，虽然那声音不大，像是被放在罐子里面一样发闷，但还是清晰可辨。

于是他循着声音的方向走去，很快就来到了发生命案的简易房门口。

马海伟透过窗户看见他来了，拒接来电后，走出了屋子说："这个，李树三没说假话，我们俩那天也是听着声音寻找到这里的，翟朗是吧？"

翟朗"嗯"了一声。

"小郭。"呼延云微笑着把自己的手机递给郭小芬，"帮我们仨在这间屋子门口合张影吧，留个纪念。"

马海伟惊讶地看着呼延云，仿佛觉得这张纪念照的背景太另类了，翟朗倒是想都没想就站到了呼延云的身边。

郭小芬知道呼延云这样做一定有目的，便接过手机摆出拍照的架势，马海伟一看也不好拒绝，站到了呼延云的另一边。

"咔嚓"一声，三个人的影像被定格并存储在了手机里。

"我看看拍得怎么样。"呼延云拿过手机正要看，有人打来电话，一接听，是林凤冲的声音："呼延，赵大的儿子赵二找到了，晋武和我正准备审他呢，你那边情况咋样？"

呼延云直接问："楚天瑛找到那个叫大命的孩子了吗？"

"好像还没有，田颖正和他一起找呢。"

"那我稍晚些去县局找你，看看审讯赵二的笔录吧。"说完，呼延云挂上电话，对郭小芬说："我要回城里，先走了。"说罢，他转身就出了大池塘。

"这个人真是讨厌！"马海伟说。

"非常讨厌！"翟朗接了一句。

郭小芬望着呼延云的背影，把垂到眼角的一缕头发捋到了耳朵后面。

呼延云沿着围墙，一直绕到大池塘的后门，这里杂草丛生，寂静得瘆人,他伏在地上一点点地查看,终于发现了一来一去两道轮胎印。

他站起身,往土坡上走去,走到稍微高出围墙的位置,往里面看去,只见凉亭里的马海伟和翟朗正比画着什么,郭小芬站在一边沉思着。

他继续往上面走,一边走,一边低着头看,土坡很矮,很快就到了坡顶。

坡顶上光秃秃的,只有一堆防洪用的褐色沙包,很多都破裂了,流出粗糙的沙砾。

他看着一袋明显最近被搬动过的沙包。

表面的色泽比其他沙包要深一些,过去这一面应该是冲下的。

如果我没有猜错,这下面藏着的应该是——

他转过身,原路返回到大堤上。

呼延云沿着大堤一直往前走,透过堤岸上蓬勃的芦苇,他看见湖面绛红色的波浪,正随着霞光的一点点熄灭而递次深浓下去,远处层峦叠嶂的山峦,仿佛是一切波浪的缘起,从迷惘的过去铺展开鳞集的现在和浩渺的未来。这景色让呼延云的心绪也变得十分苍茫,他走走停停,很久很久,才打上一辆过路的出租车,向县城驶去。

呼延云让车子停在电影院门口,从正门溜达到位于小巷子里的那个后门,又从后门溜达回正门,在正对着电影院的小吃摊前坐下,要了一碗牛肉面,一边吃,一边和一个看上去蛮伶俐的小伙计闲聊起来。

"没错,昨天晚上,是有个人,就坐在你坐的这张椅子上,要了瓶啤酒,还要了一碟煮花生,瞪着牛铃铛大的眼珠子一直盯着电影院门口,盯了有一个半小时,直到电影散场了才走。"小伙计说。

"这中间他有没有离开过呢?"呼延云问。

"妈呀,我们倒都盼着他离开呢!"正在往汤锅里下面条的老板说,"他那屁股像是石头做的,动也不动一下,就盯着电影院门口,跟要找谁寻仇似的。"

呼延云拿出手机,翻出刚刚在简易房门口拍的合影,问小伙计说:"你看,这里面有那个人吗?"

小伙计一指翟朗:"就这个大眼贼,我记得很清楚。"

呼延云点了点头:"你有没有看到这个人的同伴呢?"

"看到了,但没看清楚长相。"小伙计说,"这人坐的时间太长了,我很好奇他到底在等什么,电影一散场,他就在找什么人,然后打了个电话,很快就有个人从那边的小巷子里跑出来,跟他一起拦了辆出租车开走了。"

"麻烦你,仔细想想,从巷子里跑出来的那个人,当大眼贼坐在这里盯着电影院门口的时候,进出过巷子几次?"

小伙计愣住了:"这……这我可不知道。"

呼延云笑着从口袋里拿出钱来:"买单。"

夜色已经完全笼罩了这座小县城,街边的各种小店依然灯火通明,卖衣服的吆喝声、理发店播放的韩国流行歌曲、饭馆里食客们的喧闹,听在耳朵里热气腾腾的。

好不容易才找到了那栋楼,拾级而上,终于站在了杨馆长的家门口——也是她遇害现场的门前。

门上贴着封条,然而呼延云立刻注意到,封条被人揭开过。

里面有人?

他有点紧张,自己身上从来不带任何防身的武器,现在这么进去,万一遇到袭击怎么办?可是转身就走,一来达不到勘查现场的目的,二来又似乎不是好汉所为,他站在门口,一时间犹豫不决起来。

楼道里,忽然传来脚步声。

从下往上传来。

"呼!"

看到来人的面孔,他长出了一口气,是楚天瑛和田颖。

"呼延,你怎么在这儿?"楚天瑛有些惊讶。

"杨馆长遇害的案子,我的直觉,是赵大被谋杀的前奏,所以想来犯罪现场看看,但是你们看——"呼延云指了指门上揭开的封条。

楚天瑛轻轻地推开门,观察了一下杨馆长陈尸的客厅,没有人,就十分小心地走了进去……然后,他站定了身子。

他看见大命抱着杨馆长的遗像坐在里屋的地上,没有灯光,也没有月光,他就这么坐在黑暗中。

楚天瑛对田颖低声说了一句"给杨馆长的姐姐打个电话,让她过来",然后就在大命身边坐下,和他一起,面对着无边的黑暗。

屋子里越来越冷。

门开了,杨馆长的姐姐走了进来,一边嘟囔着"这孩子,一天一夜不见人影,咋来这儿了,让人担心死了",一边拉大命的胳膊。大命却硬是坐在地上,怎么都不肯起来。

"走吧,大命,杨馆长她回不来了。"楚天瑛说着,站起身来。

房间里,忽然响起牛叫一般的"哞哞"声。

大命的手指死死地抠着杨馆长遗像的边沿,抻长了脖子痛哭着,像是趴在死去的母牛身边的一头牛犊。

杨馆长的姐姐蹲下身，抱着大命，也不禁哭了起来。

楚天瑛实在看不下去，走出了门，下了楼，狠狠地喘了几口气，忽然看见田颖正倚在楼门旁边抽烟，红红的火光一闪一闪的。

"怎么还抽上了？"楚天瑛说。

田颖递给他一根，他拒绝了。

"这孩子真惨……"田颖说，"当初赵大的窑厂跑了个工人，而且那工人家乡的警察——就是马海伟，找到县里来，赵大听说之后，怕自己非法拘禁和奴役工人的事传出去，就给他们的饭菜里下了迷药，然后半夜把窑洞弄塌了。除了大命，其他人全都压死了，等马海伟调查的时候，来了个死无对证，这都是李树三给他出的主意。"

"啊？你知道这事儿？"

"那会儿我不是还被赵大包着呢吗，他喝多了告诉我的。"

"那你为什么不马上报警？"楚天瑛生气地说，"如果你肯做证，这件事会被定性为意外事故吗？奴工们会白白死去吗？"

田颖冷冷地看了他一眼："我敢吗？我要是报了警，第二天我就尸骨无存你信不信？"

楚天瑛哑口无言。

"还有你更难以置信的，翟朗的爸爸翟运死的时候，我在场，还捅过他一刀呢。"田颖龇着白牙笑道，"就在离大池塘不远的那个花房里，那儿过去是赵大的'别墅'，他平时住在窑厂，盯着工人们干活，偶尔也去花房住。有一阵子他特别得意，跟我说他招到了个很厉害的人，叫李树三，心狠手辣脑子灵，是个'做大事'的好帮手。有一天晚上，我妈的医疗费花光了，医院要赶她出去，我想去求赵大再给我些钱，就去花房找他。那天晚上的雨大的啊，铺天盖地的，我好不容易才爬上山坡，走近花房，立刻闻到一股子血腥味，还听到低低的呻吟声。我推门进去，一脚就踩上了一摊血，只见一个人躺在地上，肚子和心口都在往外冒血，赵大和另一个人就站在旁边。昏黄的灯光下，两个人的面孔都狰狞得像魔鬼一样，赵大指着那人介绍说叫李树三，又跟李树三说我是他的情人，李树三立刻递给我一把刀，指着地上的人说：'既然你看见了，也捅他一刀，不然我们就捅了你！'我吓得魂飞魄散，想夺门而逃，赵大已经一步跨到门口。我看他一脸狞笑，知道他真能要我的命，就心一横、眼一闭，给了地上的人一刀，李树三和赵大一起哈哈大笑，他们把地上一个旅行包打开，倒出里面的几十摞人民币，然后把其他的东西——衣服、证件什么的，都扔到火里烧掉，我看见身份证上写着'翟运'的名字。赵大跟我说，这个翟运冒着大雨来花房投宿，露了财，所以李树三才出主意把他用掺了药的酒灌晕，再下手杀掉。我问他们打算怎么处理尸体，赵大说李树三出了个主意：把尸体搬到里屋肢解，然后把尸块装进编织袋，连夜用机动三轮车拉到窑厂去焚化，再把骨灰掺进黏土里，烧制成瓦盆，神仙也破不了这个案子……我说你疯了，你不知道咱们县《乌盆记》的传说吗？你不怕翟运的鬼魂找你报仇吗？他狂笑着说翟运谢谢他帮忙超生还来不及，哪里还会报复他？然后让我擦干净地上的血。我一边干活，一边听着里屋刀砍斧剁的声音……现在回想起来，还是让人毛骨悚然啊！"

楚天瑛明白，被胁迫着捅了被害人一刀的田颖，无论如何也不会去报案，后来当她得知奴工们被集体屠杀的时候，也保持了缄默，一来是恐惧赵大和李树三的残忍，二来是因为她自己的手上也沾过了血污……

田颖抽完了一支烟，又点燃了一支："翟运的死让我心惊肉跳，我只想卖身给我妈换点医药费，谁知竟一步步踏入罪恶的沼泽，无法抽身。就在这时，我妈去世了，很多人说她是被我活活气死的，差不多就是这么回事吧。接着发生了奴工们被压死的事情，我从赵大和李树三的眼睛里看出，我知道得太多了，再不走就会被灭口了。不久，我接到了西南政法大学的录取通知书，于是逃到了重庆。整整三年都没有再踏进渔阳半步，连寒暑假都是在学校过的，反正这里已经没有我的亲人……"

第二支烟，还没有抽完，但是她的话已经说完了，于是把半截烟扔在地上，用脚碾灭道："大命既然找到了，看样子，是昨晚到现在一直在这里追思他养母来着，那咱们回局里去吧。"

说完拔腿就要走。

"站住！"楚天瑛厉声喝道。

田颖回过头。

"捅翟运那一刀，是不是把你自己的良知也给捅死了？"楚天瑛说，"就算你现在不是一个人民警察，只是一个普通公民，也有义务把你见过和参与过的犯罪行为坦白出来，怎么能只是像讲恐怖段子似的回顾一番，就没事人一样走开！难道你想用这种方式减轻你内心的罪恶感吗？"

"你真蠢！"

田颖轻蔑地对他说，然后抬起头，仰望着杨馆长住过的那间屋子，静穆了片刻，径自走掉了。

楚天瑛很少被人骂作"蠢"，所以呆立着，直到呼延云从他身后轻轻地拍了一下，才醒过来。

"你真的没听出来，田颖是在向杨馆长——她昔日的老师忏悔吗？"呼延云说。

"我知道……她经历的痛苦，是常人不能想象的。可她把这些跟咱们说，算是怎么一回事？她应该做一个正式的自首和检举啊！"

"拉倒吧！"呼延云拉着楚天瑛的胳膊说，"走，咱们一起回县局去，看看那个赵二有没有交代什么有价值的东西。"

回到县局，林凤冲把审讯赵二的笔录甩给他们："这王八蛋昨天下午和一帮狐朋狗友聚在一起吸面儿，吸得一个个昏昏沉沉的，今天傍晚才骑着摩托车回家。路上毒瘾犯了，居然把车冲向一队放学回家的小学生，好在孩子们躲闪得及时，不然非闹出人命不可！我们把他带回来，告诉他他爸死了，他眼泪也没掉一滴。审了半天，屁也没问出来，不过他一口咬定有个人有杀害他爸的重大嫌疑——"

"谁？"楚天瑛问。

"田颖。"林凤冲说。

"扯他妈的淡！"楚天瑛不禁骂了出来。

呼延云看着楚天瑛，不禁一笑。

"他的摩托车，检查过了吗？"呼延云问。

"已经与大池塘门口的摩托车轮胎印比对过了，不是同一辆……还有一件事，我们抓到了诬陷葛友在赌场上出千的那个人，他说昨天下午有个人用境外账号给他汇了五万元，要他嫁祸给葛友，让葛友当晚无法离开赌场。由于那人是用变声电话，所以他也说不清男女。我觉得，这个汇款者就是此案的真凶，他调虎离山，让葛友不能陪赵大去大池塘，从而便于下手杀害赵大。"

"事先知道赵大当晚要去大池塘的，除了葛友，只有李树三和田颖啊……你的意思是凶手就是他们俩之一？"楚天瑛说。

"林处的推理不一定正确。"呼延云说,"有人出钱在赌场诬陷葛友出千,可能是凶手提前想办法调虎离山,也有可能是和葛友有仇,故意报复他,所以不能认为凶手就是李树三和田颖之一。"

林凤冲有点不好意思:"对了,呼延,你忙活这大半天有啥收获没有?"

"收获不大。"呼延云摇了摇头,"我打算到县图书馆去一趟,查查渔阳县关于《乌盆记》这个传说的历史资料。"

"这么晚了,图书馆早就关门了啊。"林凤冲说。

"让晋武打个招呼,麻烦县图书馆破个例,让我在那里待一晚上。"呼延云说,"明天一早,天瑛陪我去那个花房看看,再带我到你们押送毒品遇袭的地方——无论怎样,解开一团乱麻的最好方法,都是先找到线头。"

第十三章　抓捕

"就是这里吗？"

"就是这里。"

不知从哪个方向刮来的大风，把没过膝盖的野草吹得像疯女人的头发一般狂舞，半空中飘起的草粒和枯叶不停地掠过视线，让人怀疑脚下这片原野正在呼啸声中一点点裂解、破碎……

楚天瑛和呼延云站立的地方，正是芊芊袭击警车时设伏的地点。楚天瑛一边比画，一边详细地说明那天发生的一切。

"你凭什么坚持认为设伏袭击你们的人一定是芊芊呢？"呼延云听完他的讲述之后问。

"首先，我看到了她，虽然用纱巾遮着脸，但眉目绝对是个女人；其次，我们把草丛中提取到的头发与她遗留在床铺上的头发进行了比对，DNA完全相符。"

"哦。"呼延云应了一声，弯下腰在附近粗略地查看了一番，时间已经过了这么久，当然不可能再找到什么。他站起身，风把他鸡窝一样的头发撕扯得更加凌乱了。

"昨晚在图书馆没有休息好吧？"楚天瑛问，"走吧，咱们回县城去吧。"

"看了一夜的资料，想了一夜的案情。"呼延云一边走，一边揉着太阳穴说，"风一吹，头有点疼，别的还好。"

"你是风一吹就头疼，我是一想这个案子就头疼。"楚天瑛说，"感觉真相完全被掩盖在一蓬乱草下面，本身就是一大堆没有任何逻辑关系的线索，风一吹隐隐约约现出点什么，风一停就捂得严严实实的，真比鬼故事还要诡异。"

"我比你稍微好一点儿，但是也好不到哪里去。"呼延云说，"鬼的那部分我弄得清，我弄不清的，是人的那部分。"

"真没想到，千年前的一个鬼故事，居然能让千年后的我们坐困愁城，束手无策。难不成老马找到的那个乌盆，真的藏有一个不安的鬼魂？"

"这个故事恐怖的地方，不是毁尸灭迹的残忍方式，也不是乌盆里不安的鬼魂，而是——突如其来的死灭。"

"突如其来的死灭？"楚天瑛不懂。

呼延云从地上捡起一枚石子，抛向远处，石子在半空划了一个抛物线，沉入莽莽的草丛："死亡的方式有很多，大部分是一个漫长的过程，病死、老死就是这样，临终前就知道死后的奠仪；也有很多死亡事先没有征兆，比如车祸撞死，失足落水淹死，但至少还有亲友会悲悼；最恐怖的是突如其来的死灭，一旦死亡，就像从没来过这个世界一般，刘世昌就是这样，慌不择路，误入凶巢，突遭杀害，尸骨无存。当然，还有更悲惨的——"

"更悲惨的？"

"比如田颖，少女时代就被命运戕害，受到令人发指的折磨，最终看透了这世上根本就没有公道可讨，于是把血肉模糊的心灵掺上泥土烧制成了乌盆——像她一样的人，还有多少？还有多少亲手把自己烧成了乌盆的人？"

还有多少亲手把自己烧成了乌盆的人？

狂风漫卷,犹如悲号。

楚天瑛昂起头,望着在风中奔涌的苍天。

很久,他才低下头说:"走吧。"

呼延云听得出,他的嗓音有些沙哑。

上了车,他们才不约而同地觉得肚子有点饿,一大早他俩就去了花房,后来又来到这里,一点儿东西都没有吃。"我带你去吃渔阳县有名的烤库鱼吧,就在大池塘不远的地方。"这么介绍着,楚天瑛就把车开到了皮亨通请他们吃饭的小饭馆,点了烤鱼,边吃边聊,他还把皮亨通当初给他介绍的关于赵大的一些情况复述了一遍。呼延云听得很认真,还不时插嘴问一些诸如"葛友是退伍的特种兵吗"之类的问题。

等到酒足饭饱,喊伙计来结账时,伙计拿着账单就到了楚天瑛面前:"一共七十八元。"

"哟,你怎么知道是他结账啊?"呼延云笑着问道。

"鱼头朝着您嘛!"伙计殷勤地说,"我们这儿的规矩,鱼头要朝着主宾,您是主宾,所以当然是另外这一位结账喽。"

呼延云的眉头拧成了一个结。

"呼延,你是不是想到了什么?"楚天瑛问。

呼延云点了点头,又摇了摇头说:"我觉得我离真相的距离只有半步之遥了,但是我怎么也迈不过去。"

"你是说那一地没有踩坏的土皮儿?"楚天瑛问。

"不是的,那一地没有踩坏的土皮儿,我很容易就找到答案了。"呼延云说,"现在我已经锁定真凶了,可我却怎么也无法相信真的是那个人,因为他面临着一道比没有踩坏的土皮儿更难逾越的关卡……"

"凶手到底是谁啊?我都要急死了。"楚天瑛说。

"我有推理，但无证据，所以还不能说。"呼延云道，"不解决最后一个问题，就算把真凶抓起来，他也能轻易地脱罪。"

楚天瑛正要继续催问，手机忽然响了，是林凤冲打来的，说是赵大生前聘请的律师来了，想和警方谈一下赵大遗嘱的事情，林凤冲希望他俩也过来一起听听。

于是他们俩开着车往县局赶，楚天瑛半开玩笑道："你说，会不会是我们从一开始就全错了，赵大被杀不是什么冤魂报仇，而是纯粹的财产纠纷？"

"对。"呼延云接了一句。

"啊？"楚天瑛一脸错愕。

"我是说，你讲的——也许我们从一开始就全错了。"

在县局二层的会议室，警方接待了赵大生前聘请的律师，他要求必须当着遗嘱中提到的几个人的面宣读赵大的遗嘱："这里面涉及遗产分配问题，所以必须在所有继承人在场的情况下，我才能宣读。"

其中，除了赵大的几个远房亲戚，还有李树三和赵大的儿子赵二。

"另外，赵金龙先生死亡时带在身上的东西，按照法律，我也要过目一下。"律师说。

"有必要吗？"晋武一愣，"除了一套衣裤，就是一个手机、一块手表和一个钱包，他身上插的那把刀子总不能算他带在身上的东西吧？"

旁边的郭小芬听得一乐。

"对不起，晋队，公事公办，公事公办。"律师说。

晋武只好让警员到证物室，把赵大死亡时随身携带的东西都拿来。"

一会儿，警员端着一个半透明的塑料证物箱回来了，律师翻了一下，见上衣有一大片干了的黑色血渍，也就没有特别仔细地看。呼延云歪着个脑袋看到那个手机，忽然想起了什么，问警员道："这手机还有电吗？"

那警员点了点头，呼延云问了赵大的手机号码是多少，一边拨打，一边说："昨天在大池塘打马海伟的手机做了个试验，现在看看赵大的手机音量到底有多大。"

赵大的黑屏手机先是一亮，而后，《江南style》的前奏像马蹄声一样在会议室里狂响起来！

"音量比马海伟的好像还大一些。"郭小芬对呼延云说。

然而她的声音戛然而止。

刹那间，她觉得有点不大对劲。

《江南style》还在唱，呼延云没有挂断电话，他呆呆地直视着赵大的手机，仿佛被那音乐催眠一般。

难道你没有听过这首在互联网上点击量达到几十亿次的神曲吗？

突然！

一个箭步！呼延云逼到晋武的面前，指着犹在证物箱里叫嚷不停的手机，大声问道："这部手机，赵大出事后，有没有人调过它的铃声？"

所有的人都吓了一跳，不知道这个一直很冷静的娃娃脸，抽的什么风？

"没有啊。"晋武莫名其妙，"这是犯罪现场的物证，除了提取指纹、查看与案情相关的短信，以及接入和拨出的电话，谁也没有调过什么铃声。"

"不行，不行！"呼延云摇摆着双手，"你说了不算！这个手机从犯罪现场拿回来，都有谁接触过？我要一个一个地问！"

晋武把脸一沉。林凤冲却马上叫来物证检验员，调取相关记录，反复核实后确认：检验员只对手机做了常规的检验，绝对没有调过铃声的音量。

"没有调过铃声，从一开始就是这首曲子，也就是说，他无意中犯了一个错误，一个致命的错误！"呼延云在会议室里不停地兜着圈子，朗声大笑，"这样一来，所有的问题都有答案了，所有的谜团都解开了，这真是一个奇妙的案件啊，简直是我见过的最最奇妙的案件！"

没有人敢打扰他，直到他自己像发条走到头一般，慢慢站住。

"呼延，"林凤冲小心翼翼地问，"这个案子，你破了？"

呼延云点了点头。

会议室里一片惊呼，晋武简直不敢相信自己的耳朵："我怎么连一点儿头绪都没有摸到呢？"

"佛教中有个词叫'执着'。"说完这句话，呼延云突然一怔，望了望窗外的天空，似乎想起了什么，过了片刻，才慢慢地说，"执着是魔，是挣不开，解不脱，犹如被困在乌盆里一般……这个案子的真相，也是因为涉入其中的所有人，都太执着于《乌盆记》这个故事了，以致成了魔。从表面上看，是受害者被肢解、焚化，掺在泥土里烧成了乌盆，其实凶手也亲手把自己烧制成了乌盆，永世不能解脱……"说到这里，他转过头，对楚天瑛道："为了确保这个案子顺利告破，我要回一趟北京，亲眼去看一下那辆被芊芊打得千疮百孔的汽车。"

"啊？那这边怎么办？"楚天瑛说。

呼延云淡淡一笑，大步流星地走出了会议室，剩下了这一屋子面面相觑的人。

大家都被呼延云搞得晕头转向，过了好一阵子才低声议论起案情来。林凤冲、楚天瑛和晋武把赵大的手机翻来覆去查看了半天，却看不出什么究竟，这期间，郭小芬一直坐在椅子上沉思着，偶尔还收发几条短信。

直到几位一头雾水的警官觉得还是先散去，即将走出会议室的时候——

"请等一下。"郭小芬站起身说。

楚天瑛问："怎么了，小郭？"

"天瑛，麻烦你把这个案件的所有涉案人，李树三、赵二、葛友、马海伟和翟朗都叫到大池塘集合，哦，对了，还有田颖。"郭小芬说，"你们几位警官也一起过来吧，我想在赵大遇害的现场，说明整个案件的真相，以及凶手到底是谁。"

一屋子的人不约而同地"啊"了一声，他们没想到郭小芬居然也破获了这个案件。

"这个世界上，不是只有呼延云一位推理者。"郭小芬说。

一个小时以后，按照郭小芬的要求，所有涉案人都站在了大池塘从西往东数第三间简易房的门口。为了即时逮捕犯罪嫌疑人，晋武还特意在外围布置了大量的刑警。

所有人的目光都集中在郭小芬身上。

"在分析这个案件之前，我想首先和诸位达成一个共识，那就是《乌盆记》只是一个传说，世界上根本没有鬼，所有的刑事犯罪案件都是人为的——达成这个共识非常重要，否则这个话题根本无法进行下去。"郭小芬一边说，一边用目光环视了一下人群。

所有人都轻轻地点了一下头,只有他,摘下了眼镜,慢慢地擦着镜片。

郭小芬继续说:"呼延云此前通过杀人凶器的来源,推理出赵大不可能是自杀,这一点我完全赞同。土皮儿也好,密室也罢,都证明了一件事:凶手是精心地策划了这起谋杀,所以他必然是与赵大存在利害关系的某个人,确切地说是和赵大有仇的人,加之赵大遇害当晚来到大池塘的隐秘性,因此,凶手应该符合如下基本条件:与赵大有仇,并知道赵大遇害当晚会来大池塘。

"在场的诸位,每一个都和赵大存在着或深或浅的矛盾,但是如果具体分析,情况又大有不同。先说李树三,我得到的信息是你和赵大可能存在经济利益上的分歧,毕竟一起做事业这么多年,你又鞍前马后为他出谋划策,可是他现在锦衣玉食,你却靠开小旅店谋生。不过,假如你真的因为心理不平衡想杀死赵大,那么三年来一定有充分的时间做这件事,我实在想不出什么理由,促使你非要在翟朗这个死对头找上门来,而你又因为谋杀杨馆长的嫌疑被警方盯上的时候杀死赵大。尽管翟朗一直想方设法证明你不仅杀了杨馆长,还杀了赵大,但是有一点是确凿无疑的——你没有作案时间。虽然你比翟朗他们提前几分钟到达了大池塘,但是我不相信在那么短的时间里,你能杀人并把房间布置成不可能犯罪现场。"

翟朗涨红了脸想要反驳,郭小芬立刻对他说:"你这愣头青还是歇歇吧。按理说,你谋杀赵大的可能性最大,因为你和他有杀父之仇,还用弓弩向他射出了一箭,差点要了他的命。不过,你不必费尽心机证明李树三是凶手,他不是,你也不是,因为你也没有作案时间,这一点,呼延云在向电影院正门对面的小吃摊老板调查时，已经得到了证明。

"至于赵二，你一向与你爸关系不和，甚至在他死前几天，他还因为你的胡作非为而持刀砍你。所以，昨晚你和几个狐朋狗友吸完毒，飘飘欲仙之后，各自大睡，没有人能证明你在那个时间有没有骑着摩托车来到大池塘捅了你爸一刀。不过，我做过毒品犯罪的报道，一个人吸毒之后，精神会呈现病态的亢奋，也许能飙车、摇滚、裸奔……但逻辑性会大大下降，绝不可能设计出一个不可能犯罪现场，并成功地掩盖掉所有暴露身份的痕迹。

"综合上述情况，是不是可以得出这样一个结论：大部分与赵大有仇的人，要么早就可以杀他而没有杀，要么最近可以杀他而没有作案时间。于是我想到这样一个问题，假如翟朗没有来渔阳县，赵大会被杀吗？"

晋武摇了摇头说："我觉得不会，好比一个炸药包没有点燃引线。"

"那么，什么才是促使翟朗这个火苗子来到渔阳点燃引线的呢？"

"是那封匿名信。"楚天瑛说，"信上说他爸爸翟运被赵大和李树三杀了。"

"还有呢？"

"还有……"楚天瑛想了想，突然醒悟过来，"还有，就是说他爸爸的骨灰被掺在泥土里做成了一只乌盆。"

"很好。"郭小芬点了点头，"根据赵大的死亡现场，可以不可以这样说，凶手制造这一不可能犯罪时，高度模仿了《乌盆记》的传说故事。凶手刻意要让我们相信：是乌盆中飘出的冤魂迫使赵大在极度的恐惧中自杀。也就是说，凶手预先就在我们的脑海中植入了一个概念：无论发生任何事情，都是乌盆作祟——我说得对吗？"

所有人，都不约而同地点头。

唯独那个人，把已经戴上的眼镜又摘了下来慢慢擦拭。

紧张吗？眼镜上有很多汗水吗？

郭小芬说："只要顺着这个思路找下去，就必然能找出凶手——是谁在我们的脑海中植入了'一切都是乌盆作祟'这个概念？"

一片寂静，最后还是晋武说了话："那不是我们县流传很久的传说吗？"

"没有人会把传说真的当一回事，除非有一个实体的物品，真的呈现在了我们面前，并且往后发生的所有事件，都紧密围绕着那个传说而展开，这样我们才会在不知不觉中被凶手催眠，以为整个案子是乌盆中禁锢的冤魂所为——"郭小芬说，"我说得对吗，马海伟？"

马海伟停止了擦拭，把眼镜戴上，望着郭小芬。

"不错，这个案子从一开始就充满了诡异气氛，诡异到参与调查的每个人都觉得鬼气森森的……渔阳县简直就是一个巨大的乌盆，杨馆长也好，田颖也罢，总之来自四面八方的人们，都在讲述着这个传说，让哪怕是初来乍到的外人，也不能不深陷其中。有一阵子，我打个寒战都怀疑是乌盆里那个冤魂盯在我背后。好在作为一个推理者，我还保持着基本的理性，并用质疑的态度对待给我反复洗脑的环境，比如，有一个问题就不停地敲击着我的脑仁，给我以警醒——我们到底是怎么走入这个案件中来的，这部恐怖片的片头到底是什么？

"其实只要拨开看上去浓浓的雾霾，你就会发现，真相是如此简单：只是一个人带着一个乌盆来到蕾蓉法医研究中心，说里面有一具尸体，请蕾蓉帮助鉴定；当乌盆打碎滚出一颗人的牙齿时，我们就往圈套里迈进了第一步；接着他开始讲述自己在花房里的故事，如何醉酒，如何听到收音机播放的《乌盆记》而魔怔，如何被一个冤魂梦魇，如何真的在床下摸到一个乌盆……后来，当我和楚天瑛勘查花房时，的确在床下看到了一块盆底留下的痕迹，也打听出当晚渔阳县广播电台确实播放了《乌盆记》，于是我们就相信了马海伟的话。但是，我们都犯下了一个不容原谅的错误，那就是局部的真实不代表整体的真实，偏偏是局部真实的骗局才更有欺骗性。

"比如，床底下有盆底的印痕，这个完全可以伪造，而《乌盆记》是渔阳县广播电台的保留剧目，经常在半夜三更播放……这些局部的真实，让我们相信马海伟确实是被乌盆之中的冤魂纠缠，所以这其中一定隐藏着一个可怖的命案，而事实上呢，稍微想一想，在牙科诊所的垃圾筐里找到颗成人的牙齿，再从墓地里随便撬出个骨灰盒倒出些骨灰，一起掺进黏土里烧制成一个乌盆，不是很容易的事情吗？谁能证明马海伟真的经历了如他所说的恐怖事件？没人能证明！但是他已经利用一些道具、一些真实的片段、一种诡异的气氛，让蕾蓉、林凤冲和楚天瑛对他的话将信将疑，并就此展开调查。

"刚才我谈到了李树三等人杀害赵大的动机，老马的动机似乎不用多说。三年前你解救奴工失败，赵大制造塌方害死工人之后，你告状无门，被迫离开警界——你心中强烈的正义感不允许你看着赵大这样的渣滓活在世间，继续为非作歹，于是你展开了谋杀计划，你以调查滴眼液的名义再次来到渔阳县，趁机摸清了赵大的作息规律。为了确保全身而退，你从一开始就考虑到要借用《乌盆记》这个传说,让赵大死在一地'碎瓦片'之中,这样做除了使警方认为他是自杀以外,还有一层象征意义,那就是《乌盆记》中的赵大和现实中的赵大,都'恶有恶报'!"

"小郭,我打断一下。"楚天瑛突然说话了,"我不大明白,如果马海伟要杀赵大,制造个诡异的犯罪现场,他自己也可以完成,为什么要把咱们几个拉扯进去呢?他本来只需要面对渔阳县的警方,后来拿着乌盆找蕾蓉,却是吸引北京警方介入,后者的刑侦水平要远超前者,暴露的风险要大得多啊!"

"这个嘛,一来是他对自己计划的自信,二来,也是一种无奈之举。"

"无奈之举?"

"对,因为这期间发生了一件事,迫使马海伟临时改变了计划。"

林凤冲说:"你是说,我找他帮忙侦缉贩毒一案?"

"对。"郭小芬点了点头,"当你找到马海伟的时候,他一定吃了一惊,因为他来到渔阳县,身份是隐秘的,杀了赵大一走了之,根本不会有人怀疑他。而你们的出现,让他完全暴露在了警方的视线之内,如果赵大这时被杀,晋武和你,都会怀疑是他下的手。怎么办?当他在花房里留守的时候,忽然想起,这间花房的产权是赵大的——这一点他早就调查得一清二楚,接下来只要编造一个被冤魂梦魇的故事,拿着早就准备好的乌盆到北京,找蕾蓉鉴定,北京警方肯定会派员暗访,很容易就能查出花房属于赵大,再进一步调查,他制造塌方压死工人的事情也会逐渐暴露……在马海伟看来,让赵大受尽精神折磨再死掉,肯定比直接给他一刀更解恨。此外,赵大在渔阳县,固然各种利益关系盘根错节,但是他的儿子、他的军师、给他写稿子的记者,甚至和他一起钓鱼的警察,都并不和他一条心,稍微有个风吹草动,树还没倒猢狲就会散,想想皮亨通面对楚天瑛时的表现,就可以证明这一点,所以北京警方的介入,会让他们发现,原来有这么多想杀死或背叛赵大的人。如果说藏起一棵树的最好办法就是把它移入森林,那么,缩小自己疑点的最好办法,就是'涌现'出无数个犯罪嫌疑人——这就是马海伟的用心。"

马海伟冷笑一声,眯起的小眼睛里放射出不屑一顾的光芒。

"下面谈一下我对赵大被杀一案的推理。"郭小芬说,"马海伟此前在渔阳县租了东哥对门的房子,一直都没有暴露身份,然而再次回到渔阳县的时候,为什么赵大马上就找到了他?因为他入住的是李树三开的旅馆,李树三当然对当年这个不依不饶的警察印象深刻,所以才第一时间通知了赵大——事实上这一切都在马海伟的算计之内。马海伟和楚天瑛一起去大池塘的时候,赵大表现出了渴望和解的姿态,而马海伟断然拒绝,这些都是表演给外人看的,离开后,他给赵大打了个电话,约他晚上九点左右在大池塘谈谈,表示自己已经脱下警服,多个朋友多条路……警惕性很高的赵大,因为有葛友在身边的缘故,想也没想就答应了。谁知当天下午葛友因为'出老千'在赌场被扣,当然,这也是马海伟预先安排好的。眼看快要九点了,赵大实在等不及了,又不愿意爽约,只好自己打车来到了大池塘。

"与此同时,马海伟一直跟翟朗在一起。我想,按照正常情况,到了快九点的时候,马海伟会想个合理的借口甩掉翟朗,去大池塘。偏偏翟朗吃饭时看见了李树三,并死死咬住他不放,而李树三去看电影时,电影院偏偏又有两个门,于是马海伟临时改变了策略,让翟朗守正门,自己守后门,用这种方法来制造自己不在场的证明——"

"你是说,老马在守后门的这段时间里,到大池塘杀了赵大?"林凤冲说。

郭小芬点了点头。

"这怎么可能?万一翟朗来到后门找他他不在,咋办?"

"翟朗那时只一心守在正门,不放过李树三的一举一动,他怎么会轻易'离岗'。还记得翟朗说过的吗?他说他让马海伟过来喝啤酒吃花生,马海伟说蹲守后门要紧,不过来了,事实上不是他忠于职守,而是正在杀人行凶的路上!"

突然间响起了翟朗的大嗓门:"不对不对,电影散场后,我和马哥追着李树三赶到这里时,门是从里面锁上的,马哥要真宰了赵大,他怎么出来的呢?"

"你说门是从里面锁上的——"郭小芬冷冷地盯了他一眼,"你亲眼看到了?"

翟朗的眼珠子骨碌了两下,没说话。

"笔录上记载得很清楚,当时的情况是,马海伟是第一个上去开门的,推拉不动,你才给踹开的。那么,当时那门也许根本就没有锁啊,他只是在演戏给你看。"

"还是不对。那要万一不是马哥第一个上去开门,而是我或者田颖呢,密室不就露馅儿了?"

"所以,我相信马海伟做了第二手的准备。"郭小芬说。

"什么准备?"翟朗问。

郭小芬请大家走进简易房,下午的阳光透过窗户洒在地板上,好像吐出了一排暗红色的舌头。

"看见这台老式电风扇了吗?马海伟就是利用这个制造的密室。"郭小芬说,"其实方法很简单:找一根普通的线,一头拴在门闩上,一头拴在风扇轴上,然后设定好时间,关上门走人,等时间到了，电扇一启动，电扇轴自然就会拽拉着线，锁上门闩，而巨大的拉力最终也会将整条线拉断后卷在电扇轴上，门闩上留不下一点儿痕迹。"

"照你这么说，你在电扇轴上找到线团啦？"一直没开口的马海伟突然冷笑道。

郭小芬摇摇头："我相信你后来和田颖、翟朗进入现场时，已经将线从电扇轴上抽走了。"

"我可不记得马哥当时走近过这台电扇，你有印象吗？"翟朗问田颖。

田颖想了想说："当时我的注意力都集中在赵大的尸体上……"

"嗯，就算你说的是那么回事儿。"马海伟扬起下巴，"那么这一地完好的土皮儿，你又怎么解释？难不成是我用电风扇把赵大吹到屋子中间的？"

"当然不是！"郭小芬严肃地说，"想要不踩坏土皮儿到达屋子中间，只有一种办法，就是借助某种工具——而且是你最擅长的工具。"

大家听得云里雾里，郭小芬进一步解释说："当晚，马海伟和赵大在简易房外见面后，突然用某种方法将赵大击昏——比如当警察时学习的一击制敌技术，然后将他背在你身上。赵大个子矮，你背着他，在腰部再扎条绳子绑在一起，完全没有问题。接下来你推开门，手里多了一样东西。"

"什么东西？"马海伟问。

"一根比较结实的木棍。"郭小芬说，"楚天瑛告诉过我，当初翟朗诬陷李树三杀死杨馆长，他质疑李树三怎么能不惊动野猫而翻越围墙，你帮着翟朗辩解时无意中提到：你上学时拿过撑竿跳的冠军，对吗？你受过专业训练，自己通过墩布、床垫、纸盒板那几个落点跳到房屋中间，完全没有问题。但是你背着赵大，显然就需要在这几个落点之间分别再加上一个支撑点，逐渐跳到屋子中间。"

所有人——连同马海伟在内，都听得目瞪口呆！

"然后，你把赵大放下，戴上塑胶手套，捅了他一刀，再把他的手攥紧在刀柄的位置，造成自杀的假象。接下来你就轻松了，拿着那根木棍原路跳回到门口，把沾了血的手套换下，戴了副新的手套，将门闩和电扇轴用线绑在一起，设定好电扇的启动时间，关上门，木棍随便找个地方一扔，开着摩托车——车是你在来大池塘的路上顺手牵羊搞的，所以，虽然在大池塘门口的水泥地面上留下了车轮印，但没人能将其和你关联——神不知鬼不觉地回到了电影院后门……"

郭小芬说完了，所有人都望向马海伟。

马海伟大笑起来："亏你想得出这么绝妙的杀人方法，你还是别当记者了，应该改行写推理小说去，反正现在国产推理小说一堆粗制滥造，你这个编得比他们还靠谱点呢！不过，你说了这么多，我总觉得少了点什么，是什么来着——"

"证据。"郭小芬说，"你是要我拿出证据来，对不对？"

马海伟点了点头。

"如果没有呼延云，我还真是只能推理，而没有证据。不过，他刚才的一席话让我醍醐灌顶。"郭小芬面带讥讽地问马海伟，"昨天下午在大池塘，呼延云让你到简易房里关上门调整手机铃声的音量，以便他试验李树三能否通过手机铃声锁定赵大的位置时，你的手机铃声为什么和赵大的手机铃声一样，都是《江南style》呢？"

马海伟瞪圆了眼睛。

"赵大被杀那天晚上,你调完之后,忘了调回来了吧?"

"你说什么?"

郭小芬没有理他,转过头问翟朗:"我看过你们在警局做的笔录,记得你回忆,当晚你和马海伟到大池塘之后,他说和你分头找李树三,而你坚持两个人一起行动,有这个事情没有?"

翟朗想了想,点点头说:"那里面黑黢黢的,我怕单独走没个照应嘛。"

郭小芬又问马海伟说:"事情是这样吗?"

马海伟说:"对——咋了?"

郭小芬笑道:"我的推理是,那天晚上,你和翟朗一起跟踪李树三,发现他要去大池塘的时候,你估计你们能差不多前后脚赶到那里。于是你想出了一条诡计,你把手机铃声调成和赵大相同——警方通过查看赵大手机的来电记录,发现九点左右有过一个陌生的号码打过他的手机,想必就是你之前来到大池塘杀他,和他联系时,换了手机卡打的,所以你才知道他的手机铃声是什么——你的计划是:再次进入大池塘后,你让翟朗和你分开追踪李树三,你只要一边往简易房跑,一边播放自己的手机铃声,就会让李树三和翟朗以为赵大还活着,还在移动状态,这样警方调查时,会混淆赵大的死亡时间。只可惜,翟朗进入大池塘之后,一直坚持和你一起行动,才让你的计划落了空。"

马海伟目瞪口呆。

晋武满脸的横肉登时绽开:"把马海伟这个杀人嫌犯给我抓起来!"

立刻有两三个刑警扑上来,给马海伟上了背铐。

马海伟一面挣扎,一面大喊:"姓晋的,你公报私仇!我的手机铃声本来就是《江南style》!"

"等一下,等一下!"林凤冲拦阻道,"小郭,我想这中间有个误会……我想起来了,我想起来了,我上一次在渔阳县办完缉毒案回京时,在车上没有看到马海伟,就打他手机,发现他在后座上躺着呢,他的手机铃声就是《江南style》,这纯属巧合,纯属巧合啊!"

"什么巧合,就算是巧合也到大牢里说去吧!"晋武一挥手,马海伟被押上警车,一阵风似的回县城去了。

只留下为数不多的几个人,还僵立在简易房里面,仿佛电影已经结束,却不敢相信这是结局而依然凝视着字幕的观众。

"小郭,你那推理不对!"

翟朗大声说。

郭小芬问:"怎么不对了?你倒是说说。"

"马哥不是凶手,我知道谁是凶手,我知道!"翟朗瞪着通红的一双眼,猛地扑向李树三,壮实的肌体竟将李树三撞倒在地上,铁钳般的两只手卡住了他的脖子。李树三挣扎着、扑打着,但还是被翟朗巨大的扼力逼出了半截舌头。

"都是你干的!我爸、窑厂里的工人、杨馆长,还有赵大,都是你杀的!你这个杀人凶手!"翟朗怒吼着。

楚天瑛上前薅住翟朗的脖领子,使出好大力气,才将他拽离了李树三:"浑小子,你别再添乱了好吗!"

"是他杀的!全是他杀的!你们不要不信我的话!他才是真正的凶手!"翟朗被林凤冲拖出了简易房,很远了,还能听见他的咆哮。

李树三从地上爬了起来,一边咳嗽一边揉着喉咙。

两个警员要把赵二押回看守所,被赵大的律师拦住说:"稍等，既然赵公子因为聚众吸毒还要拘押一阵子，我就给赵大的其他几位亲戚打了电话，让他们来这里集合，把赵金龙先生的遗书公布一下，省得不知道要拖延到什么时候。"

两个警员看了一眼林凤冲，林凤冲点了点头。

很快，赵大的亲戚到齐了，拢共也没几个人。律师从公文包里拿出赵大的遗嘱宣读，根据亲疏远近，给每个亲戚或者三万或者五万元，看亲戚们的表情，一副"你打发要饭花子呢"的不屑嘴脸，留给赵二的自然是大头：除了四套房产，还有七百万元人民币。

"这么少？"赵二一愣。

"没错，还有一处花房，赠给他的好友李树三先生。"

赵二扑到了律师面前，一把夺过遗嘱叫道："这不可能，这怎么可能？我爸资产好几亿，怎么只给我留了这么一点点！他的金条呢？都藏在哪里了？"

"对不起，这个我可不知道。据我所知，赵金龙先生的总资产虽然数量庞大，这几年可没少被你挥霍。"

赵二目光呆滞，被两个警员带离简易房时，还在喃喃自语："太少了，怎么这么少啊，这可让我怎么活啊……"

一无所获的葛友咒骂着什么，愤愤离去。

简易房里，只剩下了楚天瑛、郭小芬和田颖。

楚天瑛看看郭小芬和田颖，郭小芬也看看楚天瑛和田颖，田颖谁都没有看，怔了一会儿，迈步朝屋子外面走去。

一步，跨出了门槛。

大池塘的水面上浮动着一个混浊的铅丸。

那是太阳的倒影。

太阳，浅浅的一轮，洒下的不是热，而是白色的灰，仰头望去，天空弥漫的都是这种病恹恹的灰色。

轻轻地，田颖闭上眼。

一切，真的就这么结束了吗?

第十四章　缉凶

倾盆大雨！

渔阳县气象台预报，从今天凌晨三四点钟开始将有中到大雨，事实上，雨是从凌晨一点开始下的。

而且一下就是铺天盖地的大暴雨。

许多人梦见自己沉入海底，变成了鱼鳖，一觉醒来以为犹在梦中。沉闷而嘈杂的落雨声，充胀着耳鼓，口鼻里满是带着腥味的潮气，玻璃窗上蜿蜒着令人心碎的水痕，从水痕的缝隙间向外望去，房顶、地面、街巷、树木，都被万千雨箭击打得残破不堪。

县城内外死绝一般，罕有人踪，唯一移动的物体就是纸板、矿泉水瓶等轻一些的垃圾，在一片汪洋上漂浮片刻，也被暴雨打得不见踪影。

将近正午，雨势奇大，地坼天崩的落雨声中，天空放射出一种恍如末世的白色光芒。

午间新闻报道：渔阳水库的水位急剧上涨，越过堤坝，将附近许多地方淹成了一片泽国。县长、县委书记等领导干部正在一线组织抗洪排涝工作，由于撤离及时，没有造成居民伤亡。

傍晚时分，雨势有所减弱，声音听上去有些喑哑，整个世界仿佛失血过多，褪尽了颜色，先是白茫茫一片，而后又无缘无故地突然阴暗下去，转瞬间就到处黑漆漆的了。大地之上，有形的庞然大物统统遁去了形迹，只兀立着几个瘦骨嶙峋的物体：通信塔、吊车……仿佛城市已经坍塌，它们是仅存的残骨。

在深夜十二点左右，有个打着伞、背着包的人，深一脚浅一脚地穿过一片拆迁中的平房区，匆匆地前行着。

雨太乱，夜太沉，连犬吠都没有，他步履艰难，犹如从一千年前一路走来，却发现千年后的世界已经灭绝了生命，天地之间，只剩他一个。雨遮没了月光，连形影相吊的机会都没有。

终于，他走到了一个岔路口，也许是迷路了，他困惑地朝四下里看了又看，抬起头。

山坡上，夜幕下，风雨中，兀立着一座低矮的砖房。

窗户还亮着灯，灯光很暗。

看不清雨，却看得清被雨飘摇的夜，所以砖房仿佛是孤坟，而灯光幻化为湿漉漉的鬼火。

越看越觉得叵测。

撑着伞犹豫了片刻，忽然一阵寒风，子弹般的骤雨几乎洞穿了伞面，也打消了他另寻归宿的念头，他咬咬牙，一步步向山坡走去，终于来到了门前。

手掌，压在了冰冷而潮湿的门板上——

忽然间老天爷降下雨来。

路过赵大的窑门以外，

借宿一宵惹祸灾。

"啪""啪啪""啪啪啪"。

屋子里一片死寂。

"啪啪啪""啪啪啪啪""啪啪啪啪啪"。

"谁啊？"

终于传来一个声音，低沉得像从地底下发出来的。

"我迷路了，雨太大，您能开开门让我避避雨吗？"

没有回答。

雨水从房檐上"哗啦啦"地流下来，好像是黑夜的头发不断垂落。

"啪""啪啪""啪啪啪"。

继续敲门。

很久很久。

吱呀——

门开了。

露出一张瘦削的脸孔，右脸的下半边黑了一块，粗黑的眉毛下面，一双小眼睛里放射出异常警惕的光芒。

"麻烦您了！"站在门外的人说。

主人往他身后看了看。

黑夜正蘸着雨水"咝咝啦啦"地研磨，将一切都浸泡在墨汁一般的黑暗中。

于是他打开了门。

旅者走了进来，合拢了伞，扔在墙角。他的身上已经湿透了，小腿以下全都是泥浆，站了还不到十秒，脚下竟已经积出一个水洼。

"这雨，也太大了。"他嘟嘟囔囔地说，甩了甩湿淋淋的头发，"您这儿有毛巾吗？我擦擦头。"

主人于是走进里屋，拿了块毛巾出来。

旅者把头擦干，坐在靠墙一张椅子上"呼哧呼哧"地喘着气，一张丑丑的娃娃脸上神情茫然。

"听你的口音，不像是本地人，这么晚了你到渔阳来做什么?"主人问道。

"我是北京来的,给你们县法院送份材料。"娃娃脸说,"我坐晚上那趟长途车来的,本来应该是九点半在长途汽车站停,谁知水库涨水,司机绕到一个什么公交总站停下,把乘客都赶下了车。车上只有仨人,就我一个不是本地人,我想自己走到县城去,谁知迷了路,现在我也不知道到哪里了……您有热水喝吗?有吃的东西吗?我照价给您钱。"

主人再次走进里屋,片刻,端来热水和一碗刚刚泡上的方便面,娃娃脸等不及就吃喝了起来,被烫得直咂啦嘴唇。

"我怎么看你有点眼熟?"主人说,"你以前来过渔阳县?"

"来过啊,就上个礼拜,我女朋友被你们这儿的警察抓了,说她杀人,我一听赶紧过来了,在县公安局大闹,被拘留了一整夜呢!"

主人把他上上下下又打量个遍。

"你以前见过我吗?"娃娃脸问。

主人摇了摇头:"你给县法院送什么文件啊?"

"你们县上个礼拜不是刚刚破了一起大案吗?就是我女朋友破的。"娃娃脸不无得意地说,"但是她想提供一些对凶手有利的证明。"

"那个案子,我们县这阵子传得沸沸扬扬的,是不是跟一个乌盆有关系?"

"对,你们县一个叫赵大的大老板被杀了,屋子反锁,地上都是一踩就碎的土皮儿,可那些土皮儿都是完好的,你说奇怪不奇怪。据说这场景和你们县特别古老的一个传说完全契合,我去现场看过,搞不明白,就提前回北京了,结果我女朋友三下五除二就推理出真相了。"

"真相是啥？"

"一个和赵大有仇的记者干的。他学过撑竿跳，先打昏了赵大，然后背着他撑竿跳跳到屋子中间，再杀了他……"娃娃脸吃光了方便面，擦擦嘴说了声"谢谢"，从上衣的内兜里掏出一个钱包，要付钱给主人。

"别别别，出门在外，谁还没有个遇到困难的时候，我怎么能收你的钱。再说你这钱包里也没几张票子，还是留着买回京的车票吧！"

娃娃脸有点不好意思，坚持要给钱，主人坚决不收，他也只好客随主便，然后走到墙角，拿起雨伞往门外走。

"你要去哪儿？"

主人突然说，声音阴沉。

娃娃脸一愣，回过头来。

主人意识到自己的失态，赶紧换了一副温和的面孔："我是说，这么大的雨，你躲雨还来不及，怎么还要往外走？"

"这些材料很重要，明天要提交县法院。我女朋友本来要亲自送来的，她病了，才委托我送来，不能耽搁。"说完，娃娃脸拉开门就往外走。

雨伞还没有撑开，迎面就扑来一簇疾雨，浇得他透不过气来！

本来就潮湿的衣服，登时又寒彻肌肤。

娃娃脸呆呆地站在门口，一时间手足无措。

主人上前，将他拉回了屋子，重新关上门说："今晚你就在这儿住下，明早我开着我的电动三轮车送你去县法院。"

"这，怕不合适吧……"

"有什么不合适，听我的！"主人将他摁在椅子上。

娃娃脸拗不过他，便把背包解下，拉开拉链，拿出一个凹凸扣自封袋，打开翻查里面的东西。

主人站在一步之遥，看着他。

"没淋坏吧？"主人问。

"没有，还好这包有防水功能。"

"那材料真的很重要吗？"

"嗯。"

"都是些什么材料啊？"

"三年前，也是这么深的夜，这么大的雨，不是有个人到赵大的窑厂投宿，不幸遇害了吗？这里面是他的照片和档案。"

"是啊，也是这么深的夜，这么大的雨……"

"啊？"

"没什么——只有这个材料吗？"

"嗯，主要是想交给法院，证实赵大曾经犯下的罪行，让他们考虑杀死赵大的凶手有伸张正义的动机，宽大处理。"

"哦。"

屋子里有两道影子，一道是弯腰收拾背包的娃娃脸的，圆圆的一团在地上蠕动着；另一道折射在墙上，是站立着的主人，像一把打开的折刀。

折刀的刀刃，缓缓切下——

娃娃脸感觉到了什么，回过头。

他看到一张微笑的面庞。

"材料没有湿吧？"

"没有。"

"这屋子有点冷，老哥这儿有点老白干，和你一起喝他两杯，暖暖身子咋样？"

"我不怎么喝酒，尤其是白酒。"

"哦……我这儿没有啤酒。"

"算了,确实有点冷,那就麻烦您了。"

主人笑吟吟地掀开布帘,走进里屋去了。

娃娃脸静静地坐在椅子上。

很久,主人回来了,左手拿着一瓶老白干,右手掌心里捧着个酒盅。

"可惜,没有啥可下酒的,小兄弟,你就白嘴喝吧!"

"行啊,我酒量可不大。"

主人往酒盅里倒酒。

"来,小兄弟,我给你满个盅儿。"

"怎么就我一个人喝,你咋不喝呢?"

"不好意思,家里破破烂烂的,找了半天就找到一个酒盅。"

"那好吧!"

娃娃脸端起酒盅,一饮而尽。

主人满意地笑了。

"再来一盅。"

"好。"

"感觉咋样?"

"这酒劲儿真大,有点儿上头……"

"啪啦!"

酒盅从手中滑出,在地上摔了个粉碎。

娃娃脸的眼神变得无比迷离,他从椅子上站了起来,扶着椅背,摇摇晃晃地往门口走去。

主人微笑着注视着他。

娃娃脸终于挪到了门前,一手扶着墙,一手用尽全力拽开了门。

磅礴的夜，磅礴的雨。

面前，是永远走不出的黑暗！

他身子一软，仰面倒在了地上。

溜进门的雨水冲刷着他鞋底的泥巴。

主人上前，拽着他的脖领子和一侧肩膀的衣服，使劲向后拖曳着。

"你倒是快来帮帮忙啊！"

主人向里屋喊了一声。

门帘慢慢地掀开。

一道黑影飘了出来。

先是关上了大门，然后弯下腰，伸出双手，拉住了娃娃脸另一侧的肩膀，和主人一起拽。

终于拽进了里屋，扔在那张老式的木头床边。

主人指了指躺在地上的人说："在看守所拘留时，我们住在一屋，可他进来得晚，第二天一早我就被带出去提审，回来时他已经被释放，所以不记得我了——他说的话，你都听见了吧？今晚就宰了他，分尸后搁到厨房的灶台下面焚化。"

黑影点了点头。

"去厨房，把最重的那把斩骨刀拿来，再找块大一点儿的塑料布。"主人说。

黑影掀开布帘，片刻，回了来，手中握着一口仿佛斧子般宽阔的斩骨刀。

刀刃锋利，寒光闪烁。

把塑料布铺在地上，二人合力，抬起娃娃脸放在上面。

"你来！"主人狞笑道，"把他衣服解开了再砍，这样直接剁到肉上，比较容易一些，先捏捏他的骨头，对准了骨缝砍，又快又省力气。"

黑影接过刀，蹲下来，解开了娃娃脸上衣的衣扣——

赵大夫妻将我谋害，
他把我尸骨未曾葬埋。
烧作了乌盆窑中埋，
可怜我冤仇有三载，有三载……

解扣子的手，停住了。
"咋了，你？"主人说。
黑影指着娃娃脸翻开的上衣里子，目光充满惊诧。
主人低头一看，里子上的内兜露出一个黑色的条状物。
他伸手掏了出来——
条状物延伸出的一条黑线与上衣外面的一个亮晶晶的扣子相连。
数码显示屏上正跳动着秒数。
"这是什么？"他问黑影，声音发颤。
"索尼的微型防水摄像机。"
屋子里突然响起了另外一个人的声音。
主人吓了一跳，抬眼望去，没有看到其他人。
黑影也一脸困惑，直到和主人一起低下头。
只见娃娃脸睁着眼睛，一脸嘲讽地望着他俩。
"啊！"主人和黑影不约而同地惊叫起来，黑影"哐哐哐"地向后倒退，主人从他手中抢过斩骨刀，向娃娃脸劈了过去！

娃娃脸对准他的小腹狠狠就是一脚，只听"砰"的一声，踢得他向后飞了出去,斩骨刀也"当啷啷"掉在地上。

主人疼得倒在地上,捂着小腹"哎哟哎哟"惨叫。

黑影望着娃娃脸,伸出手,从地上捡起了那把寒光凛凛的斩骨刀。

霹雳一声巨响!

仿佛打雷,震得黑影和主人都不约而同地一愣。

不是打雷,是外门被暴力破开的声响。

刹那间,无数黑色的身影冲进这间狭小的屋子,将他们两个人制伏在了地上!

"别动!""老实点!""不许动!"

主人大口大口喘息着,手被牢牢地铐住,左脸贴在地上,翻动的眼白和大张的嘴巴好像一条死鱼。

黑影被上了背铐,满脸绝望地瞪着呼延云。

林凤冲走了进来,一把拉起娃娃脸:"呼延,你还好吧?"

"还好,再晚一步我就可以进《解体诸因》了。"呼延云微笑着把微型摄像机解了下来,"拿着,全部证据都在这里面了。"

马海伟和楚天瑛也一起走了进来,马海伟一看被铐起来的两个人,不禁目瞪口呆:"怎么会是——"

呼延云拍拍床板:"当初你睡在这儿,听着收音机里的《乌盆记》做噩梦的时候,怎么也没想到会是这个结局吧?"

"没想到,完全没想到。"马海伟说。

"我得说,我比老马还要震惊。"楚天瑛说,"呼延,我希望你能给我一个符合逻辑的解释——现在这俩人,也太没有逻辑了吧?"

"所有看似不合逻辑的事情,其实都有着最严密的逻辑。"呼延云说,"只是这个案子复杂了一点儿。大部分的案件,侦查首在'寻找罪行的受益者',也就是寻找犯罪的动机,就像小郭做的那样——这样恰恰走进了凶手布置的圈套,因为凶手精心策划的一切,就是为了掩盖动机。"

"掩盖动机?"马海伟皱起了眉头。

呼延云嗯了一声:"我从接触这个案子一开始,最感到困惑的,并不是什么密室、一地土皮儿,而是一个简单的事实:除了你马海伟以外,所有有杀死赵大动机的人,都杀不了他。他们不是没有作案时间,就是远离犯罪现场,于是我果断地放弃了寻找动机的可能,而是将注意力集中到对现象的分析上。"

"你是说,简易房里那个密室和不可能犯罪现场?"楚天瑛说。

呼延云点了点头。

"呵呵呵呵。"

一阵古怪的笑声。

是主人发出的。

"你不可能搞明白那是怎么一回事的!"他望着呼延云说。

"很遗憾,那是整个案件中我最先搞明白的事情。"

"你撒谎!"主人说。

"我可是到现在都搞不明白呢。"楚天瑛说。

呼延云说:"你觉得,凶手为什么要设置那个密室和不可能犯罪?"

"为了让我们以为赵大是自杀的啊!"

"真有人会把门反锁,通过几个垫子跳到屋子中间自杀吗?真有人在自杀前还有兴致把自己的死按照古代传说来布置吗?"呼延云摇摇头,"稍有脑子的警察也会猜出这是伪造的现场吧?假如凶手认为这么做就能迷惑住警方,那他八成是国产刑侦剧看太多,真以为警察都像里面演的那么笨了。"

"那，凶手为什么要那么做呢？"

"一般来说，伪装成发生在密室的凶杀案，凶手的目的不外乎两种：一种是让人以为死者是自杀，一种是掩盖那些容易暴露自己的犯罪证据。"呼延云说，"这个案子既然不是第一种，那么一定是第二种。"

楚天瑛还是很糊涂："凶手要掩饰什么犯罪证据？"

"一开始，我也没想明白。相比之下，密室和一地土皮儿的解释要容易得多。"呼延云说，"比如密室，我跟小郭说了，根本没有什么密室，那种粗制滥造的铝合金门本来就不好开，再拿个东西塞进门板和门框之间，形成一定程度的咬合，推拉的时候，就不容易打开了……"

"小郭跟我讲了你的推理，问题是我们没有找到橡胶垫之类用于塞门缝的东西啊。"

"你没有看到墩布旁边有很多脱落的墩布条吗？门框的边沿有两道比较深色的擦痕，就是凶手在塞墩布条的时候留下的啊。"

"这么简单？"马海伟简直不敢相信，"可是我推拉门的时候确实没有打开啊。"

"任何人推拉一扇不容易打开的门，用力都是由小渐大。你还没有用到大力，翟朗就一脚把门踢开了。"呼延云说，"要知道，这个密室并不是凶手的主要作品，他只是想多给警方制造一点儿思路上的障碍而已。"

"还有翟朗踢开门时发出的'哐啷'声呢？"

"这个更简单了，仔细观察一下就可以发现，那个门闩和门扣，高度都超过门底部与地面之间的缝隙，所以只要先在屋里把它们闩好，暴力拉开，造成它们开裂变形后脱落，再走出屋外，在关门前把它们扔在门内侧的地上，这样，案发后开门时稍微猛一点儿,就会将它们冲撞到墙上,发出'哐啷'的声音,给人造成它们是门被踹开时才脱落的假象了。"

林凤冲嘀咕了一句:"我还真以为是小郭推理的那样,用电风扇扇轴和电线制造的密室呢。"

"滑轮钓线主义是我最看不起的。"呼延云说,"把简单的事情搞复杂,是对逻辑之美不可饶恕的亵渎!"

林凤冲等他骂完,才小心翼翼地问:"那么,那一地土皮儿是怎么回事呢?"

呼延云说:"勘查现场的时候,你有没有注意到,在门框下方的内侧,和与打开后的门相贴的西墙下面,分别有两撮黄土?"

"注意到了啊。"林凤冲说,"那是因为土皮儿翘得高,门底部与地面之间缝隙低,所以门被推开时,撮过去的土啊。"

"说得对。"呼延云看了看蹲在墙角的丙个罪犯,"葛友曾经讲过,出事的简易房很久都没有打开过了,里面的土皮儿一直保持完好。那么,假如推开门时,撮到西墙下面很多土的话,重新关上门时,怎么会又带回了很多土,累积在门框下方的内侧呢?"

主人"咕噜"一声,吞了一口唾沫。

楚天瑛和林凤冲面面相觑,直到此时他们才意识到这个现象的古怪。

"推开门,撮到墙底下很多土,关上门,又撮回门框下许多土,这说明——"马海伟猛地醒悟过来,"这说明后来有人在屋子重新撒过土——不不不,是重新撒过土皮儿!"

"这不可能。"楚天瑛摇摇头说,"我们看过,屋子里的土皮儿都是完好无损地排列整齐,而且又相连的啊。"

"真的吗？屋子里的土皮儿'都是'完好无损的吗？"呼延云看着他。

"你的意思是——"楚天瑛恍然大悟，"啊！我明白了！"

呼延云点了点头。

"你们到底在说啥啊？"马海伟还是一头雾水。

楚天瑛声音有些激动："老马，凶手是在你们'必然会破坏的现场'上使了个诡计！"

马海伟更加茫然了。

"看起来，屋子里是一地完整的土皮儿，其实不是。"楚天瑛说，"有一个部分的土皮儿是换过的，那就是你们从门口走向尸体的那条直线！"

"啊？"

"案发之后，无论进入现场的是警察还是普通人，他第一要做的都是查验赵大是否死亡，为此他必须走到赵大身边去。为了不破坏现场，他只能走最短距离——也就是一条宽窄有限的直路。所以，凶手在冲进屋子杀死赵大的时候，只要沿着直线冲过去，再把这条线路上被踩碎的土收走，重新撒上其他简易房里收罗的土皮儿即可。"

呼延云插了一句说："就是用丢弃在水塘岸边的纸盒板当簸箕，从最西头那间简易房里舀的土皮儿。"

"新撒的土皮儿不是会被看出和其他土皮儿不相连的吗？"马海伟问。

林凤冲说："老马，你咋还没明白。由于凶手知道当晚一定会有人发现尸体，新撒的土皮儿必然会被首先进入凶杀现场的人踩碎，谁还能看出碎土片和其他土皮儿是否相连？这就是所谓的'必然会被破坏的现场'啊。"

呼延云拿出手机说:"这是我去勘查现场时照的,你们走过之后那条直路上的碎土片,仔细看,会发现有颜色上的差异。"

楚天瑛、马海伟和林凤冲凑过来一看,果然,碎土片的颜色有深有浅,掺杂在一起。

"再看这张——"呼延云说,"这张是我在最西头那间简易房里拍摄的踩后的碎土片,颜色是不是都是浅黄?"

"这是怎么回事?"楚天瑛很惊讶。

"这就是凶杀现场被踩过的碎土片,是后来撒上去的铁证。"呼延云说,"因为原有的土皮儿虽然两头微微翘起,但踩下时大都还是正面朝上,所以大都是浅黄色;而后来撒的土皮儿,既有正面朝上的,也有很多是倒扣的,土皮儿的背面颜色要深一些,所以踩后会出现浅黄和深黄掺杂的情况。"

"原来凶手是用这么简单的方法制造的不可能犯罪现场。"楚天瑛感慨道。

"不过,也正是这个诡计暴露了凶手的身份。"呼延云说,"我刚才讲过,所有伪装成发生在密室的凶杀案,凶手的目的不外乎两种:一种是让人以为死者是自杀,一种是掩盖那些容易暴露自己的犯罪证据——这个原则也可以套用在不可能犯罪上。很多推理小说,把凶手设置不可能犯罪的理由写成'让犯罪成为一种艺术',这基本上都是鬼扯,越是光怪陆离,越是乏善可陈,更别提什么艺术了。比如这个不可能犯罪现场吧,我起初的推理是,凶手撮走踩过的碎土片,应该是为了带走遗落在上面的散碎证据——如果是单一的完整的犯罪证据,直接拿走就行——我首先想到的是眼镜片。在实施犯罪的过程中,眼镜片是最容易打碎的证据之一,问题是现场并没有搏斗的痕迹,没有搏斗,凶手的眼镜怎么会被打碎呢?我又想,可能是凶手大量出血洒在碎土片上，容易被警方提取DNA证据，但还是撞上老问题：没有搏斗，凶手怎么会大量出血？除非他像《血字的研究》里面的凶手那样，可我仔细调查了每个嫌疑人的身体情况，并没有发现谁患有类似的疾病。

"直到那天，天瑛请我在大堤上吃烤鱼，结账时，伙计说鱼头朝我，按照本地风俗，我就是主宾，我才做出了一个大胆的推理。"呼延云说，"凶手把碎土片撮走，换上新的土皮儿，是基于一个很单纯的又万不得已的理由……为了证明自己的推理是否正确，我回北京之前又去了一趟大池塘，在碎土片下面找到了一滴干了的血迹，经法医检验证明，是赵大的血液——而压在那里的原本是尸体并没有伤口的大腿。"

他转头问马海伟说："你进入现场的时候，赵大的尸体是什么样子的？"

"头朝东，脚朝西，仰卧。"马海伟毫不犹豫地说。

"凤冲、天瑛，你们看到的呢？"

林凤冲和楚天瑛都表示，和马海伟看到的一样。

"根据这个尸体形态，你们分析，凶手是怎么杀死赵大的？"

林凤冲说："当然是赵大站在屋子中间，凶手突然冲进来一刀捅死他的。"

"老马，天瑛，你们认为呢？"

楚天瑛和马海伟都赞同林凤冲的见解。

"这恰恰就是凶手想让你们确立的观点。"呼延云说。

三个人都是一愣。

呼延云说："凶手撮走踩过的碎土片，换上新的土皮儿，就是希望警方认为：赵大是头朝东，脚朝西，被人突然冲进来一刀捅死的；而事实恰恰相反，赵大死亡时的真实情况是，他是被凶手突然捅了一刀之后,头朝西,脚朝东倒下的。"

"也就是说,不是赵大站在简易房里等人时,凶手突然闯入,而是凶手站在简易房里,赵大走过来,被凶手突然捅了一刀。"楚天瑛说,"可是这样一来,岂不就是——"

"你猜得没有错。"呼延云说,"像老马、翟朗这样的人,大晚上站在大池塘的简易房里,赵大如果见到,恐怕跑都来不及,绝不会主动走过去。所以凶手只有可能是三个人其中之一。"

屋子里一片死寂,唯有屋外的落雨声不绝于耳。

"第一是葛友,他是赵大会放心接见的两个人之一,可惜他当晚被凶手用诡计困在赌场了;第二是田颖,田颖说当晚赵大约她在大池塘见面,不过她和赵大仇深似海,如果站在简易房里的是她,赵大一定加倍小心,不会被她突然一刀捅死,而毫无搏斗痕迹;第三个人,同样是赵大会放心接见的人,也正是这个人亲手杀死了他——"呼延云望着蹲在墙角的主人说,"我说得对吗,李树三?"

李树三抬起头,龇了龇牙。

"当晚你捅死赵大后,突然想起,如果让赵大的尸体这样放置,那么警方很可能会怀疑他是被一个他非常信任的人杀死,葛友已经被你调虎离山,你就成了最大的嫌疑人,于是你将他的尸体抱起,原地转了180度,放置成头朝东,脚朝西,让警方认为他是被外来的闯入者杀死的。你又发现,虽然出血量很少,但还是有一些流到了碎土片上,在尸体'调个儿'后,恰恰位于没有伤口的位置,会让警方发现你的诡计,就找了个纸板,把沾血的碎土片铲走——可惜有一滴流到了地上,最终被我发现——换上新的碎土片。这时你突发奇想,干脆把门口到尸体的直线区域内的碎土片都换成新的土皮儿,把现场伪造成不可能犯罪,这样一来,让整个案子笼罩上《乌盆记》中冤魂索命的诡异气氛,更加削弱了你的疑点。"

"李树三那晚是什么时候杀人的呢?"楚天瑛问。

呼延云说:"当我做出这个推理的时候,我发现面前有一道无法逾越的障碍:命案当晚,李树三一直在电影院看电影,前门有翟朗,后门有老马,这段时间李树三想溜出来杀人,是不可能躲过他俩的眼睛的……难道他是电影散场后赶到大池塘下的毒手?问题是,他怎么可能利用只和马海伟、翟朗乘坐的出租车错开两三分钟的时间差,杀人并设置不可能犯罪现场呢——他应该需要更多的作案时间才对啊!

"百思不得其解,百思不得其解,这个问题搞不通,纵使我推理出李树三是凶手,他一句'我什么时候杀的人',就能驳得我哑口无言。正在我怀疑自己的推理是不是错了的时候,赵大的手机铃声让我大彻大悟,一瞬间窥破了这个奇案的全部真相!"

楚天瑛说:"当你在会议室里兴高采烈地宣布已经破案的时候,我们都莫名其妙:你到底通过那个铃声推理出什么了?"

"反正不是我杀的人。"马海伟嘟囔了一句。

呼延云一笑道:"小郭误解了我的意思,她那个关于手机铃声的推理太牵强了,不过她和我短信沟通后,我觉得不妨让她说出她的想法,暂时'冤枉'你一下,这样更有利于麻痹真凶,实施我的计划。"

"好吧。"马海伟在椅子上"哐"地坐了下来,"我就不要国家赔偿了,你把你从手机铃声中推理出了什么告诉我,作为补偿吧。"

呼延云点了点头说:"在大池塘,我曾经让你进入发生命案的简易房,播放手机铃声,目的是想搞清楚,李树三、翟朗和你说通过手机铃声锁定赵大尸体的位置,是不是在撒谎,结果证明确实可以听到——"

"不是音量的问题啊?"马海伟说,"我的手机铃声真的是早就设置了《江南 style》,谁知道会和赵大那个死矬人撞车!"

"既不是音量的问题,也不是音乐本身的问题。"

楚天瑛越发好奇了:"那是什么问题——"

他的话音戛然而止。

因为,屋子里忽然响起一声哀怨的叹息:

"呀……"

声音凄切,来得无头无尾,仿佛半空中飘来一截半透明的浮尸。

一阵异常哀婉的京胡,牵出一段凄凄惨惨戚戚的唱腔:

> 行至在渔阳县地界,
> 忽然间老天爷降下雨来。
> 路过赵大的窑门以外,
> 借宿一宵惹祸灾。
> 赵大夫妻将我谋害,
> 他把我尸骨未曾葬埋。
> 烧作了乌盆窑中埋,
> 可怜我冤仇有三载,有三载……

分明是有人在这狭小的屋子里,一边飘荡,一边哀吟。

没有脚的冤魂,浸着血的乌盆……

马海伟犹如被往事催眠了一般,目光迷离地从椅子上站起,口中念叨着:"是这个,就是这个……"

猛地!

唱腔断了。

乍然陷入寂静,像被突然挖空了肚肠,每个人都感到不可忍耐的空虚。

"是《乌盆记》,像是收音机里播的。"

"这屋子里也没有收音机啊。"

"那是哪儿来的音乐啊,闹鬼似的,听得我寒毛倒竖。"

"是啊,那天晚上我睡在花房里,就是听到这个,才做了噩梦的。"

马海伟、林凤冲和楚天瑛一边嘀咕着,一边四下里寻找收音机,或者其他什么播放器,然而,一眼可以看到全貌的屋子里,并没有类似物件,马海伟掀开床单钻到床底下找,同样一无所获。

难道这屋子里真的闹鬼了?

呼延云站起身,对着外面喊道:"田颖,你进来吧。"

门帘掀开,田颖和晋武一起走了进来。

"你们演什么戏呢?"林凤冲问。

"我只是拜托田颖打了一下我的手机。"呼延云从裤兜里掏出了自己的手机,"刚才的《乌盆记》唱腔,是我今天中午刚刚设置成手机铃声的。"

三个人的脸上流露出"原来如此"的神情,放松了许多。

然而,呼延云下面的一句话,却让他们瞬间石化——

"可是,你们三个人刚才都只认为是一段唱腔,没有发现那是我的手机铃声啊,为什么有人却在黑暗的大池塘,听到《江南style》就说那是手机铃声呢?

"根据问讯记录,那天晚上到达大池塘之后,李树三说他拨打赵大的手机,听到手机铃声,追踪到简易房,这在逻辑上说得通。纵使他不是杀人犯,但是他和赵大一向关系密切,听过他手机铃声是《江南style》,很正常;马海伟是这样说的:'忽然听见了一阵细切的声音。'这当然也是正常的;然而翟朗——"呼延云盯着蹲在李树三身边的黑影说,"你的原话是'突然就听见了手机铃声,声音很小,但是挺清楚的',这是为什么呢?"

翟朗恶狠狠地瞪着他。

"你还没进简易房,李树三就已经挂断了赵大的手机。你进去之后,并没有接近尸体,并不知道赵大带了手机,就连马海伟也是直到郭小芬指出,才得知赵大的手机铃声是《江南style》,你怎么就知道黑暗之中,大池塘里响起的是赵大的手机铃声呢——正常情况下,一个人在黑暗中听到一段音乐,首先想到的应该是CD机、收音机、手机音乐APP或者其他播放器吧——只有一种可能,在此前你就和李树三串通好了,他告诉你,一旦听到《江南style》就往简易房的方向跑,因为那是他在拨打赵大的手机。"

"我的天啊!"晋武不禁脱口而出。

"我还是想不通——"楚天瑛拧紧眉头,"翟朗怎么会伙同他的杀父仇人杀死另一个仇人呢?"

呼延云说:"也许你还记得,翟朗曾经委托咱们帮他找回丢失在大池塘的挎包吧?那个包,我在赵大的临时住所里找到了。当时我发现了一件很奇怪的事情:那个挎包过分干净了,换言之,挎包里的东西太少了,只有一张弩,而其他的东西,比如翟朗的证件,还有他让咱们一定要拿回的他爸的唯一一张照片,以及告诉他翟运之死的匿名信,都不见了。我就在想,这些东西去哪儿了呢?"

"也许是赵大拿去别的地方了，或者一把火烧掉了啊。"楚天瑛说。

"那么，林凤冲第一次在大桥上见到翟朗时，他问路的那张地图呢，也烧掉了？"呼延云说，"既然烧掉，为什么不一把火统统烧掉，偏偏只留下一把弩呢？我在弩上看不出有什么非留下不可的意义啊。等我发现手机铃声的问题之后，我断定，其实翟朗在去刺杀赵大的时候，为了便于行事，根本就没带证件、照片、书信和地图什么的，而后他告诉我们这些东西和挎包一起丢失，只是为了掩盖其中隐藏着的一个十分重大的秘密。"

"什么秘密？"

"我曾经说过，这个案子的真相，是因为涉入其中的所有人，都太执着于《乌盆记》这个故事了——在不经意间，包括我在内的每个人都认为，虽然凶案现场是被人有意布置成《乌盆记》的场景，但是凶案的缘起还是三年前一场《乌盆记》式的谋杀。但是，在将已经勘破的和犹未勘破的各种疑点归纳总结之后，我有了一种很奇特的感觉，由此衍生出了另外一个《乌盆记》的故事，或许，能阐释后来发生这一切的因果……"

接下来，他放低声音，犹如午夜的电台广播一般，开始讲述他的故事：

> 三年前，也是这样一个夏天，一场瓢泼大雨席卷了渔阳县。雨不停，乌云也不散，黑漆漆的不知是日是夜。
>
> 背负着贪污公款罪名的翟运，一路跟跄着逃到了这里。狂风暴雨中他迷失了方向，正当为自己的前途感到绝望时，他抬起头，看到山坡上有一座花房，花房里依稀亮着灯光。
>
> 翟运深一脚浅一脚地攀上了山坡，敲开了花房的门。

屋里有两个男人，正是赵大和李树三，他俩听了翟运借宿的请求之后，答应了下来，然而也就是在翟运查看背包被雨水打湿的情况时，他们看到了里面厚厚的一捆捆人民币。

也许公安人员多年来持续不断的上门盘查，给翟朗的心中留下了巨大的阴影，但十分遗憾的是，你的爸爸确实是一个贪污犯，他临出逃的时候，也没有忘记拿走贪污的部分公款——插一句，翟运到达渔阳县之后，用某个公用电话给你妈妈打了个电话，这也就是她为什么记录下了一个开头为渔阳县区号的电话号码的原因，这是你爸爸留给她的最后线索。

看到翟运行囊里的钱，赵大觉得机会来了。虽然开瓦窑比一般人挣的钱多，但毕竟操心费力，于是他和李树三商量，趁着夜深雨大，杀人灭口，分尸毁迹，夺取财物！他们找来给不听话的奴工吃的大剂量安眠药，下在翟运的饭菜里给他吃，他俩则在外屋准备好了寒光凛凛的斩骨刀。

没过多久，里屋传来"扑通"一声，进去看时，翟运已经从椅子滑到了地上，闭着眼睛，嘴角还挂着饭粒。

赵大和李树三相视一笑。赵大说："我去拿块塑料布来垫在下面，省得等会儿分尸的时候弄得一地血，不好收拾。"说完他转身出了里屋，刚刚找到一块塑料布，就听见屋里一声惨叫，他没想到李树三杀个人这么心急，连垫塑料布也等不及，于是掀开布帘，却看到了他永生难忘的恐怖一幕——

赵大看到，李树三倒在地上，脖子正"咕噜咕噜"往外冒着血，在他的身边，站立着满脸狞笑的翟运，手中握着那把斩骨刀，刀刃和刀面一片猩红！

"什么?"楚天瑛他们不约而同地一声惊呼,"翟运杀死了李树三?"

呼延云点了点头。

楚天瑛感到一阵目眩,他无论如何也没有想到,古老的《乌盆记》故事竟以这样不可思议的情节"重现":投宿者反过来杀死了凶手!

一路逃亡的翟运,一直对周围的环境有着惊人的警惕,他注意到了赵大和李树三看见自己的背包之后露出的贪婪表情,也注意到了饭菜的味道不对劲。于是假装吃下后倒在地上,等李树三将要行凶的时候,突然跳起,夺刀将他杀死!

看着吓得目瞪口呆的赵大,翟运残忍地笑着,握紧了斩骨刀,一步一步向他走来。赵大想拔步而逃,可是双脚动弹不得分毫,他以为自己将要命绝于此了,谁知翟运走到他面前说:"咱们做个交易如何?"

赵大用尽全力才定住了神说:"什……什么交易?"

翟运"嘿嘿"一笑说:"我是被仇家追得亡命天涯,避祸到此,既然我今晚杀了一个人,不妨就借用他的身份在这里栖身,想必你也用类似的手段害过很多人,我也不会杀你,我也不会去举报你,只希望在这里隐姓埋名,背包里的钱,都是你的,怎么样?"

赵大哪里有选择的余地,当然同意,两个人谈及怎样处理李树三的尸体。赵大说起《乌盆记》的传说,分尸之后焚化,把骨灰揉进黏土里烧制成乌盆,毁尸灭迹最是彻底。翟运当即动手准备分尸,正在这时,屋外传来了一阵敲门声。

赵大开门一看,站在门口的正是来借医药费的田颖。田颖这是第一次见到翟运,赵大介绍他名叫李树三……李树三和赵大搭伙不久,见过他的人不多。从此,翟运就以李树三的身份在渔阳县扎下了根。

屋子里突然传来一声长叹。

竟是"李树三"——翟运发出的。

一瞬间,他把头颅深深地一垂:"如果不是有一次喝多了酒,我把自己出逃的实情告诉了赵大,他也不会一直要挟我。我只能含羞忍辱,甚至把脸烧黑伪装成李树三,任他摆布,替他出谋划策,为他挣了不知道多少钱,他却只拿出很少的一部分让我开了个小旅店谋生,三年了,三年来我没有一天不想杀了他!"

众人想他三年来如老鼠一般,过着不敢见光的日子,不知此人是可憎、可恨、可怜,还是可悲。

"那么,翟朗是怎么搅进这个案子里的呢?"林凤冲问。

呼延云说:"我推测,翟朗三年之后第一次见到父亲,应该是向杨馆长详细了解到《乌盆记》的传说,离开图书馆之后。翟朗在大街上没头苍蝇一样乱走着,突然被一个人拉进了小巷子里,定睛一看,不禁欣喜若狂,正是以为早已被烧制成乌盆的父亲。翟运对他突然出现在这个偏远的小县城也十分惊讶,三年来他为了逃避警方的缉捕,从未与家人联系过,怎么会在街上看到儿子的身影呢?他仔细观察后发现,没有警察在附近盯梢,才现身与儿子相见。父子俩激动了没多大一会儿,在翟运的逼问之下,翟朗拿出了那封匿名信。"

"天瑛、老马,我相信小郭对你们讲过,翟朗在图书馆里叙述的那封信的内容,只是你们在后来的事态发展中,忽略了其中一个很重要的事实。"呼延云说,"翟朗说信里是这样讲他父亲遇害的经过的:'夜里投宿在渔阳县一个叫赵大的窑厂厂主家里,因为露了财,被赵大的伙计李树三杀害'——注意,不是赵大和伙计李树三杀害,而是赵大的伙计李树三杀害。"

楚天瑛明白了:"意思是:翟运是被李树三杀害的,和赵大没什么直接关系。"

"对!"呼延云说,"把这样一封信寄给翟朗,很明显是挑唆翟朗杀死李树三——也就是他的爸爸翟运。那么翟运和翟朗就要分析了,这封信是谁寄来的?谁既了解三年前事情的真相,又知道翟运有个儿子,并试图借他的手杀死其父?分析的结果,匿名信的作者只可能是一个人——赵大!翟运认得赵大的字体,再看匿名信上的字迹,更加确认此信系赵大所写。看来赵大始终对他深怀戒心,竟采用了一石二鸟之计,先挑拨儿子杀死自己,再借警方之手除掉他的儿子。翟运怒上心头,决定将计就计,反手杀死赵大,与儿子一番商议之后,定下了一个计划,那就是让翟朗扮演一个特殊的'证人'。"

"特殊的'证人'?"马海伟问,"证明什么?"

呼延云说:"你仔细想想,翟朗在这个案件中扮演的角色,是不是很耐人寻味?他首先用弩刺杀赵大,证明了自己和赵大的深仇大恨,又指控翟运杀死杨馆长,证明了自己和'李树三'的不共戴天之仇。这样一来,所有人都会形成这样的印象——翟朗为了报杀父之仇,与赵大和李树三有着不可调和的矛盾,从而确立了这样一条原则:翟朗绝对不可能与这两个人有缓解的可能,更不要提与其中一个合谋杀死另外一个了。"

马海伟点了点头。

"仔细分析一下翟朗两次对翟运的指证，就更有深意了，因为这两次指证恰恰否定了翟运杀人的可能：第一次，杀杨馆长，翟朗指出的杀人时间里，翟运正和警方在一起；第二次他和马海伟一起追踪翟运到大池塘，双方中途只有极短的间隔时间，很明显，翟运不可能利用那段时间杀人，并布置复杂的犯罪现场……而翟朗每每声嘶力竭地咆哮着说翟运杀人，正是向旁观者反复强调自己和翟运不可调和的矛盾，也确实起到了迷惑我们的作用。比如翟运进入电影院那段时间，我们都相信：翟朗绝不会看走眼，让他溜出来杀人，从而也就否定了翟运作案的可能——想一想，这是多么奇妙的计划，翟朗通过电影院门口小吃摊的人，否定了自己作案的可能，又通过自己的'坚守'否定了翟运作案的可能。如果不是后来手机铃声的失误，我是无论如何也想不出翟运是怎样从电影院溜出来杀死赵大的。"

晋武说："那么，杀死杨馆长的人是——"

"我倾向于是翟运。"呼延云说，"由于翟朗的做证，你们把凶手的作案时间锁定在了两点半到三点十分之间；同样由于翟朗的做证，楚天瑛把凶手的作案路径集中在了从旅馆后院翻墙出去杀人……后来，当这些被统统否定的时候，主观上你们也就否定了'李树三'杀死杨馆长的可能。而事实上呢，翟运很可能是两点半之前从旅馆正门大摇大摆地走出去杀的人——翟运先生，我推理得正确吗？"

翟运一声冷笑。

"杨馆长和你有什么深仇大恨，你要杀她？"马海伟质问翟运。

"因为杨馆长看到了一张不该看的照片。"呼延云说，"小郭回忆，在图书馆的时候，翟朗激愤之下，把父亲的照片拿出来给杨馆长看了一眼。翟运和翟朗相见后，一定问过他，可曾把自己的照片给本地人看过,翟朗说只有一个杨馆长,翟运立刻就决定杀死她,因为杨馆长很可能从照片上认出了自己,只有杀她灭口,才能保证自己在渔阳县继续安全地待下去。

"当天夜里,我想翟运父子一定一夜未睡,详细制定了每一步的策略,他们烧掉了翟运的照片,将翟朗其他的证件都藏好。第二天一早,翟朗背着只装有一张弩的挎包奔向了大池塘,去刺杀赵大,作为赵大的军师,翟运早已知道马海伟和楚天瑛会应邀去那里,这正是一个让翟朗作为赵大的'死敌'亮相的绝佳时机,当然,那一箭是必须射偏的,翟朗是必须被抓住的,因为真正的好戏还在后面——"

"等一下。"晋武想起一个问题,"难道翟运不担心,翟朗被抓住后直接送进了公安局,以杀人未遂受到惩处吗?"

"假如你是赵大,你会把自己军师的儿子贸然交给警方吗?"呼延云说,"何况,那封匿名信根本不是赵大写的。"

"不是赵大写的?"晋武瞪圆了眼睛,"那是谁写的?"

呼延云没理他,继续往下说:"差点被弩箭射死,极大地刺激了赵大那根敏感的神经,他以为这里面一定有个天大的误会,只要叫来翟运说明白,让他与儿子见面并加以管束,一定可以化解开翟朗的怨恨。于是他让葛友打电话给翟运,约他见面,翟运以有事为借口,说暂时过不去,约在晚上十点在大池塘见面。

"翟朗离开大池塘之后,便来到小旅馆附近,耐心地等待,等楚天瑛和马海伟回来,就走进去入住,并以证件为借口大吵大嚷,以引起你们的注意。与此同时,翟运已经准备好了勒死杨馆长的绳索……

"杀死了杨馆长,回到小旅馆,翟运打电话给赌场里的赌友,得知葛友已经因为'出千'被赌场扣押,立刻致电赵大,将见面的时间改成晚上九点。接下来,他观察着旅馆对面的饭馆,当翟朗和马海伟在靠窗的位置坐下吃饭以后,他再次出动了。这一回,他要彻底埋葬翟运这个名字,并让那个知道自己逃犯身份的人永远地闭嘴。"

呼延云把目光转向翟运:"之后,你走进了电影院,用换了卡的手机和翟朗短信联系。当得知马海伟去了后门的时候,你迅速从前门走出,开着早已准备好的摩托车来到大池塘,戴好手套和鞋套,走进简易房,打赵大的手机,让他到简易房相见,那里灯光昏暗,适合突然袭击,也适合演出下一步'翟朗捉凶'的好戏。果然,全无防备的赵大,被你一刀刺死……回到电影院,你再用短信告诉翟朗,进入大池塘之后,怎样通过手机铃声锁定赵大尸体的位置,至于那扇门,最好让马海伟先推拉一两下,然后赶紧上去一脚踹开,给人们以门是反锁的假象。最重要的是,翟朗一定要第一个走进简易房,往前走出几步,这样一来,即便是曾经做过警察的马海伟让他退出去,也会因为趋同心理,踏着翟朗'开拓'出的直线走向尸体。

"我想,当郭小芬推理出马海伟是杀死赵大的真凶时,你的内心一定欣喜若狂吧,不过,你也就此被胜利冲昏了头脑。这个案子,我可以推理出凶手,但缺乏你杀死赵大的直接证据,只能让你自己跳出来。于是我事先让赵二和他的律师配合我,在宣读赵大的遗嘱时,把花房留给你,又让赵二吵闹,不知道他爸爸的金条藏在哪儿了……你觉得那些金条也许是上天对你这些年隐姓埋名的补偿,一定就藏在这个花房里。过了几天,你看一切都安全了,就和偷偷潜回渔阳的翟朗一起来到花房,搜寻金条。"

"你!"翟运向上一挣,满眼毒光!

"其实,警方一直在严密监视着你的一举一动,本来以为你要一个月以后才会动手找金条，没想到你这么贪婪，这么迫不及待……"呼延云说，"按照事先设置好的计划，我敲开了花房的门，我知道，我只要一句话就能让你走进圈套，让你必须杀我灭口——"

"你说你的背包里有我的照片和档案。"翟运苦笑道，"我很少拍照，逃亡前把大部分照片都销毁了，翟朗拿来的那张也烧掉后，本以为从此不再有人记得我从前的相貌，没想到你却说你就带在身上，一旦你交给警方，我的一切就全都毁了，我不想功亏一篑，我不想再踏上逃亡的道路，我不想让自己的全部心血都被你毁于一旦……"

"三年前你抛妻弃子，为了隐姓埋名，不惜为虎作伥，帮着赵大一起杀害奴工，后来又杀死了杨馆长和赵大。你有没有想过，这一切的起点，都不过是因为你当初的贪欲，一步错而步步皆错，一念贪私而万劫不复。"呼延云说，"你以为，把你自己的血、肉、骨头、灵魂，连同你的过去都烧成了灰，就能获得最终的解脱，可是天网恢恢，疏而不漏，你其实是把自己囚禁在了乌盆里，永远不能逃脱。"

"天网恢恢？"翟运惨笑起来，"推开门看看外面，夜够不够深？黑暗够不够浓？有多少像我一样的人，都借着这样的夜色永远地逃脱了天网！"

呼延云冷笑道："他们和你一样，也不过是给自己烧制了一个更大的乌盆而已。"

"把他们带走！"晋武命令道。

几个警察上来，把翟朗和翟运从地上拽了起来。

翟运垂头丧气地往外面走，翟朗却瞪着呼延云："我记住你了。"

"快走!"一个警察推了他一把。

马海伟忽然冲上来,朝翟朗的胸口擂了一拳!

"你个混球,怎么能干出这种事儿!"他的声音有点沙哑,"在眼镜店外面,咱俩不是说好了,要一起打败那帮坏蛋,到头来你咋自己也成了坏蛋……"

翟朗低着头不说话。

"别责备他了。"呼延云拍了拍马海伟的肩膀,"三年前,父亲突然离家出走,杳无音信,母亲又因病去世,这三年里,他顶着'贪污犯儿子'的名声,独自一个人生活,到底承受了多大的痛苦和压力,是你我不能想象的……当他重新见到父亲,得知父亲还活着的时候,我想他绝对不能容忍和父亲再一次分开,为此,他愿意在父亲的指使下做任何事……"

"做任何事?"马海伟生气地说,"哪怕眼巴巴地看着我被小郭冤枉?哪怕刚才差一点拿刀把你肢解?"

"对,任何事!"呼延云叹了一口气,"毕竟他还是个学生,让他在'亲情'和'道义'面前做出正确的选择,本身也许就是不道义的事情。我听小郭说,在你被戴上手铐押走以后,他扑向翟运,一边揍他,一边不停地喊'都是你干的,你这个凶手',我想,那也许不单单是演戏,也是他的良知在发出最后的怒吼吧!"

眼看翟朗要被警察押出门口,马海伟突然喊了他一声。

翟朗站住了。

马海伟走到他面前:"我跟你说,进去以后好好改造,早点出来,不然饶不了你!"

"嗯!"翟朗擦了一把眼睛,瓮声瓮气地答应道。

押解嫌犯的警车向山下开去了,警灯在雨后的夜幕中不停闪烁，放射出湿漉漉的红与蓝。

"好了，我们也撤吧。"晋武对屋子里的几个人说。当他走到门口时，突然回过身，和呼延云使劲握了一下手，才又转身离去。

呼延云朝着走在最后面的那个警察喊了一声——

"田颖！"

田颖回过头。

"你留一下，我还有点事要找你说。"呼延云说。

第十五章　推理

田颖在靠墙的一张椅子上坐了下来。

灰色的墙壁似乎被雨浇得有些渗水，浮现出一道道不规则的裂痕。

楚天瑛先去到外屋，把大门关严，然后掀起内外屋之间的布帘，似乎是要让田颖看清楚，花房里除了呼延云、林凤冲、马海伟和他自己以外，并没有其他人。

"什么事？"她问。

美丽而苍白的脸上毫无表情。

呼延云说："田颖，这里坐的，也许并不都是你的朋友，但是我可以保证，都是你可以信任的、对你没有丝毫敌意的人。所以，我希望你能对我们讲实话，我已经向林处保证过，你所讲的都不会作为刑事证据，更不会对你的所作所为提起诉讼，我们纯粹是想得到你亲口的证实。"

"说什么实话？证实什么？"田颖一脸困惑的样子。

林凤冲有些生气："你是不是真以为能把你做过的事情瞒一辈子？是呼延云再三请求，我才同意给你这个机会的！"

"是啊田颖，呼延云看了好几天的天气和水文预报，才选择今天找你谈话的。"楚天瑛也很恳切地说。

田颖还是那句话："你们说的什么？我听不懂。"

林凤冲对着呼延云，把手一摊。

呼延云望着田颖，田颖也毫无惧色地看着他。

"好吧！"呼延云下定了决心，"《乌盆记》这个案子看似告破了，但是有两件事情迄今还没有答案：第一，谁给翟朗写的匿名信？第二，老马的乌盆到底是怎么来的？这两个问题看似随着翟运父子的被捕，已经变得不再重要，但细细一想就可以明白，它们是后来发生的一切的肇始，甚至可以说，看似翟运策划了对杨馆长和赵大的谋杀，但其实他也不过是个傀儡，所作所为都是在一个幕后操纵者的操纵下完成的。只是这个操纵者极其高明，她只摁下了启动键就置身事外，冷静地看着事态朝着她预想的轨道发展，并无可挽回地滑向最终的深渊。

"当然，除了这两件之外，还有一件看似和本案无关的事情，那就是芊芊去哪儿了？这个若隐若现的女毒贩，在本案中难道真的只是个打酱油的？还是具有特殊的作用？起初我把上述三件事与其他案情合并着一起思考，却越想越觉得混乱，不得不全部剥离开来，于是渐渐发现，其他案情是翟运父子所为，而这三件事，都是同一个人出于同一个目的的精心策划。

"那么，我来说说我的推理：先说那封匿名信吧。有个人给翟朗写了封信，说三年前赵大的同伙李树三杀了翟运，把他烧制成乌盆，这封信的作者应该符合如下两个条件：第一是目睹了当时的凶案，第二是希望翟朗杀死翟运，但是上述条件（第一组条件）的成立，是建立在一个前提基础上的，那就是，赵大是匿名信的作者。假如赵大不是匿名信的作者呢？第一个条件依然成立，第二个条件就要换成：写信者希望挑拨翟运和赵大自相残杀（第二组条件）。

"翟朗虽然愣一点儿，但并不是没有脑子，再没有脑子，也不会因为甲说乙和你有杀父之仇，就毫不犹豫地杀掉乙，何况是一封匿名信。所以，写这封信的人其实是希望翟朗拿着信，在调查中让赵大和翟运互相怀疑并内讧。按照第二组条件，世界上只有一个人符合，那就是你田颖，你目睹了当时的案件，并希望翟运和赵大自相残杀。

"下这样的结论，必须多一些证据来支持。那么，我们再来研究一下第二组条件，就会产生一个问题：按照这封信字面上的意思，其作用只能让翟朗去杀翟运，凭什么能挑拨翟运和赵大自相残杀呢？当然，翟运看到这封信，势必会怀疑是赵大所写，赵大却不一定了。设想一下，假如真的是李树三和赵大杀死了翟运，赵大看到这封信会怎么想，恐怕他一定会想'有人要找我和李树三的麻烦了'，但他绝对不会想到是李树三写的吧——但是，由于真实情况是他和翟运杀死了李树三，所以，赵大看到信难免会想：这件事，只有翟运和田颖两个人知道，但田颖并不知道翟运的真实身份，那么只剩一种可能，就是翟运一直怕自己的身份暴露，想杀我灭口，又不敢直接给他儿子写信说他还活着，怕警察按'信'索骥找上门来，所以自导自演写了这么一封匿名信，让他的儿子拿着信来找到他，再合谋一起对付我。"

除了田颖，屋子里的其他人听了这番推理，都连连点头。

不过，楚天瑛也有疑问："写信的人凭什么断定翟朗不会拿着信去报警呢？"

"不是断定翟朗不会去报警，而是不怕翟朗去报警。"呼延云说，"对于写信的人而言，目的只是让赵大和翟运一起完蛋，所以即便翟朗拿着信报警了，结果不同样是赵大和翟运倒霉吗？无非是少些坐山观虎斗的'乐趣'罢了。"

楚天瑛"嗯"了一声。

"所以,写这封匿名信的作者,还必须符合第三个条件,那就是——她知道李树三就是翟运。"呼延云继续说道,"按照田颖的讲述,她目击过赵大和李树三杀死翟运,那么她怎么知道死的其实是李树三呢?这里就必须要提到一个十分关键的节点了,诸位还记不记得,翟朗在图书馆对杨馆长和小郭讲过,他前一阵子曾经打电话给渔阳县公安局请求查找他父亲的下落,并传真过去了他父亲的唯一一张照片,由于材料太少,后来公安局没再帮他找了,而我敢肯定的一点是——接到传真的人,正是刚刚当上见习警察的田颖。

"田颖接到传真,大吃一惊,因为她三年来一直以为和赵大狼狈为奸的人真的是李树三呢,于是一个大胆的复仇计划立刻在脑中形成了。这个计划简单极了,就是模仿赵大的笔迹给翟朗写一封匿名信,让他有所动作,不管什么动作都行。田颖曾经委身于赵大,很清楚他和翟运之间互相利用,而又互不信任的关系,所以,就像不得不困在瓦盆里的两只蟋蟀,看似同悲欢共命运,小小一根草棍的挑逗,也能让它们斗个你死我活。

"田颖本来做好了坐山观虎斗的准备,可惜过了一阵子,一直没有发现翟朗的动静。她有些着急了,复仇的火焰一旦燃烧,断不能自己熄灭,于是决定亲自动手了。"

说到这里,呼延云对马海伟说:"老马,现在你可以把那一晚在花房里发生了什么,再给我们讲一遍吗——不用从开头开始,就讲你从噩梦中醒来以后的事情吧!"

马海伟点了点头:"那天夜里,我一直被《乌盆记》的唱腔困扰着,噩梦连连,等我醒来的时候,都不知道纯粹是做梦呢,还是真的有个冤魂进到我梦里来,让我帮他申冤了。我想,只有一个办法能证明刚才的梦是真是假,那就是朝床底下看一眼,看那儿是不是真的有一个乌盆。"

马海伟一边说，一边走到床前，"呼啦"一下掀起了垂下的床单，露出了被灯光涌入的床底。

"我当时从床上伏下半个身子，掀开床单，用手机照着亮往里面看——里面什么都没有。然而当我抬起头时，手机的光芒照到了前方的黑暗中，有一双脚。

"那双脚上穿着黑色的雨靴，雨靴的边沿积起了一圈水泊，也许是光线的原因，看上去好像一双刚刚砍下还在流血的脚，吓得我一哆嗦，手机'啪'地摔在地上，倒扣住了光芒，屋子里顿时陷入了伸手不见五指的黑暗。"马海伟喘了一口粗气，好像还在回味当时那种惊悚和离奇的感受，"说起来我也曾经是个警察，就数那天晚上最是没种，吓得我居然就那么上半身趴在床上，下半身瘫在地上，跟从电视机里爬出一半的贞子似的。好久好久，我一口气也不敢喘，我感觉得到，对面那双脚也一动不动。

"接着传来一个声音，那声音十分诡异，好像一个木偶发出的，事后我才想起，应该是佩戴了变声器说话的缘故。那人说：'三年过去了，你应该忘记那些死在塌方的砖窑中的奴工了吧？'听完这句话，我精神一振，慢慢爬起身，因为我知道那人就算是个鬼，也不会找我的霉头。我说那么惨烈的事情，别说三年，三十年我也忘不了！那人又说：'那你愿意帮他们讨还一个公道吗？'我说求之不得。于是她打开手电筒，手电筒的光束很窄，照着她手中一个蓝色的粗布包裹，她说：'三年过去，要想扳倒赵大，靠那些窑工们的尸骨，恐怕不可能了，但这个包裹里的东西，能置赵大于死地。'我问是什么？那人说：'这里面装的是一只用被赵大杀死的人的骨灰烧制而成的乌盆，只要你把它交给著名的法医蕾蓉，她自然能有重大的发现……'

"刚刚被《乌盆记》的唱腔梦魇,谁知眼前就放着一只乌盆,乌盆里还有一个冤魂……我吓得浑身发抖,那人却发出一阵怪笑,说明天一早你一定要坐上警车,跟警方一起回北京,不然会有生命危险的。我问:'我会有什么生命危险?'那人说:'这个乌盆里有着赵大最想埋葬的秘密,所以他一旦知道在你手里,说不定会派我在半途射杀你的,所以明天你一定要跟着警车一起走——这算是我还你的人情,看在你今晚放过我一条生路的分儿上。'

"我乍一听有点糊涂,什么叫我今晚放过她一条生路?猛然间醒悟过来,怒吼了一声:'你是芊芊?'

"吼完我后悔了,因为虽然手电筒的光很微弱,我还是看见她的另一只手中握着一支枪。

"还有,她身穿雨衣,雨帽的帽檐压得很低,加之光线昏暗的缘故,根本看不清她的面孔。

"当我意识到她是个实实在在的人,而不是鬼魂的时候,我感到异常的愤怒,骂骂咧咧起来,说早知道你是贩毒集团的头目,我绝对不会放过你。她却一直沉默着,等我发完了火,她说:'记住,明天一定要跟着警车走,乌盆一定要交给蕾蓉,如果有人问起乌盆的来历,建议你最好编一个故事,说梦见一个冤魂向你倾诉被杀害,然后居然真的在床底下找到一个乌盆。'

"我说,傻瓜才会相信这个故事呢!

"她阴森森地说:'调查之后你就会知道,这个花房的产权是赵大的。还有,就在这个花房里,真的发生过一起《乌盆记》式的杀戮。'

"我问:'既然你这么恨赵大,为什么不去亲手解决了他?'

"她关掉了手电筒,长叹一声,幽幽地说:'因为我还在乌盆

里。'

"听了这话,我从骨头缝直往外冒寒气……屋子里死寂了片刻,我感觉她已经不在了,才战战兢兢地解开蓝色的粗布包裹,看到了那个乌盆。起初我连个指头都不敢动,后来终于摸了一下,从指尖凉到心里,黑暗中,那粗糙不平的表面,让我有一种在墓地抚摸不知名的头骨的感觉……我想了好久,怎么把乌盆交给蕾蓉,怎么跟她说这个事情,怎么解释乌盆的来历——说起乌盆的来历,就得说到芊芊,说到芊芊,就得说出我私下把她放走的事情,那可是重罪啊……想来想去,觉得芊芊给我出的主意,竟是最最妥当的主意,就说是做梦梦见的。蕾蓉要真能从中检测出什么再说,如果检测不出来,只当我是精神病发作,也不会太计较。反正只要能搞死赵大那个浑蛋,总要试一试!

"睡是睡不着了,在床上坐了半夜,第二天我觉得自己失魂落魄,一副鬼上身的样子,抱着乌盆上了车。我困得不行,躺在最后一排打瞌睡,当我听到枪声响起的时候,我知道芊芊真的奉赵大的命令伏击我了……可我不敢跟林处说,我家娃快要出生了,我总不能坐在大牢里看我的孩子第一眼吧!"

林凤冲埋怨道:"老马,这些话你咋不早说呢,一直跟我们这儿演戏。你早点说,冲着你刚帮我们破了贩毒大案的功劳,也不见得就真的让你蹲大牢啊!"

"是啊!"楚天瑛也说,"来到渔阳县,我和小郭还要先暗中调查你的话是真是假……不过,这床底下确实有放过瓦盆的痕迹啊,哦,我明白了,是你离开花房之后,芊芊回来造的假。"

"事到如今,你们还认为这一切是芊芊的所作所为吗?"呼延云突然说。

楚天瑛、林凤冲和马海伟,俱是一愣。

呼延云说:"请问,自从缉捕东哥那一伙毒贩开始,除了老马,有谁见过芊芊本人?"

楚天瑛道:"我们找到过和她有关的证据啊,比如——"

"所有的刑事调查,搜集证据固然重要,但搜集到证据之后,首先是要辨识证据的真伪。"呼延云说,"我知道你的那些'比如',然而'比如'都是真实可靠的吗?比如芊芊的手机和赵大的通话,只简单一句话,此前你们没有芊芊的声纹,怎么能确认是芊芊说的?就算让她的同伙听,同伙能通过一句话确认她的声音吗?这一证据只能证明:有人用芊芊的手机给赵大打过电话,并不能证明打电话的人就是芊芊,更不能证明芊芊和赵大有勾结。再'比如'马海伟刚才讲的那些,他没有看到来人的面孔,蓝布包裹和乌盆上也没有提取到芊芊的指纹,假如真的是芊芊,见马海伟为什么要佩戴变声器?所以,即便老马说的是真的,也只能证明,有个自称芊芊的人来到花房里,交给马海伟一只乌盆,别的什么也说明不了。"

"那么,那场伏击呢?在设伏地点收集的证据呢?"楚天瑛的口吻有些焦急。

"什么证据?粉底?粉底真的能说明伏击者的性别吗?很可能是为了混淆警方视线而故意布置的迷阵啊;那两根和芊芊的DNA比对一致的头发?属这个物证最不靠谱了,天瑛你应该受过狙击训练吧,一个女狙击手在狂风大作的野外,到达伏击地点时必不可少的第一道'工序'是什么?"

楚天瑛醒悟过来:"扎紧头发!以防头发飘动干扰瞄准。"

"所以啊,怎么可能脱落几根头发呢?摆明了是凶手提前散落或缠绕在附近,方便警方搜寻现场时找到的嘛。"

楚天瑛敲了敲自己的脑壳:"当时气氛太紧张了,我竟没有想到这个……可是,我记得当时我确实看到了一个女人的面孔啊。虽然她包着纱巾,可是从她的眉眼上,我还是感觉那是一个女人。"

"电影《泰囧》里,徐峥和王宝强坐在电梯里都无法确认同梯的人是男是女,更别说你用瞄准镜找到的感觉了——不过,我并没有否定那可能是一个女人。只是我更关心那辆被打得千疮百孔的丰田公务车。"呼延云说,"从渔阳回到北京,我马上到物证中心看了一下那辆车,我赞同凝根据车的情况,对伏击者做出的一些分析。唯一不同意的,是她说'伏击者的目的,是逼迫车上的所有警察撤退之后,拿走一件他们无论如何也带不走,或者由于没有意识到重要性而放弃带走的东西'。"

"我觉得她说得蛮有道理的啊。"林凤冲道。

"如果伏击者是为了拿走东西,为什么扫射的都是车身的上半部分,而车窗下面的车身则没中几弹呢?"

"凝说了,伏击者压根儿就不想杀死任何人。"

"你没明白我的意思,我是说,货架在车身的上半部分,她在扫射时,为什么一点也不担心打中放在货架上的东西呢?"

"因为伏击者是芊芊,她要抢走的是那个乌盆啊,而乌盆易碎,肯定会放在车座下面而不是货架上面啊。"

呼延云一笑说:"如果是这样,那她又何必在前一天夜里把乌盆交给老马呢?"

林凤冲彻底蒙了。

"林处,其实是你自己把自己绕进去了,你们先预设了'伏击者是要拿走乌盆'这个前提,所以最终的结果肯定是一个悖论。"呼延云说,"我赞同你说的伏击者是知道乌盆易碎,一定放在车座下面,所以才肆无忌惮地扫射货架,这就更加证明了伏击者与前一天夜里找老马的是同一个人。既然委托老马把乌盆拿去给蕾蓉做检测,她就没必要再费劲夺回;就算真的是她反悔了,想要夺回乌盆,那么是去蕾蓉研究所门口等着容易,还是袭击警车容易?所以,凝分析伏击者的目的是错的,你们误以为她所说的那样'重要的东西'就是乌盆,反而在错误的路上越走越远了。"

"那么,你认为伏击者的目的是什么?"林凤冲问。

呼延云转过身,盯着一直没有说话的田颖,一个字一个字地说:"我认为,她的目的是,让警方确认芊芊的存在。"

"芊芊本来不就存在吗?"马海伟莫名其妙。

楚天瑛倒是明白了:"呼延的意思是,芊芊当时已经死了,或者无法证明自己存在于这个世界上了?"

呼延云轻轻地点了点头。

马海伟张着嘴巴,半天合不拢。

"不仅如此,伏击者还有一个深层的目的,就是让警方形成这样的印象——芊芊擅长用暴力解决问题。而这样的印象一旦形成,将会在未来起到不可估量的作用。"呼延云说,"在赵大遇害那天晚上,有个女人用芊芊的手机给赵大打了一个电话,只说了一句'晚上十点整见',警方在监控中虽然录了音,但由于话太短,无法提取声纹进行比对。不过,如果我们将此前的推理加以运用,假设这个打电话的人不是芊芊的话,那么能得出什么结论呢?首先,这个人的声音赵大熟悉,其次,她此前应该跟赵大说过晚上约见的事情,只是没有说定时间,然后再用警方监控的手机打给赵大确定时间,不然,'晚上十点整见'过于简单,赵大当晚怎么就知道到大池塘去等候呢?

"那么,这个神秘的女人是谁?当然就是那个伏击者。如果芊芊的头发都能被她搞到，遑论手机了，再追一步这个问题：这个伏击者是谁？不妨这样想：她用芊芊的头发迷惑警方，也一定知道警方会监控芊芊的手机，一旦发现'芊芊'与赵大通话，会不惜一切找到赵大，加上刚才我已经推理出：赵大听过她的声音，知道她的真实身份，所以——这个伏击者当晚一定会杀赵大灭口！而且，她杀赵大，依然会采用远程射击的手段，并且会在伏击的地点留下是芊芊作案的证据，这样警方在勘查现场时，更容易认定是采取同一犯罪手段的芊芊所为。

"假如选择一个可以将大池塘内的人远程射杀的地点，哪里最合适呢？大池塘有围墙，南面是大堤，东西两面都是平地，唯有北面的土坡高出围墙，最便于伏击，要知道翟朗选择用弓弩射击赵大的地点就是那里。所以，那个伏击者选择的地点也一定是在那里。

"这就让我不由得想到，在赵大遇害的那一天，有个人曾经两次去了土坡。第一次是翟朗在土坡上向赵大放出弩箭之后，回身逃跑，抓住他的并不是葛友，而是突然在土坡上面现身的田颖。"呼延云望着田颖问，"能否解释一下，你当时在土坡做什么？"

田颖说："我找赵大有事。"

"你找赵大，为什么不走正门？"

"我喜欢走后面的小门。"

"可是葛友说，后面的小门是从里面反锁的，极少打开。更何况，你从大路来，沿着围墙绕到后门，怎么也不至于绕到土坡上去啊。"

田颖脸色铁青，不发一语。

"好吧，就算你为了饱览大池塘的风光，专门登上土坡。那么,那天晚上你又专程到后门去做什么?"

林凤冲吃了一惊:"田颖那天晚上去过大池塘后门?"

呼延云说:"我在大池塘的后门附近,找到了和她的电动车完全相符的轮胎印,轮胎印还很新,相信是那天晚上留下的——田颖,请回答我的问题,大晚上的你跑到那里去做什么?"

田颖还是一言不发。

"既然你不说,那么就让我来说吧。"呼延云说,"你把匿名信投递给翟朗之后,每天都在观察着赵大和翟运的动静,急切地期盼着翟朗的到来,引发他们的自相残杀。但是过了好一阵子,一点儿动静也没有,你十分焦急,开始思考,有没有第二套方案。

"缉捕东哥那天晚上,你发现了马海伟一不留心放走了芊芊这件事,但是你并没有声张,等到你推理出贩毒团伙的'第二窝点'在花房的时候,你立刻开始思考,怎样才能将贩毒集团和赵大关联起来,毕竟花房的产权是赵大的。等到马海伟留在花房蹲守的时候,你突然意识到,芊芊纵使不回到花房来查看毒品是否被抄走,也会在附近观察警方的动静,看看有没有夺回毒品的机会——于是你迅速在附近展开搜捕,很快就与芊芊相遇,我确信你在格斗中杀死了她。

"埋葬了芊芊的尸体之后,你很快构思了一套奇特的计划。

"你了解马海伟,知道这个记者三年前曾经是一名警察,为了斗倒赵大丢掉了公职,所以,只要是能搞倒赵大的事情,他一定会不遗余力地去做。于是,你利用在赵大身边耳濡目染学到的烧制瓦盆的技术,找到一个小一些黑一些的瓦盆,敲掉一块,再弄一块黏土,掺入一些人类的骨灰,嵌进去一颗成人的白齿——相信你这做刑警的一点儿都不难搞到这些'材料'——把瓦盆的缺口糊好，烧干，然后用蓝色粗布包裹住瓦盆，一步一步向花房走去……

"成功地使马海伟相信了你是芊芊，并接纳了乌盆之后，你着手准备伏击警车。你的整个思路是：假如翟朗迟迟不到，你就要亲手杀死赵大，问题是赵大毕竟是县政协委员，一旦被杀肯定会引起警方的高度重视，所以务必先找一个替死鬼，那么现成就有一个芊芊。关键在于三点：第一是使警方也认定芊芊还活着；第二是使警方认定赵大和芊芊、贩毒集团有联系；第三是使赵大的死亡方式看上去是芊芊所为。做到上述三点，一个完整的逻辑链即可形成。

"第二天一早，你来到县局，当你看到东哥等罪犯被押上押运车之后，迅速回到家，将以前从黑市上购买的、准备用来杀死赵大的85式狙击步枪拿了出来，乔装打扮，拿着从芊芊尸体上取下的头发，赶到押运车必经的一段国道附近埋伏了起来，剩下的事情就不用多说了。唯一需要赘言的，是我向九十九的朋友打听了一下，你在西南政法大学上学期间，就读于刑侦学院，你的枪械组装和射击水平之高超，连很多老师都自愧不如。

"这之后，你回到县城，耐心地等待着北京警方针对赵大展开公开或秘密的调查，只要蕾蓉从乌盆里发现那颗牙齿，这种调查就一定会开始，直到那天晚上，你救下被赵二等流氓纠缠的郭小芬。你知道，这样著名的法制记者来到渔阳县，绝不是单纯的旅行，不过，你依然没有看到翟朗的身影，所以你还是做好了亲手处决赵大的准备。

"你知道赵大这一阵子喜欢到大池塘钓鱼，于是第二天上午，你来到大池塘附近寻找最佳的射击位置，在土坡上遭遇了逃跑的翟朗，如果让葛友和晋武看见你放走翟朗，肯定会引起赵大的怀疑，于是你拦下了翟朗——这个人终于到了，而且如你所愿地刺杀了赵大，虽然失败了，可你依然非常高兴。当你听到赵大让葛友和翟运联系，约他见面商谈时，甚至想到了他们一言不合拔刀相向的场景。于是你暂时放弃了射杀赵大的计划。

"但是，当天下午发生的一件事，让你下决心要亲手杀掉赵大——那就是杨馆长的死。你曾经做过她的学生，你知道她是一位多么优秀的老师，你也深知她冒着危险救下大命需要的勇气，后来你在杨馆长家楼下，表现出的肃穆和忏悔，更使我坚信，你对杨馆长的死是极其痛心的。当然，你不会知道杨馆长的被杀是因为看到了翟运的照片，可是你隐隐约约意识到，她的死可能与翟朗到来激发的风波有关，为此你自责不已，唯有亲手为杨馆长报仇，才能弥补内心的歉疚。

"你马上给赵大打了个电话，说要找他谈谈，具体谈什么，我就不知道了。不过，可以猜猜看，比如你说你对翟朗进行了调查，那赵大一定愿意听，他那时还没有接到翟运把见面时间改成九点的电话，心想正好知道李树三之死的俩人都过来，当面锣对面鼓地说清楚也好，于是就答应了。你们约的晚上十点，你可能还告诉他手机快没电了，万一再给他打电话，可能用另外一个新手机。晚上，你打开了芊芊的手机，只说了一句'晚上十点整见'就关机了，以至于赵大来不及告诉你：他已经和翟运改成九点见了——赵大猜想你的旧手机肯定是没电了，也就没有再打你的旧手机。

"当晚十点之前，你骑着电动车，带着另外一支黑枪来到了大池塘后门，登上土坡，找到了白天预设的最佳射击位置。虽然已是夜晚，但是凭借红外瞄准镜，你还是能看清大池塘里的风吹草动。我猜，你的计划是把子弹射入赵大的头颅，也顺便击毙翟运,反正你精心设计好了让芊芊顶罪的各种证据,最终警方肯定是以'贩毒团伙内讧引起自相残杀'而结案的。

"可是,你在红外瞄准镜里,看到的却是翟运在惊恐地奔逃,以及翟朗与马海伟对他的殴打……当你听到黑夜中翟运分外响亮的'杀人啦,杀人啦'的大叫时,便藏起了枪,骑上电动车向大池塘的正门驶去——"

林凤冲、马海伟和楚天瑛想起这段时间经历的各种惊心动魄,看上去是翟运、赵大和翟朗三个人的生死相搏,背后竟是这样一个女孩子不着痕迹的操纵,都有如梦方醒,而又犹在梦中之感。

呼延云望着田颖,仿佛是在说:"你还有什么要辩解的吗?"

然而久久的沉默之后,田颖抬起头来,吐出的竟是轻描淡写的三个字——

"证据呢?"

呼延云一怔。

"你说了这么多,听起来逻辑很严密、很精彩,但是证据呢?随便拿一个出来。"田颖的嘴角滑过一抹冷笑,"你说匿名信是我写的,信的字迹和我的字迹对得上吗?你说乌盆是我给老马的,乌盆上刻着我的名字吗?你说是我伏击的警车,枪上有我的指纹吗?你说芊芊的头发是我留在伏击现场的,是我用她的手机给赵大打电话约的时间,你把她找来对质一下啊!当晚我骑着电动车去过大池塘的后门,嗯,不错,我是去过那里,'我走错路了'这个解释,你觉得很没诚意是吗?那我也没别的办法了。"

说着,田颖猛地站了起来,向呼延云走近了两步,逼视着他说:"赵大死了,真凶被捕了,乌盆打碎了,我终于获得解脱了,我终于可以回到阳光下开始新的生活了,可是你——你想把一切都栽赃到我的身上，你想让我重新回到布满阴霾的日子，你他妈做梦！"她的眼睛里一片可怖的血红，手像风中的枯树枝一样乱舞，"你有证据吗？你有证据吗？你拿不出证据，你就是诬陷，就是栽赃，你做的推理就屁用都没有！"

"住口，你太放肆了！"林凤冲的脸色一变，"我们本来是想帮你。"

"帮我？"田颖看着他，狂笑起来："当赵大欺凌我、侮辱我的时候，没有一个人帮过我……这么些年了，什么样的罪我没遭过？什么样的苦我没受过？可我只能独自吞咽血和泪。等我自己救自己了，你们就合起伙来诬陷我、栽赃我，想让我再回到乌盆里，永世不得解脱，这是什么样的世界！"

笑着笑着，她的脸上滑下两行清泪。

马海伟严肃地对呼延云说："我跟你说，你讲这些事是小田干的，得拿出证据来，没有证据，就都不算数。"

所有人的目光都对准了呼延云。

然而呼延云摇了摇头。

"你啥意思？"马海伟瞪圆了双眼。

呼延云平静地说："没有证据，以上我说的，都是纯粹的推理。"

这个回答，显然出乎所有人的预料，大家都以为在最后关头，呼延云一定能够拿出令人信服的证据，谁想他的回答竟是这样！

呼延云走到田颖面前，望着她的双眼说："还记得我跟你说过的吗？我也有许多和你一样黑暗的日子，形式不一样，本质却是一样的。被命运烧制成乌盆，却怎么也挣扎不出去……现在，一切都结束了，乌盆已经打碎，谁也不能再囚禁你了，推开门走出去，就是一片阳光，就是新的生活，希望再一次见到你的时候，能重新看到你美好的笑容。"

说完，他大步走出了花房。

林凤冲、楚天瑛和马海伟也走了出去。

田颖呆呆地看着空荡荡的屋子，似乎还不敢相信刚刚发生过的一切是真的，她擦了一把脸上的泪水，慢慢地走出里屋，走到门口，伸出手，轻轻地推开了门。

一道亮光。

黑夜早已过去，初升的太阳喷薄出橘红色的波浪，在远方的大地上滚滚地奔流着、汹涌着，头顶上深蓝色的天空正在一点点变得蔚蓝，几朵足以涤荡胸襟的云，正舒展开一片片狂放不羁的雪白。

这是美好而全新的一天。

田颖望着远处那块银白色的镜面，那是渔阳水库涨出的水越过大堤，淹没了大池塘，淹没了土坡形成的水泊。

就在那里，坡顶的防洪沙包最下面，藏着我准备用来射杀赵大的另一支枪。那天晚上，我登上土坡，刚在预设的射击位置撒了几根芊芊的头发，突然听到大池塘里传来翟运的喊声，我知道事情有变，只好把枪匆匆掩埋，走进了大池塘——由于我计划在射杀赵大后把枪带走，所以没戴手套，枪上可是留下了我的指纹，如果再被警方在草丛里提取到芊芊的头发，我根本解释不清是怎么回事！所以，此后几天我一直想把枪拿走，但由于犯罪现场附近受到严密监控，根本找不到合适的机会。现在好了，被水淹没之后，什么头发、指纹都会冲刷净尽，我涉入此案的最后一个证据也成功地销毁了！

她仰起头,嗅到了雨后大地散发的香气,那是泥土、青草和鲜花糅合出的芬芳,苦涩、香甜而自由!

自由!

我,终于获得了解脱!

她的脸上绽开了无比欢欣的笑容。

开始新的生活吧,回到久违的阳光下,这是多么幸福的事情!

再见了花房,再见了《乌盆记》,再见了大池塘,再见了你们的和我的罪恶。

她最后望了一眼那片淹没了大池塘的水泊——

猛地,她颤抖了一下。

"田颖,呼延云看了好几天的天气和水文预报,才选择今天找你谈话的。"

楚天瑛的话,忽然回响在了耳际。

看了好几天的天气和水文预报。

全身的血液,瞬间沸腾,从心底激荡出的热浪,模糊了她的双眼……

"最终是谁拯救了我?最终是谁让我能开始新的生活?是那个杀死赵大的人。这不正证明了,让一个人获得解脱和新生的,不是什么推理——"她的嘴角浮出一抹冷笑,"而是杀戮,是杀戮!"

"不是的,小姑娘,你听我说——"呼延云轻轻地说——

田颖转身就走,她已经很久很久没有听到一个人用"小姑娘"称呼她了,这个词那么亲切,那么温暖,让她的热泪瞬间盈满了眼眶。她忽然无比辛酸地意识到,其实她才只有 21 岁……

她听见了呼延云后面的话。

真希望，你说的是真的，真希望……

"不是的，小姑娘，你听我说——"呼延云轻轻地说，"真正能够让一个在乌盆中苦苦挣扎的人，获得解脱和新生的，不是杀戮，而是推理。"

后 记

二零二零年六月里的一天，我闲来无事，翻阅旧作，看到《乌盆记》第四章开头那句"这是一个风云叱咤，群雄并起的推理时代"，笑得前仰后合，实在想不懂五年前的自己怎么会写出这么中二的文字，于是发了个朋友圈，好一番自嘲。

又是五年过去，距《乌盆记》的初版已历十年，为了再版而重新修订这部作品的时候，我却有了别样的感慨。

细读自己那时的文章，和修订前几部旧作时一样，各种的大皱眉头，只觉得满纸都在拼命"证明"着什么，证明自己懂推理，证明自己会写作，字里行间充斥着繁冗的描写和古怪的修辞，正如一个孤陋寡闻的人偏要用夸夸其谈来炫耀自己见多识广一样，怎么看怎么面目可憎，修改时自然也就刀砍斧刈，毫不怜惜。回想起当年编辑让我删改时，我那副敝帚自珍的模样，只觉得羞愧万分。

然而也就在某个瞬间，忽然感念起那个时代来。

假如依照十年为一代划分，二〇〇九年凭借《嬗变》出道的我，应该算是赶上了新时期原创推理第一代的"尾巴"。当时大部分悬疑推理作家的出道，不外乎两条路径：要么是在"天涯""榕树下"之类的网站发帖日更，被出版社的编辑看上，约稿，出书；要么就是在《推理世界》这样的杂志上发稿，由短篇开始，积少成多，最终结集或出版长篇——我这种直接出书的属于异类，虽然也经历了一番坎坷，但倘若放在今天，是想也不敢想的。

客观地说，第一代作者们的早期作品，无论从推理还是文学的角度，包括我的在内，质量都不稳定，情节简陋、文笔粗疏，几乎是每个人的通病，但是可贵也就可贵在，那时给我们出书的很多出版机构，其实也不大懂推理小说，在逻辑和文字上并不细究，读者爱看什么就出什么，而读者也一样，才不管你是什么流派，哪种风格，好看我就买单，正是在这样的背景下，大家想怎么写就怎么写，撒着欢儿的野蛮生长，那时也没人知道写这个还能卖什么影视IP，稿费么，一本多则几万，少则数千，更多的时候就是用爱发电，图一乐呵。

可也恰恰就是这批作者，创造出了新时期原创推理的第一个高峰，很多我们耳熟能详的、今天依然是国推中坚力量的名作家们，都是从他们之中产生——阿拉伯诗人阿多尼斯说："自从我们发明了'正确'，我们认识的就只有错误。"而原创推理那一段的历史恰恰证明，在没有"错误"的年代里，怎样写都是正确的，而文学艺术要想得到发展，自由永远比"正确"更加可贵。

也许正是受了这种风气的感染，我才敢于写一统江湖的"四大"，写皇族血统的"凝"，写"风云叱咤，群雄并起"，并坚信这只是开始，是发端，是原创推理必将迈向黄金时代的起点。

姹紫嫣红，断井颓垣。

前不久有媒体采访我，让我用一句话总结原创推理的现状，我突发奇想，集诗两句曰：

"江山代有才人出，流水落花春去也"。

那么多优秀的作者，那么多优秀的作品，那么多不计得失、百折不挠的努力，怎么会走到今天这个局面？相信是这些年萦绕在每个作者心头的问题。推理杂志的倒闭，文学网站的式微，图书出版的艰难，固然都是原因，但在我看来，更加重要的是"风气"变了，越来越强调哪种派别才叫"正统"，哪种类型才是"主流"，哪种写法才能取悦市场……从刀耕火种走向精耕细作，是历史发展的必然，但如果生产者最终走向的不是壮大，而是驯化，那么二十多年来对原创推理各种"复兴"的期许，目的又是什么呢？

反倒是我近年来接触到的一些短篇集、MOOK 和推理爱好者自制出版的社刊里，依然有未冷的热血和不羁的挥洒。这些相对小众的出版物，是年青一代创作者们最后一片自留地，或许是远离名利场的缘故，少了些萧规曹随的颟顸，多了些"我手写我口，古岂能拘牵"的豪迈，甚至能在字里行间中看出些除旧布新的勇气。一代人有一代人的机缘，一代人也自有一代人的使命，众人期许的黄金时代，固然不足为凭，但"流水落花春去也"的时候，往往更能"江山代有才人出"——人们总以为，《乌盆记》的可叹，在于刘世昌"做鬼也要鸣"，我却觉得，更可赞的是他"做鬼也要唱"，没有这点精神，大约连冤魂也不配做的。

呼延云

2024 年 12 月 24 日

图书在版编目（CIP）数据

乌盆记 / 呼延云著 . — 北京：新星出版社，2025.
4. — ISBN 978-7-5133-6001-2

Ⅰ . I247.5

中国国家版本馆 CIP 数据核字第 20252YX360 号

午夜文库
谢刚 主持

乌盆记

呼延云 著

| 责任编辑 | 王　萌 | 责任校对 | 刘　义 |
| 责任印制 | 李珊珊 | 装帧设计 | 人马艺术设计·储平 |

出 版 人　马汝军
出版发行　新星出版社
　　　　　（北京市西城区车公庄大街丙 3 号楼 8001　100044）
网　　址　www.newstarpress.com
法律顾问　北京市岳成律师事务所
印　　刷　河北尚唐印刷包装有限公司
开　　本　910mm×1230mm　1/32
印　　张　9.625
字　　数　137 千字
版　　次　2025 年 4 月第 1 版　　2025 年 4 月第 1 次印刷
书　　号　ISBN 978-7-5133-6001-2
定　　价　59.00 元

版权专有，侵权必究。如有印装错误，请与出版社联系。
总机：010-88310888　　传真：010-65270449　　销售中心：010-88310811